dtv

Lukas hat in Berlin weder Geld gemacht noch Glück gefunden. Seine letzte Nacht vor der Rückkehr nach Wien verbringt er auf der Gästecouch einer erschöpften Kellnerin. Als es am Morgen klingelt, öffnet er die Tür und lässt den Installateur herein, während die Kellnerin weiterschläft. Unerwartet findet Lukas in dem fremden Mann einen Zuhörer und beim Reden eine Geschichte, die er für die eigene ausgibt: von einem erfolgreichen Leben in der Großstadt und der glücklichen Liebe zu einer schlafenden jungen Frau.

Unerhört leicht, witzig und pointiert berichtet Arno Geiger in seinen Erzählungen vom modernen Leben, der Suche nach dem Glück und dem Scheitern. Er begleitet die alleinerziehende Ella und deren kleine Tochter Anna, den skurrilen Herrn Gabriel und den Kinderarzt Pichler durch den Alltag, weiß um ihre Ängste und Sehnsüchte. Ein großes Buch über Liebesdesaster und Lebensträume.

Arno Geiger, 1968 in Bregenz geboren, wuchs in Wolfurt/Vorarlberg auf. Er studierte Deutsche Philologie, Alte Geschichte und Vergleichende Literaturwissenschaft in Innsbruck und Wien. 1997 debütierte er mit dem Roman ›Kleine Schule des Karussellfahrens‹. 1998 erhielt er den New Yorker Abraham-Woursell-Award, 2005 für ›Schöne Freunde‹ den Friedrich-Hölderlin-Förderpreis und den Deutschen Buchpreis für ›Es geht uns gut‹. 2008 wurde ihm der Johann Peter Hebel-Preis verliehen, 2011 der Friedrich-Hölderlin-Preis der Stadt Bad Homburg. Arno Geiger lebt als freier Schriftsteller in Wien.

Arno Geiger

Anna nicht vergessen

Deutscher Taschenbuch Verlag

Von Arno Geiger
sind im Deutschen Taschenbuch Verlags erschienen:
Im Regen (8230)
Schöne Freunde (13504)
Kleine Schule des Karussellfahrens (13505)
Es geht uns gut (13562)
Irrlichterloh (13697)
Alles über Sally (14018)

Ausführliche Informationen über
unsere Autoren und Bücher
finden Sie auf unserer Website
www.dtv.de

5. Auflage 2011
2009 Deutscher Taschenbuch Verlag GmbH & Co. KG,
München
Lizenzausgabe mit Genehmigung des Carl Hanser Verlages
© Carl Hanser Verlag München 2007
Umschlagkonzept: Balk & Brumshagen
Umschlaggestaltung: Wildes Blut, Atelier für Gestaltung,
Stephanie Weischer
Umschlagfoto: gettyimages/Noa
Satz: Satz für Satz. Barbara Reischmann, Leutkirch
Druck und Bindung: Druckerei C. H. Beck, Nördlingen
Gedruckt auf säurefreiem, chlorfrei gebleichtem Papier
Printed in Germany · ISBN 978-3-423-13785-0

TAGE

Anna nicht vergessen

Mit einem Ruck richtet sie sich auf. Sie greift neben das Bett nach dem Slip vom Vortag und tappt, halb taumelnd vor Müdigkeit, in den dunklen Flur, wo ihre Füße auf dem Linoleum ein kraftloses Schmatzen erzeugen.

»Aufstehen, häßliches Entlein!« ruft sie ins Dunkel des Kinderzimmers hinein, etwas, das ihre Mutter manchmal gesagt hat und das Ella nur wiederholt, weil sich Anna ans erste Wecken ohnehin nie erinnert.

Nachdem Ella geduscht und sich angezogen hat, macht sie auch im Kinderzimmer Licht. Der Raum tritt aus dem Dunkel hervor. Ella setzt sich an den Bettrand; dabei spürt sie, welch ungeheure Kraftanstrengung allein das Ertragen des Gedankens kostet, daß es gleich wieder losgehen wird. Schlaftrunken umarmt Anna Ellas Hüften und tastet nach den weichsten Stellen. Ihre Hände sind heiß und feucht und blaß mit Tinte befleckt. Sie blinzelt aus ihren dicken Lidern und setzt zum Reden an. Doch Ella zieht es vor, das Mädchen nicht zu Wort kommen zu lassen.

»Vielleicht willst du schauen, ob es geschneit hat«, sagt Ella. Sie wuschelt Anna durchs Haar und verzieht sich rasch, hinüber in die Küche. Nachdem sie dort am Herd das Gas aufgedreht hat, bleibt sie eine Weile zwischen Spüle und Küchentisch stehen, ziemlich niedergeschlagen, und starrt gedankenverloren auf die Pokahontas-Pantoffeln, die Anna am Vorabend unter dem Tisch zurückgelassen hat.

Ella ist jetzt dreißig Jahre alt, eine schlanke, attraktive Frau, die mit der Zeit nüchtern geworden ist, obwohl sie mit zwanzig als jemand gegolten hat, der nicht zu bremsen ist. Wenn sie erschöpft auf dem Sofa liegt oder sich für eine Viertelstunde im Klo einriegelt, packt sie manchmal die Angst, daß sie mit jedem Jahr an Lebensfreude verliert, während andere immer glücklicher werden. Alle ihre Klientinnen sind so, so wie sie selbst, auf der stimmungsmäßigen Talfahrt. Das gilt auch für die Frau, die sie am Vormittag treffen wird; das hat Ella schon am Telefon erkannt. »Ich tue das nur, weil ich ihn liebe«, hat die Frau mit gedämpfter Stimme gesagt, und daran denkt Ella, während sie den Kakao in die Milch rührt und probiert, ob die Milch nicht zu heiß ist. Sie gießt einen Schluck kalter Milch nach, dann stellt sie die Tasse vor das Mädchen, das sich Augenblicke zuvor auf seinen Stuhl geschoben hat.

Es ist schwer, Anna nicht gern zu haben mit ihren verschlafenen Zügen, den verklebten Lidern und dem nur unvollständig weggewischten Zahnpastaschaum um die Lippen. Trotzdem empfindet Ella eine bedrückende Distanz zu diesem Kind, das ihr bisher auf eine seltsame Art fremd geblieben ist. Sie versteht Anna nicht wirklich. Allein wie das Mädchen am Tisch sitzt, ein Smacks nach dem anderen auf die rechte Handfläche legt und mit der Linken von unten gegen den Handrücken schlägt, so daß das Smacks in ihren aufgerissenen Mund fliegt –. Ella hat keine Ahnung, ob Anna es aus reiner Gedankenlosigkeit tut oder als Rache dafür, daß von Schnee weiterhin keine Rede sein kann. Draußen ist es noch genauso trostlos und grau wie schon seit Mitte November. Anna katapultiert das nächste Smacks in ihren Mund. Ella tritt der Schweiß auf die Stirn, so sehr muß sie sich zusammenreißen, damit sie nicht die Beherrschung verliert. Sie wendet dem Kind den Rücken zu und sagt lediglich:

»Trödel nicht herum, komm schon, in fünf Minuten müssen wir los.«

Schon zweimal ist Ella in die Schule zitiert worden, weil sich Anna regelmäßig verspätet. Ella hat der Lehrerin gesagt, daß sie nicht bereit sei, um Mitternacht aufzustehen, nur damit Anna rechtzeitig zum Unterricht kommt. Die Lehrerin solle zusehen, daß Anna eine Freundin oder sonstwie Spaß an der Sache finde, dann müsse nicht ständig jemand wie mit der Peitsche hinter ihr hersein.

Anna läßt einem Smacks eine Reihe kieferverrenkender Gähner folgen, die ihren ganzen Körper zum Schlottern bringen. Sie beschließt das letzte Gähnen mit einem langgedehnten »Ahh«. Anna streckt sich. Nach einem weiteren gänsehaften Schütteln will sie nach dem nächsten Smacks greifen. Doch Ella kommt ihr zuvor. Sie zieht die Frühstücksschale vom Tisch und stellt sie auf die Arbeitsfläche zwischen Herd und Spülbecken.

»Jetzt schau, daß du in dein Zeug hineinkommst, aber husch.«

»Mama, ich will zu Hause bleiben. Bitte. Ich will nicht in die Schule.«

Noch am Vortag hat Anna versprochen, wegen der Schule nicht mehr herumzuquengeln (zur Abwechslung hatte sie behauptet, daß ihr das Kreischen der Kreide Angst einjage). Doch jetzt, da Ella sie an das Versprechen erinnert, schaut Anna, als habe sie keinen blassen Schimmer, wovon ihre Mutter redet. Ella schlürft den Kaffee, sie betrachtet ihre Tochter, die trotzig, fast reglos, auf dem Stuhl sitzt. Die Füße reichen noch lange nicht bis zum Boden. Anna lächelt zaghaft, ganz so, als habe sie die Hoffnung, Ella werde sich doch noch mit ihr gegen die Schule verbünden, nicht ganz aufgegeben. Aber Ella wiederholt nur ihr »Husch, in die Schuhe!« in einem Ton, der nicht zum Nachfragen ermuntert.

Anna gähnt nochmals, entschließt sich dann aber, vom Tisch aufzustehen und in die Diele zu zotteln, wo der Schuhkasten steht. Bevor sie den Schuhkasten erreicht, schreckt sie mit einem Schrei zurück, sie tut, als wäre ihr jemand mit einem nassen Waschlappen unter den Pullover gefahren. Dann springt sie Ella ans rechte Bein, krallt sich in den Stoff der Jeans und ruft:

»Auf dem Schuhkasten sitzt ein Kobold. Der darf nicht gestört werden.«

Ella zieht das Kind am Bein hinter sich her, öffnet den Kasten und nimmt die neuen Winterstiefel heraus, die Anna von ihrem Vater bekommen hat, diesem Vollidioten. Sie hebt Anna hoch, so daß das Mädchen jetzt selbst auf dem Schuhkasten zu sitzen kommt. Ohne Platz für weitere Ablenkungsmanöver zu lassen, packt Ella die höckerigen Kinderknie und stellt so den Widerstand her, der nötig ist, damit sie dem Mädchen die Stiefel anziehen kann.

Um neun hat Ella das Treffen mit der Kundin. Die Frau ist wie alle, nervös, ganz fahrig, unglücklich; eine mittelgroße, bleichgesichtige Frau um die Vierzig mit rötlichem Haar und ziemlich starken Formen. Das Treffen findet im Burggarten statt, weil sich manche Dinge besser im Gehen besprechen. Im dünnen Vormittagslicht wirken die Sommersprossen auf dem Nasensattel der Frau wie die letzten Konzentrationen von Lebensfreude in einem ansonsten müden Gesicht.

Die Frau spricht gewählt, fast manierlich leise, als lebe sie in einem von Unzufriedenheit luftverdünnten Raum, der ihre Atmung einschränkt. Auch die Mimik ist sparsam, wird aber hie und da von abrupten Handbewegungen flankiert, so auch, als Ella nach den Gründen für das Mißtrauen der Frau fragt und von ihr die Antwort erhält, sie finde in den Taschen ihres Mannes Lokalrechnungen, die so hoch seien, daß sie nicht glauben könne, er trinke das alles alleine.

Seit gut zwei Jahren arbeitet Ella für eine Sicherheitsagentur und stellt im Auftrag von Frauen deren Ehemänner auf die Probe, ob sie für amouröse Abstecher zu haben sind. Früher hätte sie nie gedacht, daß sie je einen Job ergattern wird, der ihr Spaß macht – da hat sie immer alles nur deshalb getan, damit sie es irgendwann nicht mehr tun muß. Mit der Arbeit für die Sicherheitsagentur ist es zum Glück etwas anderes, wenn auch bestimmt nicht wegen der Verdienstmöglichkeiten. Ella mag die Anforderungen, die dieser Job an sie stellt, und sie mag das Ausgeflippte daran. Aus ihrer Sicht erzielt sie sogar gute Ergebnisse, wenn auch genaugenommen jedes Ergebnis zählt; es ist, als schickte man sie zum Autozählen an eine Kreuzung.

Trotzdem fährt Ella besser, wenn die Männer auf ihr Angebot eingehen, dann braucht sie sich nicht gegen Verdächtigungen zu rechtfertigen, sie habe keinen Charme, kenne die nötigen Kniffe nicht oder lege sich zu wenig ins Zeug.

Ella zählt die Geschäftsbedingungen auf. Dabei betrachtet sie die Fotos, die sie von der Frau erhalten hat und die einen Mann zeigen, der lässig wirken will, aber eher einer dieser farblosen Typen ist, die niemandem auffallen. Kann gut sein, daß er ein Leben lang kein eindeutiges Angebot erhält oder besser, erhalten würde. Ella kündigt an, daß sie sich beim Flirten nicht zurückhalten werde, und weil sie mit den Spielregeln durch ist und die Frau nichts erwidert, sagt sie aufs Geratewohl:

»Er ist am Abend wohl oft weg.«

»Das kann man so sagen.«

Die Frau lacht. Für einen Moment ist sie richtig gut gelaunt, wohl bei dem Gedanken, daß sie sich nichts mehr gefallen lassen will und endlich eine Entscheidung gefunden hat oder wenigstens einen Ersatz für diese Entscheidung. Kurz strahlt ihr Gesicht etwas Herausforderndes aus, von dem man meinen könnte, es sei stark genug, um anzudauern. Da ist der Augenblick wieder vorbei. Sie sagt:

»Ich muß die Möbelpacker kommen lassen, wenn ich ein Sofa verstellen will, so selten ist er zu Hause.«

Die Frau macht wieder eine dieser abrupten Handbewegungen, von denen nicht ganz klar ist, was dahintersteckt. Aber Ella weiß ohnehin, daß die Auskünfte der Frau mit mindestens zehn Fragezeichen versehen sind. Die übliche Geschichte halt – mit Eifersucht und Mißtrauen, aber nicht uninteressant. Daß die Veränderung am

Kilometerzähler selten mit dem Weg zur Arbeit und zurück übereinstimme, und daß die Frau ihrem Mann zwar traue, wenn auch immer weniger, und ganz sicher könne man nie sein, wie einer reagiere, wenn sich ihm eine hübsche Frau an den Hals werfe.

»Meine Seelenruhe ist mir das Geld wert«, sagt die Frau; dabei wird sie vermutlich einen neuerlichen Rückschlag mit teurem Geld bezahlen müssen, die nächste Etappe auf dem Weg von einem Fehlschlag zum anderen.

Aber zweifellos läßt sich auch darüber hinwegkommen.

Einige leichte Regentropfen fallen. Ella blickt hoch. Es wäre angenehmer, wenn es schneien würde. Aber die hellen Flechten, die sich von der harten, irgendwie verkrusteten Wolkendecke lösen, versprechen mehr, als sie halten. Bei genauem Hinsehen erweisen sie sich als eine Art feuchter Nebel, der langsam auf die Stadt sinkt.

»Wird ihr Mann alleine dort sein?« fragt Ella.

»Er vertraut sich mir in diesen Dingen nicht unbedingt an. Und was er mir sonst noch alles verheimlicht ... ich weiß es nicht.«

Noch einmal holt die Frau aus, sagt aber lediglich mit anderen Worten, was sie schon einmal gesagt hat. Ella nickt ein paarmal an den passenden Stellen, aber sie hakt nicht nach und gibt schon gar nicht ihre Meinung dazu ab, das hat sich so bewährt.

»Dann schaue ich einmal, daß ich weiterkomme«, sagt sie nach einer Weile, schüttelt der Frau die Hand und geht.

An einem der ersten Schultage hat sich Ella mittags um zehn Minuten verspätet, aus einem triftigen Grund, es war nicht so, daß sie nicht versucht hatte, pünktlich zu sein. Trotzdem hat sie noch am selben Tag unter Annas Anleitung Zettel in der Wohnung aufhängen müssen, in der Küche am Kühlschrank, im Bad am Spiegel und an der Innenseite der Wohnungstür:

Anna nicht vergessen!

Auf allen Zetteln dieselbe Ermahnung, damit Annas Angst nicht Wirklichkeit wird, sie könnte eines Tages wie von Zauberhand aus dem Gedächtnis ihrer Mutter verschwinden.

Ella erledigt ihre Einkäufe im Laufschritt, sie gibt die Weihnachtspost nach Übersee auf. Die restliche Zeit reicht gerade noch für eine schnelle Tasse Kaffee und ein Telefonat, das sie mit Maria, ihrer Schwester, führt, schon auf dem Weg zur Schule. Dort stürmt Anna keine Minute nach dem letzten Klingeln hinter einigen Buben, die es noch eiliger haben, aus dem Tor, sie kommt strahlend zum Auto gelaufen, reißt eine der hinteren Türen auf und wirft sich ins Wageninnere. Nachdem sie die Schultasche auf ihren Schoß gestellt hat, schnallt sie sich mitsamt der Schultasche an, und noch während sie mit dem Gurt beschäftigt ist, beginnt sie in ungewohnter Ausführlichkeit von einem Jungen zu erzählen, der eine Wüstenrennmaus mit in den Unterricht gebracht habe.

Ella kann sich nicht daran erinnern, von ihrer Tochter je einen vergleichbar langen Bericht aus der Schule erhalten zu haben, er dauert die ganze Fahrt nach Hause, Anna fällt sich ständig selbst ins Wort, verhaspelt sich und plappert weiter. Zuletzt schildert sie allerhand Kunststücke, die die Wüstenrennmaus vorgeführt habe, durch Klorollen rennen und auf den Vorderbeinen gehen.

»Auf den Vorderbeinen?« fragt Ella. »Vielleicht, wenn man das arme Vieh am Schwanz hochhält.«

»Nein, schwöre, Mama! Wenn ich auch eine Maus habe, zeige ich es dir.«

Ella streift ihre Tochter mit einem kurzen Blick in den Rückspiegel. Sie schaut Sekunden später ein zweites Mal und sieht, daß Anna errötet.

»Ich darf eine Maus geschenkt haben.«

Während Ella den Wagen in die Tiefgarage steuert, überlegt sie, ob es den Jungen mit den Wüstenrennmäusen gibt, ganz sicher ist sie nicht, da sich Annas Phantasie meistens an Dingen festfährt, die sie im Fernsehen gesehen hat. Andererseits will sie das Risiko, die Erlaubnis in der Hoffnung zu geben, daß die Geschichte in Annas Kopf folgenlos verpufft, nicht eingehen, denn die Begeisterung des Kindes klingt ehrlich.

»Mama, bitte! Sie haben Nachwuchs, acht Mäusekinder. Moritz hat eines bekommen und Aurelia auch.«

Das Tor der Garage fährt tutend zu. Ella manövriert den Wagen auf den Abstellplatz.

»Was heißt bekommen?« Ella fixiert das Kind neuerlich im Rückspiegel. Bei den vielen Talenten, die Anna besitzt, geht ihr dasjenige, die Unschuldige zu spielen, glücklicherweise ab.

»Moritz und Aurelia haben eine Maus mit nach Hause genommen.«

»Und du?« fragt Ella.

Nach einem kurzen Zögern löst Anna den Sicherheitsgurt, sie dreht die Schultasche zu sich her. Die Schnappverschlüsse klicken, der Deckel klappt hoch, und der Geruch nach Spitzabfällen breitet sich im Wagen aus. Anna zögert nochmals, als ihre Hand bereits in der Tasche ist, dann hebt sie eine Klorolle heraus, die vorne und hinten mit liniertem Heftpapier zugeklebt ist.

»Ich habe gedacht, damit du sie ansehen kannst.«

Anna hält die Klorolle hoch, und trotz der Unsicherheit über Ellas Reaktion überwiegt die Freude, Besitzerin einer Wüstenrennmaus zu sein. Annas lächelnder Mund steht halb offen, die Zunge hängt ihr über die Unterlippe, Zeichen der Anspannung.

»Du weißt doch, daß wir keine Haustiere haben dürfen. Die Hausordnung läßt es nicht zu.«

Ella steigt aus dem Wagen, hievt die Einkäufe aus dem Kofferraum und ärgert sich währenddessen über die Lehrerin, die die Weitergabe der Mäuse erlaubt hat. Dieser Gedanke bringt sie auf und gibt den Ausschlag, daß sie das Mädchen schroffer als beabsichtigt anfährt:

»Ein Haustier kommt nicht in Frage, das weißt du.«

Sie blickt durch das Seitenfenster ins Wageninnere, wo Anna zu weinen anfängt, aber nicht mit dem erwarteten übertriebenen Geheul, sondern beinahe lautlos, vom Kopf bis zu den Füßen, in wahnwitzig kleinen Atemzügen.

»Bitte«, ruft sie zwischen zwei Schluchzern, »sie ist doch so klein!«

Aber Ella zieht erst recht die Brauen zusammen, zu oft schon hat sie spontane Zugeständnisse gemacht, die ihr hinterher, nach einer teuer erkauften Frist, mit dem doppelten Zores auf den Kopf gefallen sind. Als alleinerziehende Mutter mit ständig bedrohter Autorität kann sie sich taktische Vertröstungen und leere Versprechen nicht leisten. Daran hält sie sich, so schwer es zuweilen fällt. Also setzt sie ein betont strenges Gesicht auf. Sie redet auf das Mädchen ein: Daß vormittags niemand zu Hause sei und die Maus an Einsamkeit eingehen werde, daß man nie wieder, wie im vergangenen Sommer, nach Italien in den Urlaub fahren könne und so weiter und so weiter.

Aber jedes Wort ist umsonst.

»Klick«, macht es. Das Licht in der Tiefgarage verlöscht. Der kahle, von Betonstelen zu Quadraten segmentierte Raum liegt jetzt öd in dem Schimmer, der durch zwei vertikal verlaufende Fensterschlitze rechts der Einfahrt fällt. Die zähe Betonluft hat einen Beigeschmack von Gummi.

»Steig jetzt bitte aus«, sagt Ella. Aber sie weiß, noch während sie redet, daß Anna sich weigern wird. Das Mädchen sieht weit an Ella vorbei, ein Gesicht, kalt und abweisend, wie man es einem sechsjährigen Kind kaum zutrauen würde. Ella spürt, daß nur mehr eine Kleinigkeit fehlt, bis sie die Geduld verliert. Und weil sie von diesem Moment mehr zu befürchten hat als Anna, die dann gewonnen hat, will sie die Situation retten, indem sie der Maus ein Besuchsrecht für diesen Tag gewährt. Doch auch darauf kommt keine Reaktion. Anna scheint hin und her gerissen zwischen den Möglichkeiten aufzuheulen, die Klorolle an den Bauch zu pressen oder sich die Ohren zuzuhalten. Langsam rückt sie von der Wagenseite weg, an der Ella steht.

»Wie soll's jetzt weitergehen?« fragt Ella.

»Anna, wie es weitergehen soll, habe ich dich gefragt!«

Ella lauscht auf das Ticken und Knacken des abkühlenden Motors. Endlich hebt Anna den Blick, irgendwie verdutzt. Sie schaut Ella unschlüssig von der Seite an, dann scheint sie einen Entschluß zu fassen. Sie richtet sich auf. Ella denkt, Annas Widerstand sei erschöpft. Aber das Kind hält sich die Kartonrolle ans Ohr und sagt mit der unbefangensten Miene von der Welt, ohne dabei etwa verlegen die Augen zu senken:

»Meine richtige Mutter wird mich bestimmt bald abholen.«

Vor Schreck kommt Ella beinahe der Kaffee hoch, ein gleichzeitiger Zornkrampf, der ihr die Kehle zudrückt, hebt den Effekt auf. Selbst wenn Ella irgend etwas zu erwidern wüßte, im ersten Moment ist sie unfähig, etwas herauszubringen. Ihr Selbstwertgefühl als Mutter ist ohnehin ständig drauf und dran, sie im Stich zu lassen – aber das hier, das gibt ihr den Rest.

Nach einer kurzen Aufmerksamkeit für die Klorolle hebt Anna erneut den Kopf und blickt Ella an, um zu sehen, was für einen Eindruck das Gesagte macht. Ellas Unsicherheit überrascht das Mädchen, und wie um ihrer Ankündigung endgültig das Gewicht einer Tatsache zu geben, fügt sie hinzu:

»In drei Wochen holt sie mich ab.«

»Gut«, erwidert Ella, »wenn du dir da so sicher bist, gibst du die Maus morgen zurück, und sowie dich deine richtige Mutter zu sich genommen hat, machst du die Sache mit ihr aus. Ich fühle mich nicht mehr zuständig. – – Und jetzt raus aus meinem Auto oder ich bringe dich für die letzten drei Wochen ins Heim. Sollen sie dort deine Erziehung übernehmen, die sind im Gegensatz zu mir professionell geschult. Ich möchte mir zu dem ganzen Ärger mit dir nicht auch noch von deiner Mutter Vorwürfe einfangen. Du gehorchst mir ja ohnehin nicht, und ich habe mir das bisher nur deshalb gefallen lassen, weil ich dachte, du bist meine Tochter.«

Mit pochenden Schläfen horcht Ella dem eigenen Wortschwall hinterher. Sie kann es nicht ausstehen, wenn ihre Stimme in die Höhe geht. Außerdem bereut sie, was ihr da alles rausgerutscht ist. Na ja, gesagt ist gesagt. Sie tröstet sich damit, daß Anna ruhig spüren soll, daß sie wieder einmal zu weit gegangen ist.

Anna sitzt stumm auf der Rückbank, sie scheint alles noch einmal zu überdenken, doch offenbar hat der Hinweis auf das Heim und die professionelle Erziehung angeschlagen. Endlich steigt das Mädchen aus und folgt Ella im Aufblitzen der Blinkleuchten, das den Vorgang der Zentralverriegelung begleitet, zum Lift.

Während Ella das Mittagessen kocht, orgelt Anna in ihrem Zimmer herum und führt Gespräche mit der Wüstenrennmaus.

»Wie gut du auf den Vorderbeinen laufen kannst. Bravo! Du bist eine tüchtige Maus. Nicht alle können so gut auf den Vorderbeinen laufen.«

Beim Mittagessen hingegen, als habe sich Anna in dem einseitigen Gespräch mit der Maus völlig verausgabt, herrscht Funkstille. Sie nörgelt nicht einmal am Essen herum. Statt dessen lächelt sie ein Lächeln, von dem nicht ganz klar ist, ob aus Mitleid, daß Ella als Mutter nur vorübergehender Ersatz ist, oder als Zeichen eines schlechten Gewissens. Unmöglich, das festzustellen. Doch da Ella in versöhnlicher Stimmung ist, dreht sie sich nach dem Essen auf ihrem Stuhl zur Seite, sie öffnet die Beine, damit Anna zu ihr kommen und sich umarmen lassen kann. Anna geht darauf ein, sie wirkt ruhig, als habe sie die Aufregung schon wieder vergessen.

»Du kannst einem manchmal wirklich auf die Nerven gehen«, sagt Ella. Aber das kommt irgendwie schief heraus und ist nichts, womit eine Sechsjährige etwas anfangen kann. Im Radio läuft Iggy Pop. Annas Körper wiegt sich leicht im Takt des Liedes, den Blick auf Ella gerichtet, als erwarte sie etwas, das noch kommt.

»Jetzt reißen wir uns zusammen, ja? Wir haben uns den Tag schon genug versalzen, und für die Zukunft verspreche ich dir, daß ich nicht wegen jedem Dreck ausflippe. Und du sagst dafür nicht mehr so dumme Sachen wie das mit der erfundenen Mutter.«

Anna nimmt den Vorschlag mit vollkommen offenem Blick auf, doch dieser offene Blick ist nichts anderes als das schiere Erstaunen darüber, daß Ellas Begriff von dem, was sie Zukunft nennt, völlig unzulänglich ist.

»Aber in drei Wochen holt sie mich doch ab«, sagt Anna.

Ella mustert den ruhigen Gesichtsausdruck ihrer Tochter, für einen Augenblick denkt sie, daß sie sich etwas vom trotzigen Mut dieses Mädchens auch für sich selber wünschen würde. Sie hält Anna mit den Schenkeln an der Taille fest. Sie sagt:

»Hör einmal, hör mich zwei Minuten an.«

Sie will dem Mädchen erklären, daß die erfundene Mutter nicht kommt, wenn Anna nachts aufwacht und Angst vor der Dunkelheit hat. Aber im selben Moment spürt Ella, daß es zwecklos ist. Die Kraft, die das Kind aufwendet, um sich der Umklammerung von Ellas Schenkeln zu entziehen, wird größer. Ehe die Situation ein weiteres Mal eskaliert, läßt Ella ihre Tochter lieber aus.

»Bestimmt, in drei Wochen. Das ist dann deine große Zeit«, sagt Ella. Da ist Anna schon auf und davon, hinüber in ihr Zimmer. Den Rest des Nachmittags geht es dort weiter wie vor dem Essen, die ganze Zeit. Anna nennt die Wüstenrennmaus bei einem ellenlangen Phantasienamen und überschüttet das Tier mit wild ausschweifenden Erzählungen, wie es kommen kann, daß Kinder verwechselt, verloren oder weggegeben werden. Die Stimme des Mädchens hebt und senkt sich, ist manchmal sanft, dann wieder streng und immer eindringlich, als versuche Anna, die Glaubwürdigkeit ihrer Behauptungen an der Wüstenrennmaus zu erproben. Ella steht eine Zeitlang vor der Tür des Kinderzimmers, irgendwie stumpf vor Erschöpfung, wie nicht da, wie schon halb eingetauscht. Sie hört ihrer Tochter zu, bis ein glückliches Jauchzen des Mädchens sie aufschreckt. Daraufhin geht Ella ins Klo, sie sperrt sich dort ein und dreht den Wasserhahn auf, um nichts anderes zu hören. Gewöhnlich hilft das. So sitzt sie auf der geschlossenen Kloschüssel. Das Geräusch des Wassers hüllt sie ein. Das Gefühl von Einsamkeit legt sich langsam, und ihre Gedanken lösen sich in dem Plätschern irgendwann auf.

Es ist kurz nach halb acht. Ella ist mit Anna im Badezimmer und bohrt ihr mit dem Zeigefinger den Waschlappen in die Ohren, was Anna erstaunlich bereitwillig über sich ergehen läßt. Als es klingelt und Ella zur Tür geht, hat sie

Hoffnung, daß Anna die abendliche Wäsche allein fortsetzen wird. Aber noch während Maria, Ellas um zwei Jahre ältere Schwester, aus ihren Schuhen schlüpft, sieht man Anna mit Keksen für die Maus scheu von der Küche in ihr Zimmer laufen.

»Sie sieht heute ein bißchen gedrückt aus«, sagt Maria.

Maria kommt vom Squashen, und obwohl in ihrer Stimme keinerlei Vorwurf mitschwingt, nur der übliche rauhe, atemlose Tonfall nach dem Sport, der jeden Satz nach einer Frage klingen läßt, verklemmt sich etwas in Ellas Gehirn, und sie erwidert, daß sie das Kind am liebsten zum Fenster hinausschmeißen würde. Anschließend gibt sie einen kurzen Überblick über die ruhmlose Situation: Daß Anna die Ankunft ihrer richtigen Mutter erwarte und sich in der Zwischenzeit mit der Gesellschaft einer Wüstenrennmaus tröste.

Maria zupft verlegen an ihrer Nase. Mit schweifendem Blick sagt sie, daß sie Annas Verhalten für eine Phase halte, die vorübergehen werde. Womit Maria weiß Gott nicht unrecht hat. Nur vergißt sie, daß bei Anna jede schwierige Phase von einer neuen abgelöst wird, jedes schwierige Alter vom nächsten.

Maria schenkt sich von dem Wein ein, den sie mitgebracht hat, eine schon offene Flasche mit wieder eingestöpseltem Korken.

»Erlaube ihr doch die Maus. Sei nicht so verbissen.«

»Ich verbissen? Ich bin nicht verbissen. Ich gebe Anna schon viel zu lange und viel zu oft nach, eigentlich in allem, wo mir der Gesetzgeber freie Hand läßt. Außerdem erinnere ich dich an den Hamster, den wir in unserer Kindheit hatten und von dem wir tagelang nicht gemerkt haben, daß er tot war. Oder besser: Von dem wir es tagelang nicht merken *wollten*, daß er tot war, wo doch sein Laufrad immer so gequietscht hat.«

»Deshalb dieses Trara?«

»Weil unser Interesse an dem Hamster nach einem Monat erschöpft war. Und weil Anna ganz nach ihrer Mutter schlägt, zum Glück, muß man sagen, denn wenn ich an ihren Vater denke – – mein Gott, sie kann auf Knien dankbar sein, daß sie mir wie aus dem Gesicht gespuckt ist. Da mag sie noch zehnmal das Gegenteil behaupten.«

Anna steckt den Kopf aus dem Kinderzimmer und ruft:

»Es schneit.«

Ella und Maria drehen sich zum großen Fenster und zur Balkontür, dort sieht man nur die Gardinen und die Nacht hinter dem Licht der Stehlampe. Mit der Maus auf der flachen Hand, mit fast übertrieben unschuldsvoller Miene, tappt Anna barfuß zu Maria. Maria sucht Ellas Blick, irgend etwas blitzt zwischen den Schwestern auf, das die Situation mildert, ein Stück gemeinsam verbrachter Kindheit mit Hamsterdressur und Gummihüpfen. Ella schüttelt den Kopf, andeutungsweise und doch fest genug, so daß Maria Bescheid weiß.

»Ich habe gehört, du willst eine neue Familie gründen«, sagt Maria zu ihrer Nichte und lacht.

Ella, verlegen, weil sie selbst unfähig ist, die Sache leichtzunehmen, geht hinaus in den Flur und telefoniert ein weiteres Mal mit der Ich-tue-es-nur-weil-ich-ihn-liebe-Klientin. Es ist ein kurzes Telefonat, es klingt, als würden flüsternd kodierte Botschaften ausgetauscht, schnell und effizient. Ella fährt mit dem Zeigefinger in die Windungen der Hörerschnur.

»Er wird dort sein«, sagt die Klientin.

»Ich werde alle Register ziehen.«

»Ja«, sagt die Klientin.

»Dann treffen wir uns morgen um halb neun am selben Ort.«

»Gut, morgen um halb neun am selben Ort.«

Ella drückt die Verbindungstaste, wählt neu und bestellt ein Taxi auf zwanzig nach acht. Sie geht ins Schlafzimmer, um sich etwas Nettes anzuziehen – was Männer halt so anspricht. Sie wechselt vom Schlafzimmer ins Bad. Dorthin kommt nach einiger Zeit auch Maria mit den Weingläsern und berichtet, daß sie Anna angewiesen habe, eine alte Zeitung in kleine Stücke zu zerreißen und in einen Schuhkarton zu geben, ein Mäusebett für die bevorstehende Nacht.

»Möchtest du dir nicht wenigstens einen BH anziehen?« fragt sie.

»Den Teufel werd ich.«

Ella nimmt einen Schluck vom Wein. Mit dem Lippenstift in der Hand wendet sie sich wieder dem Spiegel zu, hinter den einer der Zettel gesteckt ist, *Anna nicht vergessen*. Auch ein paar Postkarten helfen, den Spiegel zu rahmen, von Freunden aus dem Urlaub und von deren ausländischen Arbeitsplätzen. Ella betrachtet sich, umrahmt von Tankstellen, moderner Kunst und schroffen Felsen, die aus Reisfeldern ragen. Sie hat einen schmalen, gut proportionierten Hals, schöne Brüste, eine große, dunkelhaarige Frau, in deren Gesicht sich in letzter Zeit ein paar Muskeln verspannt haben. Aber das sieht man gerade nicht, weil sich Ella über Marias kleinbürgerliche Reflexe amüsiert. Im Winter ohne BH ausgehen und Männer für

Geld fragen, ob sie mit einem schlafen wollen, wer hätte sich das träumen lassen. Ella mag den Gedanken, daß sie ihrer Schwester die Fähigkeit voraus hat, realistisch zu denken. Sie entsinnt sich, daß Maria bei anderer Gelegenheit gesagt hat, daß sie lieber losziehen und Kaugummiautomaten knacken würde, als das zu tun, was Ella tut.

Ella schiebt ihr Haar zurecht, verwuschelt es wieder, dann öffnet sie ihre Handtasche und wirft einen raschen Blick auf die Fotos, die sie am Vormittag erhalten hat. Ehe sie sich dem Mikrofon widmet und es am Träger der Handtasche befestigt, reicht sie die Fotos Maria. Anschließend überprüft sie das Aufnahmegerät.

»Wie sehe ich aus?« fragt sie in Richtung des Mikrofons, geht in den Flur, schlüpft in ihre Vinylimitation eines Ozelotmantels und wiederholt die Frage mit einem herausfordernden Blick zu Maria, die ihr gefolgt ist:

»Na, sag schon, wie sehe ich aus?«

Maria heftet einen strengen Blick auf Ella und folgt den Bewegungen ihrer Schwester mit dem fertigen Satz auf den Lippen:

»Wie eine, die mit jedem ins Bett springt.«

Ella spult das Band zurück und drückt die Stop-Taste, dann Wiedergabe, worauf Marias Einschätzung ein zweites Mal ertönt, in einem rauhen, gedrungenen Partikelgemisch, als hätte sich der Abrieb früherer Bänder auf Marias Stimme gelegt:

»Wie eine, die mit jedem ins Bett springt.«

Ella findet, daß Maria übertreibt; und nicht nur in diesem Punkt.

Während Maria die Fotos in ein besseres Licht hält, sagt sie:

»Das ist doch absurd, da kann einer fünf Kinder zu Hause haben und eine Frau und eine Ex-Frau und vier Schwiegereltern und Bankbeamter sein und Prostataprobleme haben – wenn er von dir gesagt bekommt, daß du von ihm gefickt werden willst, geht ihm doch automatisch der Verstand durch, es sei denn, er ist ein Waschlappen, mit dem niemand verheiratet sein will.«

Ella spult das Band zurück auf die Anfangsposition.

»Ich brauche das Geld, und ich mach mir nicht den ganzen Streß mit der Schminke, um dann moralische Bedenken zu haben.«

Jetzt tritt Anna in die Tür zwischen Wohnzimmer und Flur, ruhig, an einem Keks nagend, als ob das Gespräch zwischen Ella und Maria sie aus mangelnder Alternative interessiere. Woanders könnte sie es besser haben und glücklicher sein, denkt Ella, aber jeder könnte das, woanders glücklicher sein, hinter den sieben Bergen, *ich auch*. Die Maus klettert den rechten Ärmel von Annas Pyjama hoch. Maria redet weiter, sie tut ihr möglichstes, ihre Vorwürfe aus Rücksicht auf das Kind zu verklausulieren.

»Als drückte dir jemand den Tresorschlüssel in die Hand und sagte, die Alarmanlage ist abgestellt, das Sicherheitspersonal hat freibekommen und nachgezählt wird wieder in fünfundzwanzigtausend Jahren.«

Ella schenkt dem Gesagten keine besondere Beachtung mehr. In ihren Augen ist das Thema erschöpft, und wenn nicht erschöpft, so will sie nicht zynisch erscheinen, indem sie sagt, daß sie dem Paar zu einem handfesten Anlaß zur Trennung verhilft; ihrer Meinung nach kann eine Beziehung kaum das richtige sein, wenn einer dem anderen mißtraut.

Mit ein paar Anweisungen für Maria, die nicht nötig sind, aber Ellas Ansprüche auf das Erziehungsrecht bei Anna unterstreichen, schlüpft Ella in ihre Schuhe, sie deckt im Kinderzimmer das Bett auf und rauscht zur Wohnungstür.

»Jetzt machen wir es uns einmal so richtig gemütlich«, sagt Maria und geht vor Anna in die Knie, um sich bei dem Mädchen einen Kuß abzuholen.

Es schneit tatsächlich, Ella hat es nicht ganz geglaubt. Es schneit sehr leicht, und die Stadt erscheint so schön wie schon lange nicht mehr, obwohl der Schnee nur an wenigen Stellen liegenbleibt. Ella blickt durch die Windschutzscheibe des Taxis nach draußen, und während sie versucht, sich mit dem Gedanken anzufreunden, daß Anna eines Tages nicht mehr dasein wird, sind die heranfliegenden Flocken wie eine Spirale, die alles in sausender Geschwindigkeit verschlingt.

Früher ist Ella jede Woche zweimal in die Disco gefahren und hat ständig neue Leute kennengelernt, für die sie ihr Leben von heute auf morgen umgekrempelt hat. Mittlerweile ist sie davon meilenweit entfernt, sie sieht lediglich, wie den Männern, denen sie bei der Arbeit die Hand aufs Knie legt, etwas Ähnliches *beinahe* passiert. Mit wenigen Ausnahmen glauben alle, daß mit Ella eine neue Zeitrechnung beginnt, als gingen von jetzt an alle Wünsche und Vorsätze in Erfüllung, die sie als Jugendliche hatten: Daß sie mindestens einsfünfundachtzig groß und erfolgreich sein werden, und daß sie zu denen gehören, die ein Leben lang nie auskneifen.

Auch Ella hatte solche Vorstellungen, Mädchenvorstellungen: Daß sie bei einem Zirkus arbeiten und die ganze Welt bereisen wird, und daß sie tanzen geht, sooft sie will, die ganze Nacht hindurch. Nach einer solchen Nacht sehnt sie sich wieder, als sie das Aufnahmegerät einschaltet und das angegebene Lokal betritt. Wenn sie sich den Mann möglichst schnell kauft, erspart sie sich nicht nur sein blödes Gerede, sondern es bleiben ihr auch zwei Stunden Zeit, um noch woanders hinzugehen.

An solchen Abenden wird immer alles ein bißchen weniger real. Ella bewegt sich zwischen den Menschen wie zwischen Gespenstern, weil auch sie selbst sich hinter all den Lügen, die sie gebraucht, vage und verschwommen fühlt – ein wenig ist es, als gehe sie über schwankenden Moorboden. Die Männer erfahren nichts über sie, absolut nichts, weder den richtigen Vornamen noch das richtige Alter oder den Beruf, den sie erlernt hat, das Studium, bei dem sie über die Hälfte nicht hinausgekommen ist. Sie denkt sich ständig neue Konstellationen für ihr Leben aus, hauptsächlich zur eigenen Unterhaltung, der letzte Abend, bevor sie für ein Jahr nach Kanada gehe, oder daß sie für eine Wertpapier-Schulung in der Stadt sei und im Hotel wohne. »Passing by«, sagt sie gerne. Solche Verschiebungen gefallen ihr.

»Rück ein Stück«, fordert sie den Mann auf und zwängt sich, eine Hand auf seiner Schulter, zwischen zwei Barhockern an die Theke, wo sie einige Zeit warten muß, bis sie ihre Bestellung anbringt. Das Lokal ist brechend voll, mit Jubeltrubelheiterkeit, genau das richtige für eine Annäherung. Die Luft riecht öde, nach zu hoch gedrehtem Heizkörper und abgestandenen Ausdünstungen. Die aufgereihten Flaschen hinter der Theke stechen grell von der schwarz gestrichenen Wand ab.

Ella bezahlt ihren Wein, dann legt sie dem Mann die freie Hand auf den Unterarm.

»Gehen wir nach hinten, dort ist es ruhiger, ja?«

Sie sagt es mit sorgfältig kalkulierter Unverschämtheit, fängt den überraschten Blick des Mannes, und während er sie weiter direkt betrachtet, fügt sie beiläufig hinzu:

»Ich lerne halt gerne ein neues Gesicht kennen.«

Der Mann sieht ziemlich zahm aus, augenscheinlich ist er kein ganz so leichtfertiger Vogel, wie seine Frau glauben machen will. Er ist nicht unattraktiv, gepflegt, im gebügelten Hemd, er macht auf Ella den Eindruck, als führe er ein geregeltes Leben. Zögernd rutscht er von seinem Barhocker und folgt Ella ans untere Ende der Theke, wo nicht weniger Gedränge ist als anderswo, von wo man aber weder den Gang zur Toilette einsehen kann noch die Tür nach draußen.

Sie stößt mit dem Mann an und fragt ihn nach seinem Namen. Sie findet, sein Name ist ähnlich blöd wie der der meisten Männer, mit denen sie zu tun bekommt. Aber vielleicht bildet sie sich das lediglich ein, weil sie auf Männer im Moment ganz allgemein nicht sonderlich gut zu sprechen ist, Schwachköpfe einer wie der andere. Der Mann bietet ihr eine Zigarette an, sie kramt ihre eigenen hervor, und während sie sich die Tasche wieder so umhängt, daß das Mikrofon auf den Mann zeigt, läßt sie sich Feuer geben.

»Wie gut das tut«, sagt sie beim ersten Zug und lacht dabei ein einigermaßen überzeugendes Lachen. Sie ist mit den Abläufen seit zwei Jahren vertraut, spürt aber nach wie vor eine irritierende, nervöse Spannung, die sich erst legt, wenn sie einen Mann fragt, ob er mit ihr schlafen will. Da wird sie ganz ruhig und ihr Bewußtsein ganz klar, so klar wie sonst nie.

»Bist du verheiratet?« fragt sie.

Der Mann schaut auf und tut die Frage mit einer wegwerfenden Handbewegung ab. Damit kann Ella nichts anfangen. Sie hakt nach, bis der Mann sagt:

»Gott behüte, ich werde doch nicht ein Leben lang die Revolution predigen und dann heiraten. Ich könnte diese ständige Bevormundung nicht ertragen.«

Seine Hände zittern ein wenig; er trägt keinen Ehering. Verlegen starrt er auf sein Bierglas, und sein Kinn, das irgendwie zu weich ist, berührt beinahe den Krawattenknopf. Teile des Zigarettenrauchs, den er ausatmet, fahren in seine Hemdtasche.

Eine Weile unterhalten sie sich, ein bangloses Gespräch, das dann und wann durch Ellas gezielte Anspielungen etwas Zweideutiges bekommt. Ella weiß sehr früh, daß der Mann auf ihr Angebot eingehen wird, eine fast schon lächerlich offenkundige Sache. Sie läßt den Mann reden. Er erzählt von seiner Arbeit als Chemiker in der Pharmaindustrie (das stimmt sogar). Zwischendurch sieht sie durch die seitliche Glaswand nach draußen und ermahnt sich, nach links wegzugehen, wenn sie abhaut. Einmal, sehr unangenehm, hat ein Mann sie beim Weggehen gesehen und ist ihr nachgelaufen.

Sie greift abermals nach der Hand ihres Gegenübers. Sie spürt die Wärme seiner Haut und das gleichzeitige Erstaunen darüber, daß hier ein Mensch ist, der sich sein Leben ebenfalls anders vorgestellt hat. Der Mann errötet leicht. In diesem Moment ist das Gefühl der Unwirklichkeit, das Ella empfindet, am stärksten, die Faszination, ein Gefühl von Macht, als würden jetzt auch ihre eigenen Träume in Erfüllung gehen, als könnte sie, angefangen bei ihrer eigenen Kindheit bis hin zu den Jahren mit Anna, alles irgendwie ausbessern, was danebengegangen ist. Sie fährt mit dem Fuß des Weinglases die Linien zweier Lichtkegel entlang, die sich auf der Zigarettenhand des Mannes überschneiden. Der Moment gefällt ihr, und während sie hofft, daß die Geste auch dem Mann im Gedächtnis haften bleibt, sagt sie, wie gerne sie mit ihm schlafen würde. Sie rückt näher an den Mann heran, schlüpft halb in seinen Arm, der das Bier hält, damit sie die Antwort näher am Mikrofon hat. Der Lärm im Lokal, diese Mischung aus Gläserklirren, Lachen und lauten Gesprächen, stockt ihr in den Ohren.

»Wollen wir?« fragt sie und sieht den Mann aufmerksam an. Er behält seine lässige Haltung, aber diese Haltung steht im Widerspruch zu der Art, in der er seine Lungenzüge nimmt, eher gierig als nervös. Dennoch wirkt er jetzt weniger harmlos als auf den ersten Blick.

»Du verlierst wohl nicht gerne Zeit?« sagt er, dreht sich zu Ella, und im selben Moment spürt sie seine Hand zwischen den Beinen, die sie dort so flüchtig berührt, daß es einigermaßen erträglich ist. Die Hand streift nach oben, über Ellas Hüfte, über die Seite ihres linken Busens, den Hals hoch in ihren Nacken.

»Wozu auch.«

»Ja, wozu auch«, wiederholt er.

»Dann willst du?« fragt sie und dehnt es unbestimmt. Es ist nicht leicht, die Dinge so auszudrücken, daß sich das Angebot nicht selbst herabzieht.

»Ich denke schon«, sagt er.

»Können wir zu dir?«

»Lieber zu dir, ich bin nicht darauf eingerichtet«, formuliert er angestrengt, in lauter unschlüssigen Silben. Ella kann seiner Stimme die innere Erregung anmerken, die Unsicherheit, die nicht vergehen will. Sie setzt nach (das sind die Spielregeln), ob es nicht vielleicht doch jemanden in seinem Leben gebe, der mit Eifersüchteleien reagieren könnte.

»Kein Thema.«

»Männer, die schon ein schlechtes Gewissen haben, bevor es soweit ist, gehen mir auf den Senkel.«

Herausfordernd läßt Ella einen Schluck Wein über und unter ihre Zunge gleiten, sie spürt abermals die Risse in der gespielten Selbstsicherheit des Mannes.

»Ich würde einfach lieber zu dir«, erklärt er. »Ich hatte es in letzter Zeit nicht so mit dem Aufräumen.«

»Gut, wenn wir leise sind.«

»An mir soll's nicht liegen.«

Er lächelt schwach, beugt sich vor und versucht, Ella auf den Mund zu küssen, was Ella, nachdem sie ihm die Wange ihrer linken Seite überlassen hat, davon abhält, noch weitere Fragen zu stellen. Offenbar ist der Mann keiner mit einem großen Mitteilungsbedürfnis, und sie ist nicht versessen darauf, ihm Anzahlungen auf das zu geben, was er nicht bekommen wird. Sie zwinkert dem Mann zu, drückt ihm ihre Zigarettenpackung samt Feuerzeug in die Hand, ein Ritual, das sich bewährt hat. Dann entschuldigt sie sich Richtung Klo. Während sie sich zwischen den Gruppen hindurchdrückt, öffnet sie ihre Handtasche, stoppt das Aufnahmegerät, schon im vorderen Teil des Lokals. Ein rascher Blick über die Schulter, ob ihr der Mann folgt. Gleich darauf schlüpft sie zur Tür, hinaus auf die weihnachtlich erleuchtete Straße, wo sie wieder Boden unter die Füße bekommt, wo die Kälte auf ihre Zahnfüllungen trifft, wo ihr Körper sich gegen einen kräftigen Wind wappnet, der den Schnee in Stößen herantreibt.

Es schneit nach wie vor, dichter jetzt, aber weiterhin in leichten Flocken. Die Flocken, die auf die Schultern von Ellas Mantel fallen, heben sich nur einen Moment lang hell davon ab, ehe sie durchscheinend werden und schmelzen. Die Straße ist dort, wo keine Autos fahren, bereits weiß, wie mit weißer Tünche überzogen, einem ersten Anstrich, der den Asphalt durchschimmern läßt. Die fahrenden Autos erwecken den Eindruck, als bleibe der Schnee an den Reifen kleben. Ella genießt die einsame Strecke durch zwei Gassen, wo die Flocken in den Winkeln tanzen. Sie erreicht den Ring mit seinen kahlen Kastanienbäumen, unter denen eine Straßenbahn Richtung Oper fährt. Sie rennt ein Stück, am Parlament entlang, an Lampen und einer Telefonzelle vorbei. Sie erwischt die Bahn und ist weg.

Um Mitternacht kommt sie nach Hause. Maria, die vor dem Fernseher eingeschlafen ist, wacht nicht auf, als Ella den Fernseher abstellt und die Balkontür öffnet, um frische Luft einzulassen. Maria liegt ausgestreckt auf dem Rücken, ihr Körper wirkt schwer, das Licht fällt ihr in den halboffenen Mund; glücklich sieht sie nicht aus. Ella ist drauf und dran, ihre Schwester zu wecken, läßt es dann aber, als ihr einfällt, daß sie keine Lust zum Reden hat. Wie war dein Abend? In dieser Art.

Fürs erste zieht Ella es vor, sich Marias halbvolles Weinglas zu schnappen; damit stellt sie sich hinaus auf den Balkon.

Von hier aus kann sie sehen, daß in Annas Zimmer Licht brennt. Als sie sich dem Fenster nähert, hört sie Musik aus dem leise gestellten Radio, ein sinnloses, schunkelndes Lied, das sich zur Fülle des Tages häuft wie der Schnee, der sich mittlerweile ebenfalls anzusammeln beginnt. Etwas zugleich Leichtes und Weites fällt mit dem Schnee in den Hof, es macht den Eindruck, als breite sich der Hof Stück für Stück aus. Kein Wind mehr, sogar die Blechverkleidungen am Dach machen keine Geräusche, nur dieser harmlose Schlager, der in Ellas Ohren ebenso kindisch wie melodramatisch klingt und trotzdem etwas anspricht, für das sie gerade empfänglich ist. Sie würde sich wünschen, daß es ewig so weiterginge, ruhig und ungetrübt. Aber das Glücksgefühl verflüchtigt sich rasch, schon beim nächsten Lied, das ihr nicht gefällt. Enttäuscht starrt Ella einen Moment in die Flocken, die sich ihren Platz im Hof suchen, und die Frage schiebt sich in ihren Kopf, wen Anna in ihr Abendgebet eingeschlossen hat, welche ihrer Mütter. Ella überlegt, ob sie Maria danach fragen soll. Aber gleich darauf verwirft sie den Gedanken wieder. Wozu auch, denkt sie.

Wenn Maria nach Hause gegangen ist, wird Ella in Annas Zimmer gehen, Licht und Radio abdrehen, und bis dahin genügt ihr die Gewißheit, daß es noch etwas gibt, das zu erledigen ist.

Sie beginnt zu frösteln, es durchläuft sie in Wellen. Sie verschränkt die Arme unter den Brüsten, die Schultern hochgezogen, die Ellbogen an die unteren Rippen gepreßt.

Für einen Augenblick glaubt sie ihre Tochter vor sich zu sehen, schlafend, im Bett eingerollt, einen Zipfel des Polsterbezugs im Mund. Auf dem Nachttisch der Schuhkarton mit der Maus. Von jenseits der Fahrradständer ist jetzt ab und zu ein Geräusch zu hören, das sich über die Radiomusik schiebt, ähnlich einem vorsichtigen Hammerschlag, ein metallisches, unregelmäßig ertönendes Klacken, das die nächtliche Szenerie dehnt, wie in Müdigkeit ausgestreckt. In Annas Radio setzt *Fiesta Mexicana* ein, fast ohne Stimme, als zöge die Stimme es vor, im Warmen zu bleiben. Ella wippt fröstelnd auf den Fersen, mit in den Schuhen eingezogenen Zehen. Sie vernimmt das sachte Schlurfen von Schritten an einer Stelle des Hofes, die sie nicht einsieht, und wenig später das Rasseln eines Streuwagens, dessen Signallicht, schon in einiger Entfernung, orange durch die Lücke zwischen zwei Blöcken flammt.

Abschied von Berlin

Er hatte knapp anderthalb Jahre in Berlin verbracht, ohne dort richtig Fuß zu fassen. Er hatte kein schnelles Geld gemacht, nicht einmal langsames, und in dem Kinocenter, in dem er zuletzt als Vorführer gearbeitet hatte, war er aus heiterem Himmel eingespart worden. Sein ursprüngliches Ziel, New York, lag in noch weiterer Ferne als zuvor, denn auch das Geld, das ihm seine Mutter gegeben hatte, damit er *da oben nicht verlaust*, war aufgebraucht. Seine Rückkehr nach Wien war für den darauffolgenden Nachmittag fixiert.

Den letzten Abend verbrachte er mit Antonia, einer Dramaturgin italienischer Abstammung, die er zwei Monate vorher bei einer Kinopremiere kennengelernt und mit der er ein paarmal geschlafen hatte. Sie saßen im Ostteil der Stadt in einem Lokal, dessen Name ihm schon entfallen war, noch ehe er Platz genommen hatte; irgendeine Wortbildung mit *Palmen* oder *Perlen*. Dort tranken sie Rotwein und redeten viel belangloses Zeug, was weniger an Antonias und seiner Befangenheit lag als an einer gewissen Gleichgültigkeit angesichts der bevorstehenden Trennung. Dem Abschied und der damit verbundenen Notwendigkeit, auch das Wenige, das sie miteinander verband, in den Schoß der Götter zurückzulegen, sahen sie, um das mindeste zu sagen, mit ernüchternder Gelassenheit entgegen.

Antonia sagte:

»Wozu Krokodilstränen herausdrücken, wenn alle Beteiligten allein deshalb enttäuscht sind, weil sie immerzu an die Falschen geraten.«

»Es gibt nur Falsche, mehr oder weniger Falsche«, gab Lukas zu bedenken.

Auf das Ausmaß, *wie falsch* sie waren, gingen sie nicht ein, denn die Distanz, die sie trennen würde, sobald Lukas wieder in Wien war, beflügelte weder Antonias noch seine Phantasie, das genügte als Indikator vollauf. Sie konnten sich vorbehaltlos bescheinigen, daß sie beide nicht eingelöst hatten, was sie an einem der ersten Tage ihres Kennenlernens im Spaß formuliert hatten: Daß der Verlust des Verstandes in der Liebe das untere Limit sei, einmal vorausgesetzt, man wolle es in ihr zu etwas bringen.

Um halb zwei in der Nacht, als sich das Lokal schon so gut wie geleert hatte, trat die Kellnerin an den Tisch und verkündete, daß das Taxi warte.

»Wir haben kein Taxi bestellt«, sagte Lukas.

Im nächsten Augenblick stand Antonia auf, gab ihm einen Kuß auf die Wange und sagte einen dieser bei Indianern oder Eskimos angelesenen Sätze, mit denen sie sich regelmäßig über die Runden rettete, wenn sie nichts zu sagen hatte oder nichts sagen wollte:

»Halt die Ohren steif, wenn sie nicht dreckig genug sind, daß sie von alleine stehen.«

Antonia verschwand mit der Kellnerin in den vorderen

Teil des Lokals, und obwohl Lukas Erleichterung empfand, daß sie den Abschied mit so wenig Gefühlsaufwand hinter sich gebracht hatten, ärgerte er sich über Antonias Abgang. Bestätigung, daß er gut beraten war, wenn er seine Berliner Solitude aufgab, brauchte er keine, so viel war sicher.

Die Deckenventilatoren wurden abgestellt. Wenig später kam die Kellnerin auch zu ihm, um abzukassieren, und dabei stellte sich heraus, daß nicht nur seine, sondern auch Antonias Rechnung offen war. Er zögerte einen Moment, auch, weil er Antonia für konsequenter gehalten hätte (es kann ja nicht reichen, daß man lediglich keine Gefahr läuft, danke sagen zu müssen). Und obwohl er sich gut in der Gewalt hatte, genügte der Kellnerin sein Zögern, um zu wissen, daß die Entscheidung, die Kosten des Abends ihm zu überlassen, von Antonia getroffen worden war.

»Ich dachte, es ist mit dir abgesprochen«, sagte die Kellnerin und machte eine entschuldigende Geste.

»Ist schon okay«, sagte er abwinkend, ein wenig getröstet, weil hier jemand war, der sich für einen Augenblick auf seine Seite schlug. Die Kellnerin gab ihm das Wechselgeld heraus und sagte:

»Ich habe ebenfalls genug für heute.«

Sie ging zurück zur Bar, wo auch er noch eine Weile herumhing, unwillig, sich damit abzufinden, daß auch der letzte Abend einen Hauch Schäbigkeit abbekommen hatte, mehr als nur einen Hauch. Die Kellnerin pfropfte Vakuumstöpsel auf die Weinflaschen. Offensichtlich hatte sie nichts dagegen, sich noch ein wenig mit ihm zu unterhalten.

»Das vorhin, eigentlich macht es mir nichts aus. Nicht viel«, sagte er.

»Klingt ganz danach«, sagte sie.

»Ist aber so. Ich bin ohnehin dabei, Bilanz zu ziehen, und da kommt es mir als Schlußstrich auf meiner Seite gerade recht.«

»Und wie sieht die Bilanz so aus?« fragte sie.

Er sagte:

»Ich habe ihren Raucherhusten von Anfang an gemocht« – das war die Wahrheit – »ebenso den breiten Spalt vorne zwischen ihren Zähnen, ihr Lachen und ihre Direktheit. Dem steht lediglich entgegen, daß ich mir ständig als ihr Publikum vorgekommen bin. Aber selbst das hat mir irgendwie gefallen.«

Die Kellnerin schaute von ihrer Arbeit auf, mit einem auf freundliche Art durchdringenden Blick, als wisse sie über alles Bescheid. Lukas dachte, die Frau halte ihn bestimmt für einen hoffnungslosen Fall. Rasch fuhr er fort:

»Außerdem sind meine Finger hängengeblieben, sooft ich über Antonias seltsam rauhe Haut gefahren bin.«

»Die Haut von Südländern ist einfach dicker«, sagte die Kellnerin. »Ich glaube, die ist einfach dicker.«

»Es war mehr als nur das«, sagte er. »Richtig hängengeblieben.«

Die Unterhaltung ging fast ausschließlich über Antonia, geradezu zwanghaft, seinerseits, obwohl er nicht selbstmitleidig erscheinen wollte (was er zweifellos war). Immerhin bemühte er sich, seine Enttäuschung nicht mehr als nötig merken zu lassen und die Kellnerin möglichst oft zum Lachen zu bringen. Unter anderem erzählte er ihr von einem der ersten Abende, als Antonia einen

Block aus ihrer Umhängetasche gezogen, ihre Finger befeuchtet und nach der Liste mit den *42 Punkten* gesucht hatte. Bei den *42 Punkten* handelte es sich um eine detaillierte Aufstellung der Gründe, weshalb Antonias Noch-Lebensgefährte, ein Filmproduzent, Gift für sie war. Die Glanznummern trug sie theatralisch vor, sie bog sich vor Lachen, zwischendurch merkte sie augenzwinkernd an, daß dieser oder jener Punkt ein schlechtes Licht auf sie werfen könnte, dann lachte sie noch lauter und ließ den Notizblock wieder verschwinden.

»Punkt 14: Weil ich wegen deiner ewigen Kompliziertheit gelernt habe, es mir selber zu machen.«

Die Kellnerin lachte ebenfalls, und das gemeinsame Lachen, die Vertrautheit, die darin lag und mit der Lukas in dieser Nacht nicht mehr gerechnet hatte, besserte seine Laune. In letzter Zeit, seit alles aus dem Ruder lief, schaffte er es immer seltener, ausgelassen zu sein, und das, obwohl ihm das instinktive Zurückweichen von Frauen, wenn einer durchhängt, schon aufgefallen war.

Sie brachen gemeinsam auf.

»Bin ganz schön müde«, sagte die Kellnerin, als sie auf der Straße standen. Er steckte verlegen die Hände in die Jackentaschen, zog sie aber sogleich wieder heraus, weil ihm einfiel, daß dies der Moment war, in dem er sich verabschieden mußte.

»Ist in der Nähe ein Geldautomat?« fragte er. »Für das Taxi«, fügte er hinzu. Er hatte Zweifel, daß die knapp vierzig Euro, die er noch in der Tasche hatte, für die Fahrt nach Wannsee reichen würden. Auch einem Mitbewohner schuldete er Geld und mußte es vor dem Abflug zurückgeben; lauter Dinge, die ihm vor Augen hielten, daß er keuchend und mit leeren Taschen auf die Zielgerade seines hiesigen Aufenthalts bog.

»Wenn du willst, kannst du bei mir auf der Couch schlafen.«

Die Kellnerin machte ihm das Angebot ohne Zwischentöne. Dabei zog sie die rechte Schulter nach vorn, die linke zurück, wie um mit dieser Achsendrehung die Richtung anzudeuten, in der ihre Wohnung lag.

Sie gingen die Schwedter Straße, über die Kastanienallee, zur Rheinsberger Straße. Außer ihnen war kaum jemand unterwegs, kaum Verkehr. Die Kellnerin schlurfte beim Gehen, obwohl sie sich kerzengerade hielt. Beinahe synchron zu ihrem Schlurfen wetzten die Hosenröhren seiner Jeans aneinander, was gut zu hören war, denn sie führten die Unterhaltung nicht fort. Lukas hatte schon genug über Antonia geredet, fast schon zu viel. Außerdem verstärkte die frische Luft die Wirkung des Alkohols, und sein Denkvermögen trübte sich ein, was er widersinnigerweise sehr klar registrierte. Er fühlte sich seltsam undefiniert, und auch die wenigen Minuten, während derer die Wohnung der Kellnerin hell beleuchtet war, kamen ihm als eine Art Auszeit vor, als irgendwie aus der Welt gefallenes Terrain. Zwar tauchte am Rande der Gedanke auf, mit der Kellnerin zu schlafen und sich so für die Misere mit Antonia zu entschädigen, aber das schlug sich nicht in Erregung nieder. Seine Müdigkeit und die Angst, einen Korb zu erhalten, waren stärker.

»Sie ist nicht sonderlich bequem«, sagte die Kellnerin, während sie die Couch auseinanderklappte.

»Ich habe bestimmt schon Schlimmeres erlebt.«

Er sah die Kellnerin an. Sie machte eine einladende

Geste. Er nickte und fingerte die Knöpfe der Hemdsärmel aus ihren Löchern, ehe er sich auf die schaumstoffgestopften Polster legte. Die Kellnerin entschuldigte sich, daß sie keine zweite Decke besitze, sie könne einen Mantel bringen. Aber Lukas schlug das Angebot mit der Begründung aus, daß er es vorziehe, in den Kleidern zu schlafen.

Die Kellnerin ließ ihn allein und ging ins Bad zum Zähneputzen. Sowie sie weg war, war Lukas in Gedanken wieder bei Antonia und fragte sich, ob auch er Stoff für 42 Punkte abgeben würde. Er bezweifelte es, und das kränkte ihn, grad so, als ginge es um Gutpunkte, nicht um Schlechtpunkte. Unterdessen hörte er aus dem Bad Gurgeln. Eine sehr aus der Mode gekommene Eigenart; und das sagte er der Kellnerin auch, als sie zurück ins Zimmer trat. Sie schaute ihn unsicher an, ohne auf die Bemerkung einzugehen, sie drehte am quietschenden Reguliergriff der Heizung, knipste sämtliche Lichter aus, zuletzt die Stehlampe zwischen Couch und Fenster. Dann tappte sie im Dunkeln an ihm vorbei, bereits barfuß, um Sekunden später das Hochbett zu erklimmen, das am anderen Ende des relativ großen Wohn- und Schlafraums aufragte.

»Gute Nacht«, sagte sie.

Er wünschte ebenfalls eine gute Nacht, recht kleinlaut. Er lag auf dem Rücken, die Hände im Nacken, und hörte, wie sich die Kellnerin auszog, innehielt und dann die Kleider vom Bett herunter aufs Parkett warf. Er mochte diesen Moment, obwohl er ihn genausogut nicht hätte mögen können. Das Bettzeug raschelte heftig. Diesem Geräusch wandte er sich zu, horchte jetzt aber in eine dichte Stille hinein, die nur allmählich an Durchlässigkeit gewann. Nach einer Weile vermeinte er ein flaches Atmen auszumachen. Er streckte sich seltsam beruhigt aus. Aber die Vorstellung, daß die Kellnerin bereits in tiefen Schlaf gefallen war, brachte ihn dann doch an den Punkt, sich zu sagen, daß sie ihm ihre Couch nur wegen Antonia angeboten hatte, als Vertreterin weiblicher Barmherzigkeit sozusagen. Er fragte sich, wie es mit ihm weitergehen werde. Er dachte an seine Mutter, an ihre Wohnung im elften Bezirk, wo er vorübergehend wieder Unterschlupf finden würde. Aber wenigstens dieses Bild gewann keine Schärfe mehr, denn vom Alkohol geschwächt und moralisch erschöpft, schlief er ebenfalls ein, ohne es zu merken. Als ihn die Türklingel weckte, glaubte er zunächst, sich die ganze Zeit in seinen Überlegungen gedreht zu haben, so präsent waren sie von der ersten Sekunde an. Dabei war es schon hell.

Es klingelte, zuerst einmal, dann zweimal kurz hintereinander. Das Tageslicht hatte die Distanz zwischen Hochbett und Couch verkürzt und alles irgendwie verschoben, was gut zu Lukas' Benommenheit paßte. Er schaute in die Richtung des Hochbetts, er wartete, ob die Kellnerin auf das Klingeln reagieren und herunterklettern würde. Tatsächlich hob sie ihren Oberkörper, der Lattenrost knarrte. Sie beugte sich zu Lukas, blinzelte und sagte mit belegter Stimme, er solle so nett sein und die Türe öffnen, das sei der Installateur. Es klingelte erneut, heftig. Die Kellnerin stöhnte:

»Hatte ich ganz vergessen, tut mir leid. Es ist wegen dem Abfluß der Badewanne, der ist seit zwei Wochen undicht.«

Der Kopf der Kellnerin sank zurück ins Kissen, und Lukas zweifelte nicht daran, daß sie augenblicklich weiterschlafen würde. Für ihn hingegen hatte der Tag begonnen, und zwar mit einem Auftrag. Er stemmte sich hoch und trat aus der diffusen Situation, in der ihn die Nacht und das langsame Wachwerden der Kellnerin festgehalten hatten, zur Wohnungstür.

»Dachte schon, es ist niemand zu Hause«, sagte der Installateur.

Der Mann manövrierte zwei Kisten an Lukas vorbei in die Diele, hielt inne, um Lukas den Vortritt zu lassen. Lukas schloß die Wohnungstür, und während er sich umständlich das Hemd in die Hose steckte, überlegte er, wo das Badezimmer liegen mochte. In mechanischer Eile setzte er die zur Verfügung stehenden Türen ins Verhältnis zu Küche und Klo, über die er Bescheid wußte. Dann öffnete er die in Frage kommende Tür und lag auf Anhieb richtig. Im Vorbeigehen schloß er mit Schwung den Spiegelschrank über dem Waschbecken, als behebe er seine eigene Nachlässigkeit vom Vortag. Anschließend, nachdem er bisher in einsilbiger Schläfrigkeit nur die gebräuchlichen Höflichkeitsfloskeln herausgebracht hatte, sagte er:

»Es handelt sich um den Abfluß der Badewanne, der ist seit zwei Wochen undicht.«

Tatsächlich sah man am Boden, dort wo die gefliese Verkleidung der Badewanne näßte, ein schmutziges Handtuch liegen.

Der Installateur, ein Mann um die Vierzig, dem man ansah, daß er auch am Samstag nichts Besseres zu tun hatte, als zu arbeiten, setzte Werkzeug- und Materialkasten vor dem Waschbecken ab, schnalzte die Schnallen am Werkzeugkasten mit den Daumen auf und holte einen

Hammer hervor. Er klopfte mit dem Ende des hölzernen Stiels gegen mehrere der geblümten Fliesen der Badewannenverkleidung, bis er geprüft hatte, hinter welchen Fliesen es hohl klang. Dann sagte er:

»Ich muß die Fliesen einschlagen, damit ich mir das ansehen kann. Wird auch besser sein, wenn Sie das Fenster öffnen, für alle Fälle.«

Lukas drehte den Riegel des einflügeligen Fensters in die Horizontale, öffnete es und schaute in einen von Wohnhäusern umgebenen, mit Fahrrädern und Kinderwägen vollgestellten Hinterhof. In den leicht bewölkten Himmel sickerte Farbe ein, der Blick nach oben erinnerte ihn daran, daß irgendwo da draußen der Flugplatz lag, wo am Nachmittag die Maschine nach Wien abgehen würde. Er mußte Koffer packen. Auch einen Nachsendeauftrag mußte er erteilen. Aber wie die Dinge lagen, würde daraus wohl nichts mehr werden.

Lukas quetschte sich am Installateur vorbei und schloß die Tür des Badezimmers von innen, dabei gab er sich Mühe, möglichst leise zu sein.

»Sie schläft noch«, sagte er. Und noch während er das sagte, stellte sich ein Gefühl ein, als hätte er den Vorabend und alle Beteiligten ausgetrickst und wäre hierher entkommen, in dieses Badezimmer, wo er sicher war.

Gähnend fuhr er fort:

»Wenn man als Kellnerin ein gutes Herz hat, kommt man nicht vor vier Uhr ins Bett.«

Der Installateur nickte und zertrümmerte mit mehreren gezielten Hammerschlägen vier Fliesen. Er schlug die Ränder des entstandenen Lochs ab, damit er beim Hantieren unter der Wanne möglichst viel Platz hatte.

»Eine hübsche Frau«, sagte der Installateur wie zu sich selbst.

Ein Rinnsal schmutzigen Wassers breitete sich in den Bodenfugen aus.

»Worauf ich verdammt stolz bin«, sagte Lukas, verblüfft, daß ihm der Satz so leicht über die Lippen ging. Er rechtfertigte sich sogleich: »So eine Frau findet man nicht alle Tage, da darf man schon ein wenig stolz sein.«

»Dazu haben Sie allen Grund«, sagte der Installateur. Er schob die Fliesenscherben beiseite und wischte das Wasser mit dem dreckigen Handtuch auf, ehe er Lukas einen Stecker reichte, an dem eine von einem Drahtkäfig umschlossene Glühbirne hing.

»Es ist schließlich nicht selbstverständlich so«, sagte Lukas, »ich habe auch meine Enttäuschungen erlebt, und was für welche.«

»Wer nicht«, sagte der Installateur.

Der Mann beförderte das Arbeitslicht in den Hohlraum unter der Wanne, lag dann rücklings am Boden und hantierte ächzend mit einem großen Gabelschlüssel in dem hell ausgeleuchteten Bereich unter dem Abfluß. Was genau dort passierte, konnte Lukas nicht sehen, denn Arme und Oberkörper des Mannes füllten und verdeckten das in die Fliesen geschlagene Loch.

Lukas sagte:

»Die davor war Italienerin, wie aus dem Bilderbuch, mit solchen Haarbüscheln unter den Achseln. Bei der haben immerzu die Türen geknallt, daß der Schlüssel einen Meter weit ins Zimmer gesprungen ist.«

»Da wird einem wenigstens nicht langweilig«, keuchte der Installateur. Und kurz darauf:

»Sie sind auch kein Berliner, was?«

»Österreicher. Ich arbeite als Filmvorführer in einem Kino in Charlottenburg. Nichts Besonderes. Hauptsächlich 35-mm-Telleranlagen. Aber recht gut bezahlt. Das wichtigste ist, ich kann mich hier halten.«

Der Installateur kam mit dem Oberkörper hoch. Er warf den Schraubenschlüssel auf das dreckige Handtuch, besann sich aber und verwendete das Handtuch zum Abtrocknen der Hände. Der Schlüssel klimperte mit einem hellen Geräusch auf die Fliesen. Der Installateur fragte:

»Schon lange mit ihr zusammen?«

»Seit vier Monaten«, behauptete Lukas und genoß es, Antonia und die Zeit mit ihr einfach zu überspringen. Er spürte den Puls im Hals, ihm war, als erlebte er in diesem Moment die erste glückliche Liebesbeziehung seit langem.

»Wir haben ein Hochbett«, sagte er, »das ist großartig. Wenn man als erster im Bett ist, und der andere kommt nach, fühlt man sich wie ein König.«

In seinen Handflächen bildete sich Schweiß. Aber der Installateur lehnte sitzend an der Badewanne, ohne den geringsten Argwohn, und schraubte zwei Rohrteile auseinander. Er blickte auf, nickte und wendete sich wieder dem Loch zu. Von dem Hohlraum verzerrt, hörte Lukas ihn sagen:

»Ich war auch einmal mit einer Frau mit einem Hochbett zusammen. Ist schon ein paar Jahre her. Sie hat im Bett immer geschrien.«

»Wie meine!« platzte Lukas heraus. »Meine schreit auch!«

Er lachte vor Freude über diese unverhoffte Gemeinsamkeit, riskierte einen Blick in den Spiegel und war nicht überrascht, daß er trotz der anstrengenden Nacht einen sympathischen Eindruck auf sich machte.

»Sie hat eine wunderschöne Stimme«, sagte er, »das allererstaunlichste aber ist ihre Haut, so was von —«

Er lachte neuerlich, trotz oder wegen seiner Nervosität, dabei überlegte er, ob es ihn in den Augen der Kellnerin attraktiver machen würde, wenn er behauptete, daß er Drehbücher verfasse. Er war drauf und dran, dieser Idee ein wenig Substanz zu verschaffen, indem er dem Installateur davon erzählte. Doch dieser kam ihm zuvor, indem er fragte, ob der Abfluß öfters mal verstopft war.

Lukas nickte bedeutungsvoll.

»Reinigungssäure hat einen Dichtungsring durchgefressen, das kann vorkommen. Am besten, ihr kauft euch ein Abflußsieb, das erspart euch in Zukunft Ärger.«

Der Installateur entnahm einem der oberen Fächer seiner Materialkiste einen Gummiring und beschmierte ihn mit Fett aus einer großen roten Dose. Auf Lukas machte der Mann nicht den Eindruck, als ob er gleich weiterreden wolle, also lenkte er die Unterhaltung auf das, was seine Phantasie, seit er Antonia kannte, wieder stärker beschäftigte.

»Ich schreibe Drehbücher«, sagte er. »Die Geschichten, die ich mir ausdenke, erzähle ich ihr immer. Das sind so Momente. Ich meine, sie hat ein so feines Gespür für Schattierungen, ohne sich je selber in den Vordergrund zu drängen.«

Aber den Installateur schien weder Lukas' Karriere beim Film noch das Gespür der Kellnerin zu interessieren. Vermutlich war er zu sehr von seiner Arbeit beansprucht, die in die schwierige Phase getreten war. Unterhaltung kam keine mehr in Gang. Der Installateur ließ probehalber aus beiden Hähnen Wasser laufen, er gab Lukas den Tip, das Loch in den Fliesen mit einem Blech zu verkleiden, solche Deckel gebe es in jedem Baumarkt zu kaufen. Dann räumte er das Werkzeug ein, schaute auf die Uhr und errechnete die Kosten, schwarz.

»Dreißig Euro.«

»Dreißig Euro«, wiederholte Lukas, deprimiert, daß die Unterhaltung keine Fortsetzung fand. Außerdem schwankte er, was er tun sollte. Nach den vertraulichen Lügen, die er dem Installateur erzählt hatte, konnte er die Kellnerin nicht gut wecken. Was blieb ihm übrig. Er ging voraus in die Diele, zog seine Geldtasche aus der Jacke und gab dem Installateur zusätzlich zur verlangten Summe ein kleines Trinkgeld, so ziemlich alles, was ihm nach dem Abend mit Antonia geblieben war.

»Danke für die Mühe«, sagte Lukas, weiterhin voller Bedauern. Die Arglosigkeit des Installateurs hatte seinem Glück mit der Kellnerin eine Zeitlang eine gewisse Basis verschafft. Doch ohne den Installateur? Blieb nicht viel. Lukas wäre gerne nochmals auf die Badewanne zu sprechen gekommen, wie froh ihn die geglückte Reparatur mache, da die Badewanne aus seinem Leben mit der Kellnerin nicht wegzudenken sei. Aber zum Wohn- und Schlafzimmer gab es lediglich einen offenen Durchgang, so daß er es nicht wagte, das Thema anzusprechen. Er hatte Angst, die Kellnerin könnte aufwachen und alles hören.

»Nichts zu danken und schöne Grüße«, sagte der Installateur.

Lukas hörte den einzigen Mitwisser und mutmaßlichen Neider seiner häuslichen Seligkeit die Treppe hinunterstapfen. Mit erhobenem Kopf horchte er den schweren Tritten hinterher, bis das Geräusch verstummte. Dann stand er zwei weitere Minuten regungslos vor der halboffenen Tür, und die Verlassenheit rauschte ihm in den Ohren wie schon lange nicht mehr. Er mußte los, er mußte die Kellnerin aus dem Schlaf holen, wenn er sich von ihr verabschieden wollte. Dabei wußte er noch nicht einmal ihren Namen, um sie damit zu wecken. In der Aufregung, als sie sich vorgestellt hatte, war ihm ihr Name sogleich wieder entglitten; und draußen an der Tür – er vergewisserte sich – war lediglich ein Nachname angebracht, und selbst der gehörte, dem vergilbten Schild nach zu schließen, einem fernen Vormieter.

Lukas trat dennoch in den Durchgang zum Wohnzimmer. Von dort aus konnte er die Kellnerin sehen, die Wölbung ihres Körpers unter der Decke und ihre linke Hand, die über den Bettrand hing. Er betrachtete die Hand, die Finger krümmten sich zu einer halben Faust, um sich sogleich wieder zu lösen. Die Haut der Kellnerin war erstaunlich blaß, die Adern am Handrücken schimmerten grünlich durch. Er folgte dem Aderngeflecht mit den Augen, er wünschte sich, daß irgend etwas passierte, daß die Kellnerin aufwachte. Gleichzeitig empfand er ein heftiges Bedauern angesichts all dessen, was nicht war, aber sein könnte, und doch nicht sein würde, weil er sich im Gespräch mit dem Installateur schon alles genommen hatte.

Wenn er wieder in Wien war, würde er ausreichend Gelegenheit haben, über all das nachzudenken; mehr als ausreichend.

Addio sagte er bei sich (was er eigentlich zu Antonia hätte sagen wollen), ging in die Küche und schrieb ein paar Worte auf einen Zettel, die sogar irgendwie zu passen schienen. Er trank ein Glas Wasser. Dann langte er nach seiner Jacke und seinen Schuhen, die er aber erst anzog, als er die Wohnungstür hinter sich geschlossen hatte und im Hausflur stand.

Der Untermieter

Nach den vielen Tücken der letzten Wochen läßt mich jetzt auch der Kaffee im Stich. Schon von der zweiten Tasse bin ich zittrig und finde meine Ruhe nicht mehr. Alles ist umsonst. Alles. Ich kann das nicht mehr weiter mitmachen. Will es auch nicht. Denke auch nicht daran. Ich schnappe noch über in dieser Aufregung. Wenn ich geahnt hätte, daß es mit meinem Untermieter solche Probleme geben wird, hätte ich mich niemals überreden lassen und das Zimmer wieder an eine Studentin vergeben. Die Mädchen hatten wenigstens Anstand. Aber er, ein Schriftsteller, wer würde das bei einem Schriftsteller vermuten, verursacht nichts als Aufruhr von morgens bis abends.

Fehlt nur, daß seinetwegen die Katze ihr Leben verliert. Dann endlich darf er zufrieden sein mit der ansonsten vermißten *Folgerichtigkeit zwischen Ursache und Wirkung* – ihr Fehlen in der Welt macht er für den finanziellen Mißerfolg seiner Schreiberei verantwortlich. Mir will es nicht in den Kopf. Ich kann es nicht fassen. Ich begreife es nicht. Woher nimmt er die Schlechtigkeit, sich mit seinem Mädchen im Bett zu wälzen, während die Katze auf dem Küchentisch operiert wird und ich mir Vorwürfe mache, mit dem Tierarzt gewartet zu haben, bis das Vieh am Krepieren war? Dabei ist das nicht meine Schuld. Es beweist nur, daß es mein Untermieter jetzt verstärkt darauf anlegt, meine Nerven zu ruinieren, und daß ich nach den Aufregungen der letzten Tage furchtbar durcheinander bin.

Dauernd diese Anrufe von Leuten, die ihm Geld gegeben haben und nichts zurückbekommen. Und vor vier Tagen die Krone von allem, das Exekutionsgericht. Diesmal gleich zwei Herren, und der eine ganz energisch. Da gab es kein Pardon und auch kein *abgesperrt*. Jede Lade wurde durchsucht, jeder Kasten. Und dabei die maßlose Unordnung in seinem Zimmer, dieser Saustall aus Schmierzetteln und Büchern. Wie ich mich zu all der Aufregung geschämt habe. Und was für Bemerkungen da noch gemacht wurden, vor allem bezüglich der unanständig illustrierten Literatur, die der vom Gericht bestimmte Experte aussortierte. Trotzdem habe ich Partei ergriffen, aus Gewohnheit, alles gehöre mir, der Fernseher, die Stehlampe, sogar die elektrische Gitarre, die noch von einer Vormieterin stamme. Aber ich habe es zum letzten Mal getan. Dazu bin ich fest entschlossen. Nie wieder stelle ich mich vor ihn oder spiele die Dumme, die nichts weiß. Es glaubt ohnehin keiner. Ich sehe nicht ein, warum ich das mitmachen soll. Mein Leben hat mir nie solche Aufregung gebracht, und an einen Untermieter, wie er es ist, will ich meine Gesundheit nicht setzen. Jetzt hat es ein Ende. Meine Geduld ist erschöpft, mein Mitleid auch. Ich habe es schon lange satt, jetzt aber ganz. Sein Leichtsinn und seine Verantwortungslosigkeit sind über das hinaus, was zu ertragen ist. Es hat ein Maß angenommen, das ans Verbrechen reicht.

Damit will ich nichts mehr zu tun haben. Mein Leben war stets korrekt und anständig. Ich habe gearbeitet und war nie größenwahnsinnig, ich kann jedem und auch vor Gott sagen, ich habe rechtschaffen gelebt. Wenn ich es aber weiter so halte wie zuletzt, komm ich am Ende in den Verdacht, bei diesen Hochstapeleien mitzuspielen oder sie wenigstens zu decken. Habe ich das nötig? Wofür und warum? Was habe ich mit seiner Schreiberei zu schaffen? Nichts. Und es besteht auch keine Veranlassung, daß ich mir das weiter bieten lasse. Vielleicht habe ich veraltete Auffassungen, aber ich finde es einfach geschmacklos, die vormittäglichen Intimitäten vor Personen auszustellen, die nur zufällig in der Wohnung sind. Was denken der Arzt und der Praktikant von mir? Die Sache wird sich herumsprechen. Bestimmt finde ich keinen anständigen Nachmieter mehr, schon gar keine Studentin. Da sieht man es wieder, ein Draufzahlen hier wie dort. Diese Frechheit, diese Unverschämtheit, diese Schamlosigkeit. Und das bei einem Menschen seiner Bildung. Ich kann nur sagen –. Was? Was ich sagen wollte? Mein Gott, wie mir die Katze leid tut.

Und wieder der Blick zum Küchentisch, und wieder muß ich mich zusammenreißen, damit ich nicht aufheule wie beim Anblick der Spritze, mit der die Katze betäubt werden mußte. Mir ist noch immer ganz übel davon. Selbst die Stimme des Tierarztes, die anfangs, als der Katze der Bauch rasiert wurde, noch etwas Beruhigendes hatte, wirkt mittlerweile verletzend. Der sonore Klang erinnerte mich zunächst an die Stimme meines verstorbenen Bruders, ich erfaßte sogar die groben Zusammenhänge, daß eine Bekannte des Tierarztes während eines

Urlaubs in Polen eine Affäre hatte, bei der ein Küchentisch mit im Spiel war. Doch den Großteil der Ausführungen verpaßte ich, weil das Schnippen und Klirren des Operationsgeschirrs und das Rascheln und Schnalzen der Plastikhandschuhe stärker waren und mich ablenkten. Ebenso dieses Quietschen, das ich zuerst mit den Schuhsohlen eines der Ärzte in Zusammenhang brachte und dessen Ursache mir erst klar wurde, als es eine rhythmische Entsprechung in diesen gräßlichen »Ja«-Rufen fand.

Heute hat alles etwas Verletzendes. Alles ist so unfair. Mir kommt es vor, als ob mit diesen »Ja«-Rufen ein Pfropfen in das Gefäß mit meiner Trostlosigkeit getrieben würde, mit jedem ihrer Atemzüge, »Ja«, und daß ich dazu verurteilt sein muß, von dieser Trostlosigkeit niemals wieder loszukommen, für immer abgeschnitten zu sein von dem, was mir noch vor wenigen Wochen ein wenig Glück ermöglicht hat.

Überdeutlich höre ich, wie sie es tun: sich im Bett wälzen und ihre Rücksichtslosigkeit unter Beweis stellen. Mein Untermieter, dieser Lump. Ohne die geringste Empfindung für die Situation anderer jagt er hinter seinen Interessen her, und da kann es nur eine Frage der Zeit sein, bis er sich völlig allein wiederfindet und feststellen muß, daß ihm niemand folgen will. In seiner Hast und Unersättlichkeit muß er alles hinter sich lassen. Aus und vorbei. Niemand mehr da, der ihm aus der Patsche hilft. Ausgespielt. Ich frage mich ständig, durch welche schweren Lehren er einmal zur Einsicht kommen muß. Ihm fehlt es völlig an dem, was für ein Zusammenleben nötig ist. Obwohl er um jeden Menschen froh sein muß, der zu ihm steht, obwohl es doch allgemein und ganz richtig heißt, daß die Welt auf Gegenseitigkeit beruht, lebt er ganz auf fremde Rechnung.

Früher hat es ihn gefreut, die Katze um sich zu haben, und er hat ihr sogar ihre Lieblingskekse gekauft. Aber kurz nach der Ankündigung des Besuchs von Wie-heißt-sie-noch, seiner Freundin, hat die Katze eine Vase umgestoßen, deren Wasser sich über eine anscheinend lebenswichtige Diskette ergoß, und plötzlich war es dem Herrn Schriftsteller lieber, die Tür zu seinem Zimmer geschlossen zu halten. Da zeigte es sich: Diese Künstler sind reizbar, sie haben keine Geduld, schon gar nicht, wenn eine Katze vor der Zimmertür sitzt und raunzt. Aber Phantasie haben sie, daß einem die Spucke wegbleibt. Man stelle sich vor: Hängt einfach sein Zimmer mit Knoblauchzöpfen voll. Geschälte Zehen auf der Schwelle, zerstoßene Zehen, überall Knoblauch, im ganzen Zimmer, stinkender Knoblauch. Wie ich mich zu der Aufregung geschämt habe. Und dann die Bemerkungen, die werde ich mein Leben lang nicht vergessen. Schon vor den Exekutionsbeamten war ich den Tränen nahe. Und wie die Katze trösten? Sie war nicht wiederzuerkennen. Ihre Trägheit steigerte sich innerhalb von Tagen zu einer nie dagewesenen Schwermut.

Schwermut? Woher hätte ich wissen sollen, daß ausgerechnet ein Tumor die Ursache ihres Verhaltens war? Nicht einmal von fern habe ich an diese Möglichkeit gedacht. Statt dessen habe ich mich pausenlos über die unfaßliche Schäbigkeit dieses Tagediebs geärgert. Pfeift sich eins, kauft Knoblauch und sperrt sich mit seinem Mädchen ein, hängt das Fenster aus, weil das Wetter klebrig ist, die Rollos aber geschlossen sein müssen, damit von draußen niemand hineinsieht. Ganze Tage verbringen sie seither im Halbdunkel. Und trotzdem finden sie keine Gelegenheit, in dem Raum Ordnung zu schaffen. Vor allen Dingen wäre es an der Zeit, daß der Waschtisch, der unter aller Kritik zugerichtet ist, ihre Aufmerksamkeit fände. Eine fürchterliche Schlamperei mit den Sachen. Es ist wirklich gar zu arg mit dieser Bohemie. Auf nichts wird geachtet, und wenn ich etwas sage, ist die Folge ein tagelanges Ausbleiben von Grüßen. Und die Seife schwimmt weiter in einem Tümpel und verdirbt. Es kostet ja nur das Geld der anderen, und die haben es ja. Oben wie unten steht immer das Schmutzwasser. Der Kleiderkasten stinkt schon, weil sich darin Bakterien kultivieren. Ich rechne damit, daß es Wochen dauern wird, bis der Geruch draußen ist. Alles wird man neu richten müssen, den fleckigen Teppich und die für Materialsammlungen mißbrauchte, vollgekritzelte Tapete. Und die Kosten wird man dem Herrn Untermieter draufschlagen für den Fall, daß er doch noch irgendwann zu Geld kommt. Ich selber habe nämlich auch niemanden, der mich unterstützt oder aushält, ganz wie man es nennen will. Wenn die Waschmaschine mit einmal nur mehr links wäscht, weine ich zwei Tage, so sieht es aus.

Das liebe Geld spielt halt immer eine aufreibende Rolle, und ich bin nicht imstande, ihm diese Rolle auf meine Kosten abspenstig zu machen. Vor drei Wochen habe ich deshalb gesagt, daß eine Zahlung fällig ist, noch bevor der Besuch kommt – nicht nur zweihundert Euro, mindestens tausend. Bekommen habe ich nichts. Schau an. Hat er im letzten Jahr keinen Tupf eingenommen? Oder muß alles für andere Zwecke herhalten? Womöglich um dieses Mädchen zu bluffen? Ich entschuldige an ihm so vieles. Ich rechne ihm sämtliche Milderungsgründe an, weil ich wie vielleicht kein anderer Mensch weiß, wie es um ihn steht. Ich gebe ihm von den Gütern, die ich besitze, Liebe, Geduld, Geld. Und was tut er? Unart, Undank, aus dieser Schublade. Ich verstehe es nicht. Ich verstehe ihn schon länger nicht mehr. Ich tappe bei ihm im dunkeln. Will er zuletzt, daß anständige Menschen durch ihn um ihr Geld kommen und er am Ende in einem Licht dasteht, das wenig schmeichelhaft ist? So muß es kommen, unweigerlich. Ich sehe es. An die Zukunft will er nicht denken, höchstens, daß er auf den Zufall hofft. Doch da ihm der das Glück, von dem er glaubt, daß es ihm zusteht, nicht verschafft, richtet er seinen Lebensstil nach dem aus, was seiner Meinung nach wäre, *wenn die Mechanismen der Gesellschaft und die der Kunst auf Gerechtigkeit basierten.* Daß ich nicht lache. Er beruft sich da regelmäßig auf seine Beschreibung, wie so ein Sekretärinnenkörper sich streckt, wenn ihre Hände das Wort *Mississippi* tippen. Ausgerechnet *Mississippi*. Ich frage mich, wen interessiert das. Die Antwort ist: Nicht einmal die Sekretärinnen, nicht einmal die. Trotzdem scheint diese Beschreibung alles zu rechtfertigen. Der Verfasser, der seiner Meinung nach lediglich ums Haar nicht jung und hübsch genug ist, um schlagartig reich zu werden, macht sich einen ungetrübten Tag um den andern, ganz einfach, wenigstens dazu hat er Talent, daß man neidisch wird. Und woher er das Geld dafür kriegt? Ihm egal. Hauptsache, irgendwoher. Engpässe können ihn nicht schrecken. Immer hat er eine vertrauliche Lüge parat und einen Dummen, der sie ihm abnimmt. An den vielen Anrufen der letzten Tage zeigt sich wenigstens, daß ich nicht die einzige Dumme bin. Über seinen Einfallsreichtum kann ich nur staunen.

Es ist überhaupt so, daß sein Lebensstil auf der Gutmütigkeit seiner Mitmenschen basiert. Selbst beim Schreiben bringt er sich, objektiv betrachtet, als Taschendieb durch. Man müßte ihm für jedes Wort, das er den Leuten vom Mund herunterklaut, eine Rechnung ausstellen. Buchführung gibt es da leider Gottes keine, und das Zusammenleben mit ihm ist nicht zuletzt auch auf diesem Blatt ein ungleicher Handel. Zeigt man sich denjenigen, die für einen arbeiten, nicht üblicherweise erkenntlich oder würdigt ihre Leistung im mindesten Fall durch ein gelegentliches Dankeschön? Aber Fehlanzeige. Nichts dergleichen.

In allen seinen jüngeren Erzählungen, sogar in *Mississippi*, finde ich mich wieder. Und ich finde auch nicht mehr heraus. Aber nicht so sehr wegen der Verschachtelungen, sondern weil es immer leichter ist, ein Leben zu erfinden, als es zu meistern. Völlig unmöglich, mit seinen Spekulationen mitzuhalten. Ständig stellt er merkwürdige Beziehungen her und schickt mir seine Strohmänner ins Haus, die mich in diese unmöglichen Situationen bringen, die in Wirklichkeit nie eintreten. Und tun sie es doch, weil das Abwegige ein plötzliches Interesse an mir entdeckt hat, bleibt mir der Abklatsch, dann ist die Wirklichkeit vorab verschleudert, und dieser Strauchdieb hat den Triumph. Das ist Betrug. Das stinkt zum Himmel. Das geht auch nicht. Mein Leben hat plötzlich doppelte Böden, mit einmal sind da Fallstricke und Schlingen. Und auch heute mache ich für ihn die Drecksarbeit, indem ich allein in der Küche sitze und ertrage, was ich ihm später erzählen werde und was er bei nächster Gelegenheit voller Schadenfreude mit Übertreibungen und neunmalklugen Kommentaren in seinen Computer hämmern wird: Wie die Ärzte die Katze operieren und zugleich diese sexbesessene Bekannte auf einem polnischen Küchentisch ausbreiten. Die beiden Gegenstände scheinen überhaupt gut zu harmonieren. Denn obwohl die Belustigung der Männer mich zuweilen an deren Gewissenhaftigkeit zweifeln läßt, geht die Operation flott voran. Einmal lobt der Arzt die Eierstöcke der Katze. Wenig später wirft der Praktikant die Abfälle, zu denen auch die Eierstöcke gehören, in den Treteimer unter der Spüle und wäscht sich die Hände bis zu den Ellbogen hinauf. Er seufzt, die Katze habe eine finstere Sau gehabt, einen Tag länger zugewartet, und es wäre zu spät gewesen.

Ich möchte etwas erwidern, mich erklären, den Exekutor und die Gaunereien meines Untermieters zur Sprache bringen. Aber was kümmert das die Ärzte?

»Wir müssen uns beeilen. Wir sind ohnehin spät dran.«

Nicht einmal vom Kuchen essen sie, obwohl er ganz frisch ist, noch warm, in der Früh gebacken. Sie geben mir mehrere Ratschläge, die die Katze betreffen, verabschieden sich, Türe zu, und schon lachen sie, kaum auf der Treppe, die ganze Treppe hinunter, durchs ganze Stiegenhaus, lachen, daß sie sogar stehenbleiben müssen, um nach Luft zu schnappen. Und dann die Stille, in der ich mich schlucken höre. Kein Laut von der Katze, mein Gott, wie verkrümmt sie daliegt, sie atmet kaum. Und schon wieder fühle ich mich schuldig. Und schon wieder ärgere ich mich, weil ich einfach zu gutherzig bin. Was muß ich mich von allem betroffen fühlen? Was muß ich so eine unsinnige Schwäche für die Probleme meiner Mitmenschen haben? Es fehlt mir völlig an der Distanz. Und an der Konsequenz. Andere haben schon bei geringerer Veranlassung die Tür aufgerissen, um einmal frische Luft einzulassen. Nicht von ungefähr hat mein Untermieter bereits Spekulationen angestellt, daß ich ihm die wenigen Sachen, die ihm nur deshalb noch gehören, weil sie sich dem Gericht als nicht verwertbar erwiesen haben oder von mir reklamiert wurden, vor die Tür stelle oder dem Gericht mitgebe, wenn das Beklebte abgeholt wird. Selbst auf den hochkanten Hinauswurf ist er schon eingestellt, und auch die Vorlesung, die er zu diesem Anlaß von mir gehalten bekommt, hat er schon abgefaßt und am Tisch liegen lassen, damit ich sie verläßlich zu lesen kriege. Auch daran sieht man, daß alles, was passiert, wenn ich mich normal verhalt, vorweggenommen ist. Er stürzt meine Tage hinunter wie Magenbitter, und trotzdem findet man mich wieder und wieder an seiner Seite. Ich bin nicht in der Lage, den Kontakt mit den Vernunftgründen für längere Zeit aufrechtzuerhalten. Ich schüttle über mich selbst den Kopf, aber umsonst. Bald werde ich mir bei jedem Wort, das ich in seiner Gegenwart sage, bei jedem Schritt überlegen, wie die Nachwelt dazu stehen wird. Mir kommt grad vor –.

Aber da tut sich was. Wasserklatschen, und dieses Geräusch, ich glaube, das war das Klacken einer Gürtelschnalle. Rasch schließe ich das Fenster, damit die Katze nicht im Durchzug liegt, wenn die Tür zum Kabinett aufgeht. Und beinahe gleichzeitig, in dem Moment, in dem ich vom Fenster zum Küchentisch trete, öffnet sich die

Tür, da haben wir die beiden, da stehen sie, ungeniert, an der Schwelle zum Halbdunkel, das klebrige Wetter, die Rollos, und heben sich jung und schön davon ab, auf eine Art, natürlich, die alles rechtfertigt. Seine Freundin (wie heißt sie nur?) in einem dieser Sommerfähnchen, die wirklich nur eine halbe Sache sind, Kratzspuren am Hals, sie fährt sich mit der Rechten über den Nacken. Und er, mein Untermieter, mein Schriftsteller. Man muß ihn gesehen haben, im Vollgefühl seiner Unanfechtbarkeit, die Bedenkenlosigkeit selbst, unbeirrbar in seinem Glauben, daß er ewig aushalten wird, obwohl es mit seiner Existenzgrundlage so eine Niete ist.

»Es gibt Kuchen«, höre ich mich hinter ein tiefes Schnarchen der Katze sagen. »Ist es nicht verrückt, daß ich von sieben an Kuchen gebacken habe, weil mich der Anrufbeantworter des Veterinärs rasend gemacht hat?«

Kurz bin ich versucht, den blutverschmierten Tisch, den mein Untermieter bereits mit einem aufmerksamen Blick registriert hat, abzuwischen, den Anschein der Ruhe und Harmonie herzustellen. Ich spüre, daß meine Gesichtszüge schwer werden und daß ich wieder anfangen möchte zu weinen. Doch dann lächle ich, nein, du auch immer, morgen wirst du erst recht den Kopf über dich schütteln.

Ich schaue zur Katze, die mit einer eingekrümmten Vorderpfote zuckt, als ob sie von Küchenmotten träume. Dann gehe ich zur Spüle, öffne den Treteimer und nehme die noch lauwarme Gebärmutter heraus. Das Organ ist auf das Fünf- bis Sechsfache seiner normalen Größe aufgequollen, ein idealer Unterschlupf der Phantasie, blauviolett anstatt hellgelb, schimmernd und drinnen voller

Eiter. Ein mit dunkler Flüssigkeit vollgesogener Tupfer, ein Bonbonpapier des Praktikanten und Tischmehl vom Teigkneten kleben daran, letzteres wie Rauhreif. Ich halte meinem Untermieter den Klumpen entgegen und sage:

»Das Beste hast du wieder versäumt. *Das hier* wird die Leute interessieren.«

Samstagshunde

»Endlich kommen die, hab schon gedacht, die kommen nicht mehr«, sagte Susanne zu Olacker. Gleichzeitig gab sie dem neben ihr stehenden Terzer einen freundschaftlichen Rippenstoß und zwinkerte ihm zu, auf eine Art, daß sich bei Terzer Erinnerungen bemerkbar machten. Die war nie ganz in meiner Reichweite, dachte er. Aber das war Unsinn, wie so vieles, die Augenblicksangst, etwas versäumt zu haben und weiterhin zu versäumen. Um unbefangener zu wirken, zündete er sich eine Zigarette an. Er machte zwei Schritte nach vorn, und von dieser neuen Position aus, in der prallen Sonne stehend, an der gelb markierten Vorderkante der Laderampe, blickte er mit gespannter Aufmerksamkeit zu den Wagen hinüber, die im Konvoi auf den Firmenhof bogen.

Sie waren einander vor dem Café Schwarzenberg begegnet, nach fünf Jahren wieder (damals beim Einsturz der Reichsbrücke, wo er den Schaulustigen Würstchen verkauft hatte), und Susanne hatte ihn trotz seiner Beteuerung, wie sehr ihn sein Studium in Anspruch nehme, hierher zu dieser Lagerhalle geschleppt. Und das alles nur, wie ihm schien, weil er Susanne rundheraus auf ihre neue Nase angesprochen hatte:

»Tolle Nase, ziemlich flott.«

»Ja?«

»Richtig klasse!«

Sogleich war ein Strahlen über ihr Gesicht gegangen und hatte dort etwas Unausgewogenes gelöscht, wo sich die Scheu der Kindheit in Resten erhalten hatte. Die Augen waren für diesen Moment größer, grüner und ließen erahnen, daß sich Susanne während der letzten Jahre die Fähigkeit angeeignet hatte, jene Glücksmomente zu erhaschen, die anderen durch die Lappen gehen. Sie stieß ein Jauchzen aus, fiel Terzer um den Hals und küßte ihn auf den Mund, ungeachtet Olackers mißbilligender Blicke; eine ziemlich ungewöhnliche Art, jemanden zu küssen, den man seit Ewigkeiten nicht gesehen hat. Sie sagte:

»Du hast mir schon den Hof gemacht, da hattest du noch grasgrüne Knie.«

»Hab ich das?«

»Na und ob! Und wie du das getan hast!«

»Dann muß ich's wohl glauben.«

Susanne lachte triumphierend und hängte sich glücklich an Terzers Schulter, während Terzer nochmals Olacker musterte. Der war offensichtlich nicht mehr der allerjüngste, mindestens fünfundvierzig. Sein abweisender Blick war jetzt zu Boden gerichtet, sein rechter Schuh scharrte nervös in einem braun-weißen Haufen aus Blütenblättern, die der Wind von den nahen Kastanien hergeweht hatte.

»Jetzt schau doch nicht so«, sagte Susanne zu Olacker, »es ist fast zehn Jahre her.«

Das stimmte. Irgendwann hatte Terzer einfach aufgehört, sich Hoffnungen zu machen.

Wann das gewesen war? Vielleicht, als er den Unterschied zwischen Susanne und sich zu bestimmen vermocht hatte, oder, banaler, als er in derselben Situation gewesen war wie Olacker jetzt und gesehen hatte, daß sie einen anderen küßte, im Eisenbahnerstrandbad oder beim Autodrom im Prater. Er wußte es nicht mehr. Aber woran er sich erinnerte, mit einer bohrenden Wut, das war, daß einer ihrer Freunde – auch der, wie Olacker, deutlich älter – damit geprahlt hatte, Susannes Speichel schmecke nach Sperma, nach leicht alkalischem, haferschleimigem Sperma, und zwar ausnahmslos immer, selbst dann, wenn sie gerade eine Cola getrunken habe.

Sie kannten einander aus der Volksschule und von den *Roten Falken*. Susannes Vater, ein mehrfacher Aufsichtsrat, war für einige Jahre Bezirksvorsteher in der Leopoldstadt gewesen, während Terzers Vater, ein Bäckergeselle der Konsumgenossenschaft, in seiner Freizeit Flugzettel verteilt hatte und anschließend auf Fraktionssitzungen gegangen war, um sich für die Zukunft seiner Kinder zu *engagieren*. Dies bewerkstelligte er dadurch, daß er seine Kinder als Spielkameraden an die Söhne und Töchter der höheren Kader vermittelte (für den entscheidenden Startvorteil, wie er sagte). Und in der Tat erlangte Terzer ungeachtet seiner häuslichen Armut Zugang zu manchem, was damals nicht selbstverständlich war. Er erlernte das Krokketspiel, Rollschuhfahren, sogar ein bißchen Fechten und da und dort einfache Stücke am Klavier. Während der Fahrt in Olackers Wagen erinnerte er sich, daß er, von Susanne in den Schneewalzer eingewiesen, diesen noch Jahre später bei zufälligen Gelegenheiten und zum Stolz der Familie herunterstümpern konnte.

Susanne lachte und freute sich. Die Geschichte gefiel ihr.

»So hoch geschissen waren wir damals, was?« Ihr Tonfall änderte sich: »Szenenwechsel!« sagte sie mit einem Zwinkern auf dem Wort. Der Wagen bog in den Hof der Firma.

Es ist die Halle des Buchauslieferers Olacker, Samstag der 9. Mai 1981, acht Tage nach der Ermordung des sozialistischen Stadtrats Nittel durch ein Mitglied der Abu-Nidal-Gruppe. Jetzt kommen die Lebenden, mehrere Genossen, die das Staatsschiff lenken, der Zentralsekretär, der Bürgermeister, ein ehemaliger Minister, ein Industrieller, ein Absahner und dieser verrückte Strippenzieher. Sie kommen, dem toten Genossen ihre Vitalität zu beweisen. Ein Haufen gealterter Halbstarker, die aus ihren Wagen springen und sich begrüßen wie Generäle mit Umarmungen, Handschlag und Oberarmklopfen.

»Freundschaft!«

»Freundschaft!«

»Meine Verehrung!«

Einer nach dem anderen stiegen sie aus ihren Karossen. Terzer kannte sie alle, vom Fernsehen und aus der Presse. Den Zentralsekretär, den ehemaligen Finanzminister, den Bürgermeister, sogar den Schwedenbombenfabrikanten Jelusitsch. »Sag einmal, wer is'n das?« fragte Susanne Olacker, und, holla, jetzt komm ich, ihn auch, klar, früher kannte den jeder, diesen schlecht rasierten Mostschädel, der in einem großkragigen Hemd aus seinem in Tarnfarben lackierten Maserati tauchte: Rudolf Proksch, oder einfach Udo, genau, derjenige welcher, dieser notorische Windhund, der vom Bett einer Entziehungsklinik aus, einen Stahlhelm der Roten Armee am Kopf, via Presse allen mittelmäßigen Österreichern die Pest an den Hals gewünscht hatte.

»Wir warten seit fast einer Stunde!« rief Olacker und gab mit beiden Armen und heraushängender Zunge Zeichen zur Eile für die, die bei den Wagen geblieben waren. Als nächstes schlüpfte er voraus in die Halle, wo er den rechten Daumen tief in die Taste für das linke Rolltor bohrte, bis dieses, nach einigem Rattern, untermischt von möwenartigem Kreischen, vollständig geöffnet war. Auch Terzer verzog sich nach drinnen. Nicht daß er schüchtern gewesen wäre oder sich in diesem Moment nicht ebenfalls ein bißchen prominent gefühlt hätte (wie damals, als die Hündin seiner Schwester bei einer Wanderung in Klamm vom Hund der Jane Tilden geschwängert worden war). Aber er befürchtete, daß die Begrüßung von Regierungsmitgliedern nicht zu seinen Stärken zählte, zumal er nur eine verwaschene Ahnung davon hatte, was hier überhaupt stattfand.

In der Halle hörte man keinen Verkehr. Es war still, nicht ganz, die Nachmittagssonne fiel in breiten, staubigen Säulen durch die schmutzigen Oberlichter, unter denen Fliegen knisterten. Man hörte die Hochregale in der Wärme knacken, und selbst die Cellophaneinbände der Unmengen hier gelagerter Bücher schienen, mehr spür- als hörbar, ein Geräusch zu erzeugen, als spannte sich das Plastik, ausgetrocknet von der Einsamkeit zwischen den Buchseiten, enger um die Einbände. Von draußen ertönte ein hohes, irgendwie hysterisches Männerlachen, eine Kolorierung in dem sonstigen Raunen, die aber sogleich wieder verblaßte.

»Kannst du einen Stapler fahren?« fragte Olacker.

»Wenn es unbedingt sein muß.«

»Im Dienste der Republik«, sagte Olacker. Spöttisch: »Landesverteidigung. Ein Fall von außerordentlicher Wichtigkeit.« Er lachte, belehrte Terzer hinsichtlich der Pedale und Hebel, warf ihm die Schlüssel zu: »Stell die zwei Paletten übereinander vor das dritte Tor und schaff im Mittelgang alles aus der Schußlinie.«

Olacker trat zurück in das offene linke Tor und winkte mit beiden Armen nach draußen. »Attacke!« rief er zweimal, während Terzer den Stapler startete und ihn auf engstem Raum manövrierte. Er fragte sich, ob der Buchauslieferer ein paar Gläser intus hatte oder ganz allgemein schon weichgesoffen war.

Es vergingen zwei Minuten, bis sich als nächstes der Bürgermeister in die Halle schob, ein kleiner, schmächtiger Mann mit einer Art Krankenkassenbrille, die er sehr ernsthaft trug. Im Gesicht eine Miene, in der sich spöttische Gutmütigkeit und leise Ablehnung mischten. Konzentriert wickelte der Bürgermeister seine Pistole aus einem blauen Samttuch, eine Beretta mit langem dünnem Lauf, den er zu polieren begann. Zum Schwedenbombenfabrikanten Jelusitsch, der die Pistole mit Kennerblick musterte, sagte er:

»Diese traurigen Anlässe haben es in sich. Meine Frau hat mir gestern abend freiwillig die Waffe geputzt, was etwas heißen will bei diesem faulen Luder. Aber das dürfte sie jetzt natürlich nicht hören.«

»Das ist sowieso Hausmeistergespräch«, sagte Jelusitsch mokant.

»Eben deshalb.«

Der Bürgermeister sah sich nach Zuhörern um und peilte an seinem Arm entlang in die Richtung, wo Terzer nach erledigtem Auftrag abseits auf dem geparkten Stapler saß, die Füße am Lenkrad.

»Und du? Was bist du für einer? Interessierst du dich für meine Frau?«

»Er schafft den Nachschub herbei«, rief Olacker, ohne Terzer vorzustellen. Er klatschte in die Hände. Im selben Moment stürzte Rudolf Proksch mit einem roten Gesichtstuch vor Mund und Nase in die Halle, warf einen strahlenden, unschuldigen Kinderblick wie über einen roten Zaun und schoß zweimal in die Luft, daß alle zusammenfuhren. »Manos arriba, éste es un robo!« grölte er fröhlich; und wieder das hohe, irgendwie hysterische Lachen, jetzt von der Tuchmaske heruntergepegelt und vom Klingeln in den Ohren, das die Schüsse hinterlassen hatten, zusätzlich verfremdet. Olacker, mit rudernden Armen, als versuche er, den Lärm mit den Händen aus der Luft zurückzureißen, stürzte zum Schaltbrett, von wo aus das linke Tor zu schließen war.

»Du bist ein festes Arschloch, Udo!« Er steckte den Kopf nach draußen: »Komm schon herein, Susi! – – Susi, du weißt doch, du sollst nicht an die Sonne!«

Susanne schlüpfte durch den hellen Spalt, als das Tor bereits auf Hüfthöhe heruntergefahren war. Nach wie vor gebückt, hastete sie zur Seite und ging hinter dem Stapler in Deckung. Udo Proksch war mittlerweile dazu übergegangen, aus nächster Nähe auf die bereitgestellten Bücher zu feuern, Romane, in denen das Meer rauschte, die Milch sauer wurde, Fata morganas erschienen, viel geseufzt, die Liebe versprochen und gestorben wurde. Das Papier flog in Fetzen. In weniger als einer halben Minute war das Magazin leer. Proksch wartete drei Sekunden. Dann ließ er einen fahren.

»Muchachos! Musica!« Er blies über seine Pistolenmündung. »Na los, Charlie! Los! Halt dich an deiner Knarre fest! Oder willst du dich, wie der arme Nittel, wehrlos über den Haufen schießen lassen? Do it first, do it yourself and keep on doing!«

»Hau ihm doch endlich jemand eine aufs Maul!« rief Susanne. Sie lachte, und die anderen lachten mit ihr. Sie wieherten, plötzlich so voller Lebensfreude, daß man neidisch wurde. In ihren Augen leuchtete etwas, ein Maß an Anarchie, das die verbissenen Terroristen-Gesichter auf den Fahndungsplakaten zu verhöhnen schien. Und dann die Gewißheit, in dieser Runde unzerstörbar zu sein, schwerelos und ohne Alter, keine Palästinenser mehr hinter Büschen, keine Mitglieder revolutionärer Zellen, die ihren Befreiungskampf nach Österreich tragen. Sie wirkten frei, frei von Ehefrauen und Ämtern, frei von Konventionen, Einschränkungen und Verpflichtungen, die sie am Montag wieder zu erfüllen haben würden. Jetzt, da das Rolltor zu Boden gerappelt und die Halle zur Nachbarschaft abgeschirmt war, durften sie Lärm machen, soviel sie wollten.

»Attacke!«

»Attacke!«

Jeglicher weiterer Gedanke wurde ausgelöscht vom betäubenden Knallen der Schüsse, die wie unsichtbare

Faustschläge durch die Halle sausten, ein Bild, das vielleicht nicht logisch ist, aber was ist schon logisch. Das Blech der Hochregale schien von den Detonationen zu vibrieren, mit einem summenden Zittern in den Pausen, das nur langsam zwischen den Büchern verstummte und in seltsamem Kontrast stand zum ruhigen Fall des Lichts und zu den gelassenen Bewegungen des Spiralstaubs. Terzer saß da, das war wirklich einmal etwas anderes, er roch den brandigen Gestank in der Luft, seine weichen Knie störten ihn ein wenig, da er gerne dazugehört hätte. Aber hauptsächlich war er fasziniert von der Surrealität dieses Moments und davon, wie sich seine eigene Verzagtheit von ihm zu lösen begann, dieses beklemmende Gefühl, vom Leben noch weniger zu wissen als alle anderen zusammen. Seltsam unwirklich war das alles. Er schaute den Männern aus sicherer Distanz zu. Sie waren mit genußvoller, beinahe verzückter Konzentration bei der Sache, die Augen zu Schlitzen verengt, ein Bein nach vorn, das andere zurück gestellt, die Schultern gerade. Dem Bürgermeister, als einziger beidhändig zielend, kam von der Anspannung ein glitzerndes Tröpfchen aus der Nase, und Proksch, den Terzer jetzt ungeniert musterte, diesen gedrungenen, übergewichtigen Mann mit Glatze und zu langen Haaren – was treibt so einen überhaupt an? –, wischte mit einem Zipfel seines Hemdes den Schweiß vom Griff der Mauser. Sein Kopf war von der Begeisterung hochrot angelaufen, auch ohne vorgebundenes Tuch. Nur der Schwedenbombenfabrikant, Jelusitsch, saß seitlich auf einem Stapel Bücher und rauchte. Er sah geradeaus in ein Regal, und zwischendurch stieß er große Rauchwolken in eine nahe Lichtsäule, die den Rauch in

Schwaden sogleich nach oben sog. Die Schießerei war Jelusitsch offenbar ganz gleich, während die anderen huhuhten und lachten, verblüfft über das Glück, sich als jemand fühlen zu dürfen, der sich nicht ins Bockshorn jagen läßt, zufrieden, diesen sonnigen Nachmittag in den Dienst des eigenen Überlebens zu stellen, ohne die Komplikation eines Gegners.

Der Schall rollte durch die Halle. Die Echos setzten sich in eine von Heiterkeit gefüllte Gefechtspause.

Susanne nahm die Finger aus den Ohren. Sie war ziemlich groß für eine Frau und schlank und verdrehte für Terzer die Augen in einer amüsierten, nachsichtigen Genervtheit. Sie beugte sich zu ihm hinüber, und als sie ihn mit der Schulter berührte, als wolle sie sagen, na, daß wir zwei uns ausgerechnet heute wiedersehen, ließ sie ihn in den Ausschnitt ihres Kleides blicken.

Terzer zog seine Zigarette, die er vernachlässigt hatte, wieder besser in Brand.

»Ich bin immer fürs Duellieren«, verkündete der ehemalige Finanzminister und stieß ein grunzendes Lachen aus. Ehe er fortfuhr, lockerte er seine Krawatte und öffnete den oberen Hemdknopf: »Den Rekord im Duellieren hält ein Neapolitaner, der bei jeder Gelegenheit behauptete, Ariost sei der bessere Schriftsteller als Dante. Um so erstaunter war man, als der Neapolitaner beim zehnten Mal seinen Meister fand und im Sterben beichtete, weder von Ariost noch von Dante je eine Zeile gelesen zu haben.«

Heiterkeitskonvulsionen.

»Simmering ist brutaler als Kapfenberg!« rief der Zentralsekretär. Er schaute stolz in die Runde. Als niemand den Ball zurückgab, holte er einen Flachmann aus seiner

Anzugsjacke und genehmigte sich einen kräftigen Schluck, ehe er die Flasche kreisen ließ.

Die Sonne verschwand kurz hinter einer Wolke, und die folierten Bucheinbände verloren einen Moment lang ihren Glanz.

»Jetzt schieß du, Jelusitsch. Stemm deine verrotteten Knochen hoch«, rief der Bürgermeister und wollte Jelusitsch beim Aufstehen behilflich sein, indem er ihm die Hand entgegenhielt. Aber Jelusitsch, gegen den Spott offenbar längst abgebrüht, lächelte nur milde.

»Schießt ihr, ich bin müde, ich habe Arthritis in den Ellbogen«, gab er zurück, in einer Wolke halber Betäubung, die schweren Lidsäcke ganz blau. »Niemand erschießt einen Schwedenbombenfabrikanten. Diesen Strolchen war sogar der Wäschefabrikant Palmers nicht gut genug.«

»Und wenn schon. Mir kommen gleich die Tränen.«

Der Zentralsekretär nieste naiv und zog seine Hose in die Höhe, damit die Säume nicht den Hallenboden berührten. Jetzt redeten sie wieder über Heinz Nittel und die Lage im Nahen Osten, wobei sie weitere Anschläge praktisch als Gewißheit handelten; das brachte einige Flüche und pauschale Verunglimpfungen verschiedener Volksgruppen mit sich. Der Bürgermeister ließ ein trockenes Husten hören und riß das Magazin aus seiner Beretta, um es wieder aufzufüllen. Er kramte frische Munition hervor.

Susanne sagte:

»Von den vielen Büchern kriegt man richtig Kopfweh.«

Inzwischen saß sie neben Terzer auf dem Stapler.

»Übrigens, bedien dich, in der Wüste ist der Sand billig. Olacker kann's aushalten bei den Profiten, die er schaufelt. Er hat mir auch die Nasenkorrektur bezahlt, weil die Krankenkasse nicht dafür aufkommen will. Das rechne ich ihm hoch an, weil jetzt erst merke ich so richtig, wie tief der Komplex gesessen ist. Alle meine Freunde sagen, daß ich in letzter Zeit viel fröhlicher bin.«

»Seit wann hast du die Nase?« fragte Terzer.

»Seit zwei Monaten.«

»Kaum zu glauben.«

»Deshalb darf ich auch nicht an die Sonne, obwohl ich Schutzcreme auftrage, die für den Himalaya erfunden worden ist. Etwaige Verfärbungen, sagt der Arzt, würden bestehen bleiben und nicht wie normale Bräune wieder weggehen. Ich hab's mir schlecht eingeteilt. Das Segeln auf dem Nil ist für dieses Jahr gestrichen, obwohl ich mir mit ein wenig Farbe besser gefallen würde. Dann halt diesmal blaß. Eine lunare Schönheit für ein Jahr.«

»Klingt vielversprechend.«

»Und es spart die Bikinistreifen, was ja wieder sehr hübsch ist.«

Sie schaute sich lachend in den Ausschnitt, den sie mit dem Daumen der Rechten nach vorn zog, und diese Geste erinnerte Terzer an früher, als er ihr (früher, wie lange ist das her?) zwei- oder dreimal beim Umziehen das Handtuch halten durfte. Er hatte sich nie getraut hinzuschauen, auf dieses fünfzehnjährige Mädchen, noch babyspeckig, was das Grobknochige ihrer Figur versteckt hatte, nervös bei jedem Wort wegen irgendwelcher Anweisungen ihrer Mutter oder weil ihr korallroter Badeanzug wie gestrickt aussah.

»Früher warst du eine ziemliche Wasserratte«, sagte er.

»Bin's immer noch. Ich gehe einmal in der Woche ins

Amalienbad, und ich würde öfter hingehen, wo's mit der Alten Donau für mich derzeit Essig ist. Aber das Wasser in den Hallenbädern ist so grauslich, daß mir einen ganzen Tag lang übel ist, wenn ich einen Schluck davon erwische.«

Sie redete mit seltener Freimütigkeit, und das verlieh ihr, fand Terzer, wie soll man sagen, eine zusätzliche Schönheit. Vermutlich war das der Hauptgrund für die Direktheit, mit der Terzer sie wenig später fragte, in welchem Verhältnis sie zu Olacker stehe, ob es etwas Engeres sei.

»Er ist verheiratet, aber nicht mit mir. Seine Frau, naja, weiß auch nicht, was mit der los ist, die lebt mit den Kindern in Stadl Paura oder so ähnlich. Ich hab's wieder vergessen. Irgendwo am Land.« Sie schlenkerte sich die Stöckelschuhe von den Füßen, rieb die harten Stellen der Fersen aneinander, was ein kurzes, trockenes Geräusch erzeugte. Sie lehnte sich an Terzers Schulter und sagte: »Ich lasse mich von ihm aushalten. Überrascht dich das?«

»Ein bißchen.«

»Ich geniere mich auch richtig dafür.« Sie lachte. »Aber es gibt einen dummen, wenn auch zwingenden Grund. Das Geld, das ich im Staatsopernchor und für den Solohuster verdiene, das Pipisätzchen als zweites Bauernmädchen im Figaro, reicht hinten und vorne nicht.« Sie lachte nochmals. »Ist wirklich wahr.« Sie küßte Terzer erneut, ebenso plötzlich wie zuvor, nur diesmal auf die Wange. Fast gleichzeitig flog ein Buch zu ihnen her, knallte gegen die Windschutzscheibe des Staplers und rutschte von dort zu Boden.

»He da, Susi!« schrie Proksch. »Du treulose Katzenseele! Ich wittere Verrat!« Er lachte verschwörerisch.

»Idiot!« gab Susanne zurück. Ihr Mund wurde klein und ihre Lippen stülpten sich nach vorn. Proksch lachte um so lauter, wieder in der oberen Tonlage. Er reckte triumphierend die Hände in die Höhe, mit der Mauser wie einem Herrschaftszeichen. Glucksend vor Begeisterung rief er:

»Dieser Cowboy ist ein Günstling des Schicksals, er hat gerade eine ausgezeichnete homöopathische Trinkkur hinter sich und würde der jungen Dame jederzeit nochmals unter Beweis stellen, was für ein wilder Reiter er ist!« Proksch johlte und schlug sich mit dem Pistolenknauf gegen die Brust. Einen Moment lang zog eine gespenstische Stille ein.

Susanne sagte sehr böse: »He! Red doch nicht so einen Blödsinn, Udo! Also so ein Schwachsinn!«

Aber Olacker, der die ganze Zeit über ein Auge auf Susanne gehabt hatte, schien trotzdem verärgert. Er kam herüber zum Stapler, um die zerschossenen Bücher gegen frische auszutauschen. Sowenig er dabei sagte und sowenig es an einzelnen Wörtern festzumachen war, hörte man doch, daß er sich bloßgestellt fühlte, verletzt von Terzers Anwesenheit, von den Großsprechereien des Mostschädels und von seiner eigenen Unfähigkeit, im geschwollenen Daherreden mitzuhalten. Bei den Schlagabtäuschen und Sticheleien hatte ihn keiner auf der Rechnung, und daß ihn Susanne an diesem Tag nicht sonderlich mochte, war ihm auch nicht entgangen. Ihre kühle Haltung und die Tatsache, daß sie allen anderen mehr Aufmerksamkeit schenkte als ihm, machte ihn unsicher, ängstlich und ließ ihn aussehen wie eine Darstellung des harten Stuhlgangs. Er flehte mit den Augen. Doch Susanne konzentrierte sich ganz auf ihre Schuhe, die sie wieder anzog. Sie hantierte umständlich, bis Olacker mit dem Stapler weggefahren war. Dann kam sie auf ihr bevorzugtes Thema zurück.

»Am großartigsten finde ich, daß es trotzdem meine Nase geblieben ist, nur halt ohne die entstellenden Fehler. Noch mehr als vor der Operation hatte ich die Hosen davor voll, daß mich hinterher niemand mehr erkennen würde. Dementsprechend glücklich bin ich, daß sie einem wie dir gefällt, ohne daß ich es auf Komplimente angelegt hatte und wo du mich schon so lange kennst und auch so lange nicht gesehen hast. Ich bin froh wie ein Dackel, richtig happy.«

»Sie ist eben todschick, richtig klasse.«

»Ja, das ist sie. Dabei wurde alles von innen behoben. Äußerlich gibt es nicht die geringste Narbe. So eine Feinarbeit ist das. Die Schmerzen bin ich schon nach drei Tagen losgeworden, und nach zwei Wochen, als der Gips entfernt wurde, sah man nicht einmal mehr Blutergüsse, und auch die Schwellungen sind Fremden unmöglich aufgefallen. Toll, was? Der Professor Nagel, der die Operation durchgeführt hat, steht ewig auf einem Podest für mich.«

Es fielen wieder vereinzelte Schüsse, und wieder auf zwei Paletten mit Bücher gerichtet, die zum Einstampfen bestimmt waren, weil sie niemandem außer der Druckerei den geringsten Profit gebracht hatten. Mit weichen und doch nachdrücklichen Bewegungen faßte Susanne Terzer am Ellbogen, sie, die früher immer so spröd gewesen war. Sie zog ihn zu sich heran mit den Worten:

»Das sind doch Hunde, was? Ich glaube, wir verziehen uns und suchen uns eine ruhigere Ecke. Ich hab's immer öfter satt, so viel Zeit mit ihnen zu verbringen. Obwohl, ich muß natürlich zugeben, ohne diese Kindsköpfe würde ich mich zweifellos zu Tode fadisieren.«

»Und er?« fragte Terzer mit Blick auf Olacker, sah aber an Susannes Gesichtsausdruck, daß der Buchauslieferer ihre geringste Sorge war.

»Dont worry about him. Na, komm schon! Olacker ist in gewisser Hinsicht ein bißchen angestaubt, und vielleicht wird er sich eines Tages wegen mir umbringen. Aber vorerst läßt er lieber mich unbeaufsichtigt als diese Bande bei ihrer Mobilmachung.«

»Ein merkwürdiger Haufen.«

»Ja, schöne Meilensteine auf dem Weg des Sozialismus. Wobei ich betonen möchte, daß sie alle richtig was auf dem Kasten haben, wenn sie ansonsten der Charakteristik, die man von ihnen in den Medien gibt, nicht ganz unähnlich sind. Nüchtern betrachtet.«

Sie ging mit einem gnädigen Kopfschütteln davon. Die Schießerei wurde wieder mehrstimmig und lieferte Terzer, der noch einen Moment geistesabwesend zu den Männern geschaut hatte, den nötigen Vorwand, sich ebenfalls zu entfernen.

Gemeinsam schlenderten sie zwischen den Hochregalen her und unternahmen den Versuch, sich über einen Roman zu unterhalten, den sie beide gelesen hatten. Aber ein Gespräch war nach wie vor nur mit den Handflächen hinter den Ohren möglich. Deshalb gingen sie in der riesigen Halle nach hinten, bis sie fast ans andere Ende gelangten. Kurz davor bogen sie rechts hoch, zwischen die letzten beiden Regalreihen, wo hauptsächlich Bildbände lagerten und wo man fast normal reden konnte. Nur die Echos waren hier zahlreicher.

»Setzen wir uns dorthin«, sagte Susanne. Sie zeigte auf mehrere leere Paletten, die kreuz und quer über einen Haufen geworfen waren und nicht danach aussahen, als ob sie je wieder Gebrauch finden würden. Rattenköder, die bestimmt schon etliche Jahre alt waren, lagen dahinter in einem Winkel, eine feuchte Kühle schlug aus dem Fußboden, wo das Sonnenlicht nie hinfand und wo es ein wenig nach Beton roch. Eine dumpfe Sinnlichkeit ging von dieser Ecke aus, und wenn nicht von der Ecke, dann vom Moment. Terzer kam der Gedanke, daß Susanne mit ihm schlafen wollte.

So viele Dinge fielen ihm ein, die sich in weit entlegene Teile seines Gedächtnisses zurückgezogen hatten, Attacken längst vergangener Sommer, wie sie in den Büchern ringsum häufig vorkamen, häufiger als in der Wirklichkeit. Der Fahrscheinkontrolleur, der sich als Angler getarnt hatte, das Don-Kosaken-Konzert beim Volksstimme-Fest und das Wasserschifahren mit dem Sohn eines Verfassungsrichters, diesem schwarzgelockten Studenten, der seine erweiterten Ferien, Mai bis Oktober, an der Alten Donau verbracht hatte und mit seinem Wissen über die Bauernkriege hausieren gegangen war. Terzer sprach Susanne auf ihn an. »Wie hieß er gleich?« Aber Susanne ging nicht darauf ein. »Erinnerst du dich an ihn?« fragte Terzer.

Susanne: »Es war eine schöne Zeit, auch wenn mir nicht ganz klar ist, was damals in unseren Köpfen vorgegangen ist.«

Es entstand eine Pause, in der Terzer im Kopf Annäherungen formulierte, die er aber nicht über die Lippen brachte; dafür hätte es mehr Mumm gebraucht, als er besaß. Susanne hatte weniger Scheu. Nachdem sie mehrmals mit dem Stöckel ihres rechten Schuhs ein Stück am Boden liegenden Karton punktiert hatte, griff sie nach Terzers Hand und sagte, er solle sie anfassen. Sie schob die Hand unter ihr Kleid: »Ich weiß auch nicht, ich habe am meisten Lust zwischen 17 und 18 Uhr.« Entschlossen schob sie die Hand weiter ihren Schenkel hoch, bis Terzers Hand den Slip erreichte. Da erst lockerte Susanne ihren Griff und stöhnte erleichtert auf. Terzer fuhr in den Slip hinein, streichelte Susannes Schamhaare, währenddessen zog er ihr den Slip mit der anderen Hand herunter.

Drüben heimste einer der Schützen lautstarken Jubel ein. Proksch rief zum Gaudium der anderen:

»Man kriegt verdammt noch einmal einen Höllendurst von dieser Knallerei! Zum Wohl! Darauf, daß unsere Reihen nicht weiter gelichtet werden!«

»Auf die freie Welt!«

Terzer und Susanne küßten einander. Susannes Mund nahm seine Zunge in sich auf. »Vorsichtig«, sagte sie zwischendurch, um Atem ringend, »meine Nase.« Er drückte seine Hände auf ihre Brüste, seine Zunge kehrte in ihren Mund zurück, und wieder, wie schon vorhin, glaubte er, bestätigt zu finden, was der schwarzgelockte Student über Susannes Speichel gesagt hatte: ein irgendwie schaler, süßsäuerlicher Ton, der gar nicht zu Susannes Äußerem paßte und Terzer für einen Augenblick innerlich zurückschrecken ließ. Doch als er begriff, zunächst in einer unscharfen Erkenntnis, die ihn erstaunte, dann in erleichternder Klarheit, wie gerne er sich damit abfand, daß sich während der letzten zehn Jahre nicht viel verändert hatte und daß darin ein Teil des Glücks lag, das in diesem Leben für ihn bestimmt war, gefiel ihm der Geschmack. Er sagte sich, daß er seiner Jugend so schnell nicht näherkommen würde.

Er küßte ihre Impfmale, die sie am selben Tag wie er bezogen hatte, weiter hinten in einer Reihe aus sechs- bis siebenjährigen Kindern, in einem ähnlichen Zustand aus Angst und Faszination. Er küßte diese Arme, die sich für den Buchauslieferer und für Udo Proksch geöffnet hatten und die nach einer Mischung aus Seife, Schweiß und Pulver schmeckten, so kam es ihm jedenfalls vor. Er biß in ihre Brustwarzen, ihr Becken zuckte, worauf die Palette unter ihnen in eine neue, etwas stabilere Lage kippte. Die Heftigkeit, mit der Susanne stöhnte, ließ Terzer annehmen, daß sie nicht länger warten wollte. Noch einmal zog sie die Augendeckel hoch, schnappte nach der von Lärm und Papierstaub schweren Luft. Terzer fing einen neugierigen Blick auf, der in ein zufriedenes Lächeln überging. Sie zerrte an ihrem Kleid. Ihre Hüftknochen drängten sich ihm hart entgegen. Und wieder, und wieder, während rund um sie herum das Schlagen der Schüsse durch die Halle sprang, all diese sich vervielfachenden Echos, die Terzer mit der Zunge auf Susannes Haut ertastete, diese Echos, die mehr auf die Abwesenheit der Schützen verwiesen als auf deren Nähe, mehr auf den rituellen Eifer, mit dem sich die Schützen gegen einen gewaltsamen Tod wappneten, als auf den simplen Austausch von Speichel, dem hastigen Reiben feuchter Körperteile und dem Ineinanderspannen von Händen und Körperwölbungen in einem versteckten Winkel der Halle, Bauch, Hintern, gespreizte Schenkel, unterdrücktes Stöhnen.

Dann wieder offene Augen und zentrierte Pupillen, einige verspätete Seufzer und das Sondieren der Umgebung, minutenlang, nachdem sie beide den Höhepunkt erreicht hatten. Gesprächsfetzen, das unregelmäßige, metallische Ticken der Regale, vereinzelte Schüsse, Lachen und die eigenen Atemzüge, die wieder länger und flacher wurden, ebenso wie das Blut weniger stark in der Kehle pumpte und sich wieder seinem normalen Tempo annäherte. Terzer schluckte die letzten Reste von Susannes Speichel hinunter, er spürte, wie seine Erregung an den Rändern wegbrach und nach und nach in eine diffuse Entspanntheit überging. Er überlegte, ob er versuchen sollte, eine Unterhaltung in Gang zu bringen und die Situation auf diese Art wieder zu normalisieren. Aber sein Gefühl sagte ihm, daß er sich gerade in so sicherem Abstand zur Normalität befand, daß er am Ende nur das Gegenteil erreichen würde. Bevor alles nur noch verwirrender wurde, ließ er es lieber bleiben, und entsprechend erleichtert war er, als wenig später Susanne den Anfang machte. Sie richtete sich auf und rieb sich die Schulter, wo eine Kante der obersten Palette einen heftigen Schmerz zurückgelassen hatte, der zuvor noch Teil ihrer Lust gewesen war.

Auch Terzer kam hoch, er brachte seine Hose in Ordnung. Susanne schob ihre Brüste zurück in ihr Kleid, dabei wandte sie sich von den Paletten ab, mit dem Blick in das wuchtige Bücherspalier hinein, das sich zu beiden Seiten hinunter zur Front der Halle erstreckte. Sechs Meter hohe Regale, Papier in allen Farben, unterbrochen von mehreren jetzt ins Orange spielenden Lichtsäulen, die im immer stumpfer werdenden Winkel, in dem das Licht durch die Fensterkuppeln fiel, wie begehbar erschienen. Die Schüsse waren seltener geworden. Am anderen Ende der Halle, vorne bei den Toren, klangen die Stimmen der Schützen, wenn man sie hörte, schon weniger aufgeregt, aber weiterhin hochgestimmt, als sei der Terror für diesmal in Schach gehalten.

»Gehen wir zurück«, schlug Susanne vor, und ihr erster Schritt ging dem Gesagten einen Sekundenbruchteil voraus. Sie wandte sich den Gang hinunter, ohne Eile, mit ihren echohallenden Stöckelschritten. Bei der ersten Lichtsäule, wo sich zwei Gänge kreuzten, blieb sie noch einmal stehen.

Die Staubpartikel und Lichtwürmchen stoben in zornigen Geschwadern von Susannes Körper weg, als Susanne in den Lichtkegel trat. Sie nahm ein Buch aus einem Regal, blätterte es auf, wie um zu sehen, ob es auch innen bedruckt war, und klappte es sofort wieder zu. Ohne Terzer anzusehen, sagte sie, daß sie sich von Olacker trennen werde.

»Aber das hat nichts mit dir zu tun.«

Sie richtete durch das Kleid hindurch an der rechten Hüfte den Gummi ihres Slips und streckte die rechte Seite der Hüfte anschließend raus, den Arm aufgestützt, als sei das ihre Art, sich beim Denken nachzuhelfen.

»Falls du wissen willst, ob du mich in nächster Zeit wiedersehen wirst, würde ich das eher mit nein beantworten.«

Sie lachte, jetzt in Terzers Richtung, mit einer Spottlust in den Augen, die ihn anzog, obwohl er jetzt keinen Stolz mehr empfand, auch keine Befriedigung.

Susanne: »Aber kommt es darauf überhaupt an?«

Das linke Tor stand wieder offen, und die Männer hatten von irgendwoher eine Kiste Bier, um die sie herumstanden, zwischen unzähligen leeren Patronenhülsen, Zigarettenfiltern und Absatzspuren. Sie befanden sich in einer lockeren Unterhaltung, voller Unernsthaftigkeit. Aber gleichzeitig, in dem ganzen selbstsicheren Gebaren, in dieser machtgierigen Verspieltheit, die sie ausstrahlten und die mittlerweile etwas Nüchternes und Doppeldeutiges hatte, merkte man, wie bald sie in ihr offizielles Leben zurückkehren würden. Nur Jelusitsch, nach wie vor auf seinem Bücherstapel, auf dem er mittlerweile mehr lag, als daß er noch saß, brachte, wie es den Anschein hatte, das Kunststück zuwege, ein Nickerchen zu halten. Vermutlich träumte er von einem Silvester mit Champagner und Hausmeistergesprächen. Proksch nickte in Terzers Richtung, mit einem vergnügten, aber auch enttäuschten Gesichtsausdruck, als habe er ein gutes Spiel verloren. »Worauf du deinen dicken Arsch verwetten kannst«, sagte der Zentralsekretär in der Hoffnung, es höre ihm jemand zu. Im gleichen Moment trat der Bürgermeister von draußen herein, sein lässiger, schleppender Schritt und ein Rest O-Beinigkeit ließen darauf schließen, daß er soeben seine Blase erleichtert hatte. Er hatte seltsam weiche Bewegungen, und es wäre darin nach wie vor diese Jungenhaftigkeit gewesen, die unausgesprochene Überzeugung, klüger zu sein als das Leben, wäre ihm nicht gleichzeitig der Schweiß von der Stirn geronnen, während er nachdenklich eine Augenbraue wölbte.

»Ich war – na du weißt schon«, sagte Susanne zu Olacker.

»Nein, ich weiß nicht.«

»Ist ja egal – jawohl – allerdings.«

Olacker gab ein paar verärgerte Laute von sich, ließ sich von Susanne aber bereitwillig seine Waffe entwinden.

»Und jetzt zeige ich euch, meine Herren, daß ich eine Frau wie aus einem dieser Bücher bin, eine wie bei Hemingway, the bloodiest woman of the world.«

Susanne fuhr Olacker mit der Hand, die die Waffe hielt, ins Haar und küßte ihn heftig, was Olacker nicht daran hinderte, feindselige Blicke hinter Terzer herzuschicken, der bereits beim Ausgang war.

JAHRE

Also, das wär's so ziemlich

(Man hört Kinder auf ungarisch mehrere Strophen aus Beethovens *Ode an die Freude* singen. Nach dem letzten Ton zweimaliges Knacksen, im Hintergrund leiser Verkehrslärm und gut hörbares Vogelgezwitscher. Rauschen des Tonbandes. Dann eine sympathische, langsam, ein wenig gepreßt sprechende, kehlige Frauenstimme:) –––––
–––––––– Servus, Erich. Was sagst du zu dieser Einleitung? ––––––––––– Weißt du, da war eine vielversprechende Sendung im Fernsehen, *Die Kinder von Ludwig van*. Habe ich mir gedacht, das nehme ich für dich auf. –––
––– War aber nichts zum Aufnehmen. ––––– Nur der Anfang war lustig, und das Ende, das du grad eben gehört hast. Ein Chorus aus lauter kleinen angeblichen Nachkommen von besagtem Ludwig van. –––––– Stell dir vor, diese Kinder leben in einem kleinen Dorf in Ungarn, wurden alle interviewt, bilden eine große Familie. Ganz einfache Leute. Das war lustig. Aber nicht zum Aufnehmen. Nur dieser Kinderchor. ––––––––––– Was hast du dir beim Anhören gedacht? ––– Komisch, was? Und diese herzigen, depperten Gesichter ––––– die hättest du dazu sehen müssen. –––– Also ––– habe ich dich eigentlich begrüßt? Wenn nicht, tue ich es jetzt sehr herzlich. ––––––

Servus, Erich. Heute ist Samstag, der 7. April 1973. Mit diesem Tonband möchte ich mich für deinen Anruf vorgestern bedanken. Das war eine Überraschung. Ich muß sagen, sosehr ich fürs Sparen bin, manchmal noch mehr, wenn es um dein Geld geht und nicht um meines, sosehr war es wirklich diesmal das ganze Geld wert. Ich bin gerade einsam dagesessen, und das Kuriose war, daß ich an dich sehr, wie soll ich sagen, sehr handgreiflich – – – gedacht habe. Sehr konkret. – – – – – Es war – – – die ganze Situation war komisch. Ich hatte mich vorher vergeblich bemüht, dir das Buch zu beschaffen, die bewußte *Mutzenbacherin*. – – – – Zuerst haben sich die Zwillinge geweigert, es zu kaufen, weil sie sich geniert haben. Dann sind sie doch gegangen, haben es aber nicht bekommen. Also habe ich telefoniert, und zwar mit meiner guten Buchhandlung. Dort waren sie entrüstet und haben gesagt, daß sie so etwas nicht führen, man müsse in einer einschlägigen Buchhandlung fragen. Da bin ich auf den Bücher-Herzog verfallen, und weil auch ich mich geniert habe, habe ich es telefonisch bestellt. Das hat geklappt. – – – – Das Paket an dich ist unterwegs. – – – Als Drucksache. – – – – – – Aber nicht das wollte ich dir erzählen, sondern wie sehr ich mich über deinen Anruf gefreut habe. – – – – – Also. – – – – Gerade saß ich da und dachte nach, über dich und wie dir das Buch gefallen wird. Ich habe mir ungefähr ausgemalt, daß es dir überhaupt nicht gefallen wird, obwohl es ja anscheinend doch von Salten ist. – – – – – – Aber ich will dich nicht zu sehr beeinflussen. – – – Ja, und während ich so saß und in diesem Zusammenhang sehr konkret, also handgreiflich, an dich dachte – – – – – da hat das Telefon geläutet, und das warst du. Das kam so mitten in einen

Moment hinein, wo ich – – – mich irgendwie mit dir in einer, naja, sagen wir, Situation gesehen habe, die ich nicht so leicht für möglich gehalten hätte, ich meine, die Situation in Budapest, wie sie hätte sein können. – – – – – – – – Darüber habe ich nachgedacht, über dich, über mich – – – – – – und daß, wenn du es nicht gewesen wärst – – – – ich in Budapest nicht getan hätte, was ich getan habe. So fängt einmal die Geschichte an. – – – – – – – – – – Ich sehe nämlich nicht ein, warum man sich das nicht erlauben sollte. Was kann schon sein? Oder was konnte schon sein? – – – – – – – – Sicher, normalerweise wäre es für mich so gewesen, daß ich das Gefühl von optimalen Bedingungen gebraucht hätte, einschließlich einer festen Bindung. – – – – Aber nachdem diese meinerseits sowieso so ausgeprägt ist, daß sie durch nichts mehr verstärkt werden kann, war nichts zu verlieren. – – – – – – – – – Ich mag dich, Erich, schlicht und einfach. Und auch *das* hab ich dir schon gesagt, das Bett, egal in welcher Form und unter welchen Umständen – – – – ist kein Anlaß für eine Hochleistungsshow. Keinesfalls immer. – – – – – – Teilweise muß ich jetzt weiter an deine Hemmungen glauben, von denen du mir erzählt hast. Und ich frage mich: Warum? – – – Und je mehr ich dich kenne und je besser ich dich kennenlerne, desto mehr frage ich es mich. Warum? – – – – Denn wahrlich, du hast nicht die geringste Ursache. – – – Dürftest eher irrsinnig eingebildet sein. – – – – Bist du aber nicht. Also. – – – – Manchmal muß ich fast – – – und jetzt bitte ich dich um Entschuldigung – – – muß ich fast glauben, du könntest dich doch über mich lustig machen. – – – – – – Und deshalb sag mir, Erich: Wie ist es eigentlich dazu gekommen, daß du dir so wenig daraus machst? Oder machst du dir – – – – aus mir so wenig? – – – – – Sollte man nach gewissen Reaktionen nicht meinen. – – – Aber warum hast du mich die Initiative ergreifen lassen, obwohl du doch weißt, daß ich altmodisch bin? Und wenn: Magst du mich eigentlich? – – – – Weil ich mag dich sehr. – – – – Ich bin gern mit dir zusammen – – – splitternackt, mit und ohne Lust. Und du siehst, weil du es bist, genier ich mich nicht einmal. – – – – – – – Naja, ich gehe davon aus, daß du dieses Tonband nicht öffentlich vorspielen wirst. – – – – – Besser, du löschst es. Wie ich dir auch gesagt habe, der Brief, du weißt schon welcher, ist nicht zum Aufheben. – – – – – Du willst ihn aufheben. Gut. Aber er soll nicht irgendwo anders landen, das heißt, bei wem anderen. – – – – Weil ich nehme nicht an, daß du meine Briefe in den Safe gibst. – – – Also: Hoffentlich findet ihn nicht irgendwer, irgendwann. Wobei, was kümmert es mich? Dich gern zu haben, ist wahrlich keine Schande. Daran wird sich nichts ändern, nachdem ich es jetzt gute acht Jahre lang bei dir versucht habe, auf diverse Arten, und keine hat getaugt. – – – – – – – Zu was Erfreulicherem. – – – – Weil du sagst, irgendwer habe erwähnt, deine Stimme habe Ähnlichkeit mit der von Kreisky. – – – – Da ist was dran, Erich. – – – – Aber nicht deine Stimme, sondern deine Art zu sprechen, etwas langsam, besonnen. – – – Übrigens wirkt deine Stimme zumindest auf mich sehr erotisierend. – – – – – Und eigentlich solltest du deine Wirkung kennen. – – – – – – Und wenn ich wieder darüber nachdenke – – – – – – dann frage ich mich, ob du mich nicht doch auslachst. – – – – – Egal. – – – – – Und so weiter. – – – – – Vor allem solltest du nicht dort drüben in Sydney sein und ich hier, sondern du solltest dich hübsch brav in der Gegend aufhalten. – – – –

Alles Weitere hätte sich bestimmt längst gegeben, wenn du entschlußfreudiger wärst – – – – – trotzdem wir beide nicht mehr ganz jung sind. Das hat nichts zu sagen. – – – – – – Ich bin fest davon überzeugt. – – – – – Deinen Aufenthalt hier im März dürfen wir ja doch sehr positiv bewerten. Es war eine schöne Zeit. Ich möchte nicht einmal sagen, trotz aller Schwierigkeiten, sondern wegen aller Schwierigkeiten. Gerade in so einer Zeit zeigt sich, wohin man gehört und zu wem man gehört. Also ich zumindest – – – – habe es gesehen. – – – – Du weißt, es gab einige schwierige Situationen. – – – – Aber man muß sich eben über solche Kleinigkeiten hinwegsetzen – – – – – wenn ich's da und dort vielleicht auch am Anfang etwas tragischer genommen habe – – – zum Beispiel die Tatsache, wo du deine Hemden hinlegst. – – – – Ist ja wirklich nicht von einschneidender Bedeutung. – – – – – Wenn's dir so wichtig ist, denn lege auch ich deine Hemden dorthin, wo du sie haben willst oder gewöhnt bist, sie zu haben. Tragisch wäre es allerdings auch nicht, wenn sie woanders lägen. – – – – – Ist doch nicht so bedeutsam, daß man darüber aufs Wesentliche vergessen dürfte? – – – – Darum habe ich geweint, und darum war ich ganz versteinert. Aber nachher hab ich selbst darüber gelacht. – – – – – – – – – Und weil ich eben sehr gelehrig bin und mir zu Herzen genommen habe, was du sagt – – – – daß jeder Mensch das Recht hat, um die Angelegenheiten zu wissen, die ihn betreffen – – – – will ich nochmals auf die Matinee in der Josefstadt zurückkommen. Da habe ich dir nicht ganz die Wahrheit gesagt. – – – – Schau, der März ist für mich immer ein nicht sehr leichter Monat, obwohl ich ihn an und für sich sehr gern habe. Im März ist mein Mann nach Wien gekommen, im März haben wir geheiratet, und im März ist er ins Spital und dort gestorben. ----- Hinterher habe ich dir gesagt, ich sei im Theater niedergeschlagen gewesen, weil mich der Grünberg an den Friedhof erinnert habe, an diesen bestimmten Tag. Aber das war, wie gesagt, nur die halbe Wahrheit. Tatsächlich habe ich gemerkt, daß du nervös gewesen bist, ungeduldig, daß du scheinbar irgend etwas gehabt hast, mir nicht sagen wolltest, und daß dir das Ganze keine Freude gemacht hat. Ich hab dich beobachtet und bin immer trauriger geworden, weil ich mir dachte, na, jetzt hab ich mich so darauf gefreut, auf alle anderen Veranstaltungen haben wir verzichtet, und jetzt ist er so ungern mit mir hier. --- Jede Sekunde, die du dagesessen bist, schien ein Opfer zu sein, und da habe ich mich eben erinnert, mein Gott ---- dich hab ich so gern ------ - und bettel quasi um ein bißchen, naja, traurig gesagt, um ein bißchen Liebe. ------ Das war so traurig, daß derselbe Grünberg, der eine lange und rührende Rede vor elf Jahren am Begräbnis meines Mannes gehalten hat und dasteht und spricht: Er ist nicht mehr. ---------- Und du bist nicht einmal gern mit mir in der Josefstadt bei einer Matinee, wo derselbe Grünberg über 1938 spricht. ---- Das war sehr traurig für mich. ------ Ich bin mir sehr schäbig vorgekommen. -------- Und deshalb habe ich geweint. ----- Wirklich aus keinem anderen Grund. ----- Das wär das. ------ Ja, und wie gesagt, Erich, die Zeit war schön, die Zeit war sehr positiv, jedenfalls für mich. Ich hoffe, auch für dich. ---- Und vielleicht hat sie dir ein bißchen gezeigt, wo du wirklich sein solltest und wo du hingehörst. ---- Weil wenn du mir sagst, *Mann* ist eben allein, dann heißt das, du magst mich

nicht genug. Denn sonst ist *Mann* eben nicht allein. ————
————— Du kennst meine Einstellung. Ich hätte dir längst etwas Besseres, naja, besser, so schlecht bin ich nicht: eine Jüngere gewünscht. Das weißt du. ————— Ich hab auch brav acht Jahre lang gewartet. Aber es tut sich scheinbar nichts bei dir ————— außer du entschließt dich jetzt doch noch schnell. ———————— Ja, also. ————— Ich hab gesagt, daß die Zeit für mich schön war, und hoffentlich auch für dich. ————— Ich war dir dankbar, daß du dich hast abholen und zurückführen lassen, das hat mir ein bißchen gezeigt, daß es auch für dich selbstverständlich ist ———————— daß wir keine ————— Höflichkeitsfloskeln mehr brauchen. ————————— Ich war sehr froh über deine Natürlichkeit und glaube, daß du dich nach dieser Richtung auch nicht beklagen kannst. ————— Ich manchmal in der Eile nur halb gekämmt und nicht hergerichtet und du sogar ohne Krawatte. ———————— Schön war's in der Wachau. ——— (Husten.) ———
Und schön war es, daß du da warst, und noch viel schöner wäre es gewesen, wenn du geblieben wärst. —————— Du wirst sehen, es wird schon werden, ich glaub an eine glückliche Lösung. ——————————— Und ich seh wirklich nicht ein, warum du allein in Sydney sitzt und Trübsal bläst. Sag, was bringt das? ————— Was ist eigentlich los? ————————
Naja. ————————————————— Entschuldige die lange Pause, ich war mit den Gedanken ganz woanders oder *in* Gedanken ganz woanders. ——————— Viel mehr kann ich dir zu dieser Sache nicht mitteilen. ————— Die Zwillinge sind heute mit einem Seminar der Uni in Lilienfeld, abends sind sie beim Heurigen. Ich freu mich sehr, daß ich die beiden überzeugen konnte, sich nicht immer auszuschließen, wie ich es in meiner Jugend getan habe. Ich bin

froh, daß ich meine Töchter aus meinen Fehlern lernen lassen kann. ――――――― Aber genug philosophiert. ――――
―― Das Wetter ist hier momentan schlecht. Es ist windig, es regnet, es ist kalt. Dreiviertel der Wienerleut erkältet, Magengrippe und ähnliche Sachen. ――――― Hoffentlich trifft es mich nicht auch. ――――― Apropos, ich habe mich nicht einmal bei dir entschuldigt, weil mir in Wien am Anfang so mies war. Ich hatte da wirklich etwas ――――
post festum habe ich es zumindest mehr als nur angedeutet, und wenn nicht, war ich zu schüchtern oder vielleicht nicht emanzipiert genug. ―――― Das war eine zu ――――
intime Sache. Die will ich dir jetzt beichten. ―――― Ich hatte mitten zwischen zwei Perioden eine Blutung ――――
zur Zeit des Follikelsprungs, was eigentlich in meinem Alter nicht mehr sehr notwendig ist――― und normalerweise nur bei jungen Mädchen vorkommt. Ich hatte es davor noch nie. ――――――― Da aber solche Dinge unmittelbar mit Emotionen zusammenhängen, habe ich's mir ungefähr ausgerechnet und mich geniert, es dir zu sagen. Erschrokken war ich auch. Die Ärztin hat gesagt, falls das nicht gut wird, muß ich――― das war am Donnerstag oder Freitag ―
―― am Montag ins Spital für eine Probe-Curretage ――――
denn es könnte ja doch Krebs sein, da ist Vorsicht angebracht. ――― Das hat mich belastet. Erstens ist das eine grausliche Angelegenheit, zweitens wollte ich dich nicht auch verunsichern. ―――――― Gut, dann hat mir die Ärztin ein Medikament gegeben, da hat sich herausgestellt, daß es die Pille war ――― die hat die Angelegenheit gestoppt, von der ist mir aber elend geworden. Ich hab geglaubt, das Hirn springt mir zur Decke. Nervös wurde ich auch. ――― Da sollte ich dann gerade am Montag vor dei-

ner Ankunft das Medikament absetzen, worauf man normal starke Blutungen bekommt. Das wollte ich vermeiden, kannst du dir vorstellen. Also hat mir die Ärztin erklärt, daß man's noch eine Weile weiternehmen könnte. Das habe ich getan. Mir ist aber immer schlechter und schlechter geworden, bis ich es abgesetzt habe. – – – – – – Das nächste war dann unsere Begegnung in der Schönbrunner Straße, als du aus Graz zurückkamst. Da hast du geglaubt, ich will nicht. – – – – Gott, war mir mies – – – und traurig noch dazu, weil sich abgezeichnet hat, daß es dich auch diesmal nicht halten wird. – – – – So war das, Erich. – – – –
– – – Eine Frage in diesem Zusammenhang, vielleicht könnte uns die Antwort, uns beiden, die Sache erleichtern. – – – – – Warum ist die Idee eines gemeinsamen Lebens für dich eigentlich nicht vorrangig? Warum sitzt du nicht hier und schreibst dein Buch? – – – – Warum sind wir nicht irgendwie zusammen? – – – Zusammen wäre alles leichter. Und ich will, daß du es leichter hast. Ich will auch, daß *ich* es leichter habe, wenigstens ein bißchen. Ich will mit dir die Sorgen teilen, die du nie hättest, wenn es mich nicht gäbe. – – – – (Lacht.) – – – – Hast du sonst irgendeine Idee? Außer Südamerika? – – – – – – Sag, was denkst du eigentlich über mich? – – – – – Lachst du über mich? – – – – – – Selbst wenn ja. – – – Ich hatte das Gefühl, dir etwas bedeutet zu haben. – – – – – Ja, ein bißchen, ein wenig, und sei's nur zu deiner Erheiterung. – – – – – – Und jetzt denke ich darüber nach, ob du mit meinem Tonband Freude hast. – – – Du wirst dich eventuell damit trösten müssen, daß allzu viel Nettes, das du gesagt bekämst, ohnehin peinlich wäre. – – – – – – – – – – – Und wenn sich unsere Tonbänder nicht gerade kreuzen, möchte ich wirklich sehr gerne wissen,

wie du über die Situation in Budapest denkst. Ohne Komplimente. ---- Nackte Tatsachen. ---- Ich hab eigentlich das Recht, es zu wissen. ------ Und wie du bereits konstatiert hast, bin ich nicht beleidigt, wenn du mir die Wahrheit sagst. ---- Und sobald ich hier etwas von einer der Universitäten höre, gebe ich dir Bescheid. Du weißt, dieser Tage ist in Graz die Rektorenkonferenz. Da bin ich zuversichtlich, daß sich in Bälde etwas rühren wird. Dann ruf ich dich an. Oder du kriegst direkt Nachricht, ob sie dich nehmen. ---- Übrigens ---- ja ---- deine Idee mit Salvador Allende und Henry Kissinger, die war leicht spinnert. Ich bin froh, daß du sie nicht weiterverfolgst. Und jetzt die andere Idee, also die mit der UNIDO --- der Job wäre auch in Südamerika. Entschuldige, das wäre ebenso spinnert. Du würdest dir damit deine Chancen hier in Österreich vertun --- die ja auf gutem Weg sind. ----- Hier kann man nicht einfach eine Stelle antreten und sich dann karenzieren lassen, nicht einmal unbezahlt. Wenn man einen Job hat, egal welchen, wird man gebraucht. --- Gut, ich meine, das ist rein theoretisch --- aber glaube nicht, daß sie dich hier irgendwohin zurücknehmen, wenn du ohne besonderen Auftrag nach Chile gingest, sei es für ein halbes Jahr oder für ein Jahr. ---- Bei euch in Australien ist es vielleicht anders. ---- Ja, gut. ---- Und jetzt ist das Tonband praktisch zu Ende. --- Erich --- bleib, wie du bist. Denk an mich. Und: Bussi. Ich sag dir auf sehr baldiges Wiedersehen. Bussi. Ein schnelles, damit's mir nicht mitten im Wort die Red verschlägt. (Kußgeräusch.) Und hoffentlich verschlägt es dir nicht die Red beim Anhören. Baba, Erich. Bleib gesund und lieb. Und hege mir auch gar nichts und ----

Servus, lieber Erich, ich muß zuerst schauen, ob die Sache funktioniert. – – – – (Knacksen.) – – – – Da bin ich wieder. – – – – Heute ist Freitag, der 31. August 1973, ich bin in Sachen Tonbänder ziemlich im Rückstand. Wobei, zu antworten gibt's genaugenommen wenig – – – ich hab dir ja schon viel geschrieben. – – – – – – – – Ich danke dir nochmals herzlich für deine Sendung. Speziell für den Caruso. Die Aufnahme ist wirklich mehr als perfekt. – – – – – – – Und weil du sagst, mein Auto hat mich geärgert mit der Lackiererei und anderen Dingen, ich soll die erste Gelegenheit wahrnehmen und es umtauschen. Du, grad im Gegenteil. Es hat mich geärgert, schon oft, ich hab schon viel Geduld investiert, und jetzt ist es wieder hübsch, und ich bin dran gewöhnt und geb's jetzt nicht her. – – – Na, stell dir vor, wenn ich so wäre, was würde ich dann mit dir tun, der du alle zwei Monate deine Pläne änderst? Und das auch apropos, wenn du sagst oder fragst, ob ich nicht eine Überdosis von dir kriegen würde. Nein, absolut nicht. – – – – Und daß ich enttäuscht sein werde, solltest du im Herbst tatsächlich nach Wien übersiedeln. – – – – – Ja, mein Gott, was glaubst du, daß ich von dir erwarte? Nichts anderes als das, was du zu geben bereit bist. Und nichts anderes als du geben kannst. Du kannst allerdings viel geben. Für mich. Aber das sind ganz andere Dinge als die, die du annimmst, daß ich sie erwarte. – – – War das jetzt ein Satz? – – – Ich glaube nicht. – – – – Jedenfalls, enttäuschen wirst du mich nicht oder mindestens nicht à la longue. Oder nicht sehr. Vielleicht kann ich einmal zwischendurch wütend werden, na, das werde ich dir vermelden. Aber nicht, daß ich richtig böse oder richtig enttäuscht sein könnte. Dazu kenne ich dich schon zu gut. Mein Gott, glaub mir,

gar so viel verlang ich auch nicht. Ich bin zufrieden, wenn du da bist. Und wenn ich dich ein bißchen in der Gegend hab, wenigstens in der Schönbrunner Straße. ----- Außerdem habe ich mir vorgenommen, nicht enttäuscht zu sein, das nützt nichts. Und warum auch? Ich wüßte ja nicht, was mich noch enttäuschen könnte, nachdem ich es seit bald neun Jahren ziemlich vergeblich bei dir versuche, auf verschiedene Arten. Also ---- ich hoffe, daß wir es bei deinem nächsten Kommen schön haben werden --- ich wollt' grad sagen, bei deinem nächsten *Besuch*, Besuch soll's aber keiner werden, das weißt du. ----- Und die Wohnung in der Schönbrunner Straße richte ich dir gern ein bißchen her. ------ Es sind ein paar Kleinigkeiten zu machen. Über der Waschmuschel im Badezimmer muß man etwas anbringen, Vorzimmerablage und lauter so Dinge, für die man 150 Handwerker braucht, die einem nie zur richtigen Zeit kommen oder überhaupt nicht. ---- Jedenfalls, ich kümmere mich gern darum. ------ Und wenn du sagst, du mußt mir die Lampe bezahlen. ---- Bitte, reden wir nicht mehr davon, sonst glaub ich wieder, das ist eine dieser ---- Förmlichkeiten, über die wir doch eigentlich hinaussein sollten. --- Ansonsten hieße das nämlich, du magst mich doch nicht genug. --------- Ich hab dich gern, Erich. Sehr gern. --- Habe ich dir das schon einmal auf einem Tonband gesagt? --- Ti voglio bene. ------ Das finde ich so nett. Noch viel netter als *gern haben.* ----- Nun, jetzt wird's für dich schon wieder schwer sein, etwas zu antworten. Das tut mir leid für dich. ----
---- Amici come prima, amici come sempre, e ti voglio bene come prima, ti voglio bene come sempre, come prima, come dopo. --- Va bene? ------ (Knacksen.) -

– – – – – Und jetzt möchte ich dir nochmals zu erklären versuchen, warum ich nicht gleich auf dein Tonband vom 3. August geantwortet habe. – – – – – – – – Aus diversen Gründen – – – – – – zunächst, weil du sagst, ich werde dich nicht ändern, und du wirst mich nicht ändern. – – – – Nein, Erich, erstens will ich dich nicht ändern, ich mag dich, wie du bist. Zweitens – – – ohne zu wollen, vielleicht auch gewollt, was weiß ich, hast du dich in manchen Dingen geändert, zu deinem Vorteil. – – – – Und daß ich mich nicht ändere. Das stimmt ebenfalls nicht. Ich habe mich sehr wohl geändert. Ich weiß aber nicht, ob's dir aufgefallen ist. – – – – – – – – Und weil du irgendwie – – – nochmals die Matinee in der Josefstadt erwähnst, obwohl das fünf Monate her ist. – – – – Nicht daß ich es mir sehr zu Herzen nehme oder mit Gewalt wiederholen will oder – – – – – ich finde halt, manche Sachen sollen gesagt werden. – – – – Also. – – – – Du meintest, ich soll in der Geschichte Josefstadt keine Sachen suchen, wo sie nicht sind. – – – Ich glaub, entweder hast diesmal du mir sehr schnell geantwortet oder ich habe mich wieder einmal schlecht ausgedrückt. – – – – – Denn ich weiß sehr wohl, Erich, daß es nicht an mir gelegen ist oder gelegen war, daß du mittendrin fortgehen wolltest – – – – – und daß auch ich in gedrückter Stimmung war. Das habe ich dir auf einem der letzten Tonbänder gesagt – – – – – weil ich Erinnerungen hatte, weil der Dr. Grünberg zum Begräbnis meines Mannes so viel – – – so man das sagen kann – – – so schön gesprochen hat. Weil ich eben auch meine Erinnerungen habe, und – – – – – – daß ich deshalb habe weinen müssen. – – – – – Ich habe dir aber auch erklärt, daß ich im nachhinein nicht wegen meiner Erinnerungen schlecht gelaunt war, sondern weil ich gemerkt hatte, daß du nervös bist, und weil ich wußte, daß auch du Erinnerungen hast. ------ Und wie ich gemerkt hab, daß du weggehen willst, naja ------- da war der Gedanke am stärksten, daß ----- ich dir so wenig bedeute, daß du dich nicht überwinden kannst, mir zuliebe zu bleiben. Ich habe mir gedacht: Mein Gott, so wenig Bedeutung hat das für ihn, und eigentlich traurig, daß ich um ein bißchen, ja, ich wiederhol's dir, um ein bißchen Liebe betteln muß. Da hab ich mich erinnert, wie anders es einmal war, und wie ich Liebe wahrlich genug bekommen habe, genug gegeben habe ------ wenn auch alles unter den schwierigsten Umständen. ----- Naja, und die sehr positive Seite, Erich, von der sicher nicht besonders erfreulichen Geschichte Josefstadt ----- ich habe gesehen, daß du annimmst, ich gehöre irgendwie zu dir. Faß das jetzt bitte nicht in zu engem oder zu weitem Sinn auf oder irgendwie anders als gedacht und gesagt. ----- Ich meine damit, daß du es für selbstverständlich erachtet hast, daß ich mit dir fortgehe, wenn du keine Lust mehr hast, dir den Rest anzuschauen. Das hat mich natürlich gefreut, denn du hättest auch sagen können: Ich möchte gehen. Willst du noch bleiben? ---- Statt dessen hast du gesagt: Ich möchte, daß *wir* gehen. ---- Da habe ich zumindest gesehen -------- aber gut ---- so wenig dazu. ------ Was will ich dir noch sagen? ---------- Ja, also. ----- Du erwähnst Innsbruck und Graz und daß du das Gefühl hast, ich wisse in dieser Sache mehr als du. Nein, sicher nicht, da bist du im Irrtum. --- Falscher Irrtum, wie du zu sagen pflegst. Ich hab's dir erwähnt, speziell an der Uni Graz besteht wenig Hoffnung. Du hast doch den Brief bekommen, bevor du dich neuerlich beworben hast. Da hatte dir der Sternfeld geantwortet, daß zwar etwas frei sei, aber scheinbar ein Soziologe oder Politikwissenschafter benötigt werde, und daß es daher nicht dem entspreche, was du suchst, beziehungsweise, du nicht dem entsprichst, was sie suchen. So ungefähr. Den Brief hast du. – – – – – Sehr enttäuscht wären die Zwillinge. Sie wollen ein Semester in Graz inskribieren und haben mich schon gefragt, ob sie bei dir wohnen könnten. Hab ich ihnen Hoffnungen gemacht. – – – – – – Mit den Zwillingen hättest du's lustig. Die würden bestimmt nicht hinter dir herräumen. Ich übrigens auch nicht. Da kannst du ganz ohne Angst sein. – – – Ja, Erich, das wäre auch dieses Kapitel. – – – – – – – (Blättern) – – – – – – – Außerdem schreibst du, ich soll nebenbei und nebenher die Ausländerarbeitsbewilligung nicht vergessen. – – – Also, das ist wirklich kein Problem, Erich. Du bist in Wien geboren. Die Staatsbürgerschaft könntest du sofort wieder kriegen. Wenn du sie aus verständlichen Gründen nicht willst, dann bekommst du eben eine Arbeitsbewilligung. – – – – – – Ich bin mir sicher, daß du das alles schon geregelt hättest, wenn du im März, wie ursprünglich geplant, geblieben oder im Juli gekommen wärst. – – – – – Aber gut, du wolltest in Sydney nichts versäumen und – – – da kann ich dir nicht dreinreden. Ich hab gesehen, daß ich beim leisen Versuch damals – – – – – sehr danebengegriffen habe. – – – Allerdings hast du mir nachher, ich weiß nicht, war's Scherz, war's Ernst – – – irgendwie ein bißchen vorgehalten, daß ich dich mehr hätte beeinflussen sollen. – – – – – Und wenn ich jünger wäre – – – – – und wenn ich wirklich nicht versuchen wollte, dich zu ändern, oder umgekehrt,

wenn ich sehr wohl versuchen wollte, dich zu ändern ---
-------- ja, dann wär ich im Frühling natürlich ganz
anders dagestanden, viel energischer. Dann hätte ich noch
meine Energien zusammengerafft ---- und so weiter --
--- unverbindlich --- aber trotzdem ---- ich meine,
unverbindlich für dich. --- Und ich hab dich genommen,
wie du bist, Erich. Ich würde dich nehmen, wie du bist --
--- und gerade weil du so bist, und bitte, mißversteh gar
nichts. -------- Ich hab dich gern. Amici come sempre e ti voglio bene come sempre, come prima e come
dopo. ------- Ja, und was soll ich dir noch erzählen? -
---- *Watschenmann* gibt es keinen. Es ist Sommerpause.
Deshalb habe ich dir auf die zweite Seite eine Aufnahme
mit der Callas gespielt. ---- Für einen *Watschenmann*
hätte ich im Moment ohnehin wenig Geduld. -------
Ja, und es waren einige sehr nette Sendungen im Fernsehen, da konnte man den Baldur von Schirach bewundern,
der ist fesch wie eh und je. Es sollte ziemlich eine Sendung
gegen die HJ sein. Aber ich muß fast sagen ---- war
nicht schlecht als Reklame. ------- Dann haben die
Juden aus der Sowjetunion gestreikt, die, die ausgewandert sind und zurückwollen und die in der Malzgasse
elend untergebracht sind. Sie waren in Hungerstreik und
sind in die Stadt marschiert. Moskau will sie nicht mehr
nehmen. Das sind auch arme Teufel. ------- Was sonst
noch? ---- Der Willi Fritsch ist gestorben, das weißt du.--
--- Momentan haben wir Salzburger Festspiele, gehen
grad zu Ende – ganze Prominenz ist dort, die Regierung
ist dort, unterhält sich wunderbar. -------- Den
Zwillingen geht es gut, nur mit der Fahrschule nicht, sie
haben beide kein Talent. Schad, daß du nicht da bist, um

es ihnen beizubringen. Du hättest die richtige Hand dafür. – – – – Weißt du, die Zwillinge haben dich furchtbar gern. – – – – Es vergehen kaum ein paar Stunden, daß wir nicht – – – daß nicht eines der Mädchen sagt: Schad, daß der Erich dies oder das nicht sieht. Jö, das hätte dem Erich gefallen. Das wäre was für den Erich. Dazu würde der Erich *das* sagen. Dazu hat der Erich *das* gesagt. – – – – Sie haben dich wirklich gern. Sie haben dich schon als Kinder gern gehabt, weil du sie immer ernst genommen und mit ihnen gesprochen hast. – – – – – – – – – – Du konntest so gut mit ihnen umgehen. Das hast du gar nicht gemerkt, damals, als die beiden klein waren. – – – – Das sind jetzt bald neun Jahre. – – – Die Zwillinge waren damals zehn. Sehr anlehnungsbedürftig. Ein Mann hat ihnen gefehlt, das heißt, der Mann im Haus. Mir hat immer das Herz geblutet – – – – – wenn ich gesehen hab, daß sie sich so gut verstehen mit Jemandem. – – – – Also, dieser Jemand warst du. – – – – Du wärst für sie richtig gewesen. – – – Und sie für dich. – – – – – – – Und weil du sagst, du bist nicht verheiratet, weder mit der Lehrkanzel in Sydney noch mit sonstwem, und der Meistbietende kann dich haben. – – – – – Naja, Erich, das wußte ich nicht. – – – Was nennst du *meistbietend?* – – – – – – – – – – – Ich biete dir meine ganzen Gefühle und mein Herz, also kann ich dich haben. – – – – – – – – Ich sag's dir nur, für alle Fälle. – – – – – Kannst auch darüber lachen. Ich find's lustig – – – bereits. – – – – (Knacksen, Rauschen.) – – – – – Jetzt hat's mir mittendrin – – – nicht die Rede verschlagen, sondern das Wort abgeschnitten, weil das Band schon wieder zu Ende ist. Da mußte ich zurückspulen. – – – – Was ich dir gesagt habe, war eh nicht wichtig: Daß ich den Tag heute wartend zu

Hause verbracht habe und deshalb das Tonband nicht woanders in Ruhe aufnehmen konnte, weil ich auf eine Sendung gewartet hab und noch immer warte. Letzte Chance, daß sie am Abend um zehn Uhr kommt. Sie wurde in Venedig irgendwie, was weiß ich, vermasselt. Jedenfalls falsch verladen. Kann man auch nichts machen. – – – – Früher hätte ich mich zu Tode geärgert, jetzt sollen *die* sich ärgern. – – – Es gibt wichtigere Dinge. – – – Also, Erich, das wär's so ziemlich. Wir hoffen beide nach wie vor, Ende gut, alles gut. Es muß werden. – – – Sei zuversichtlich. Du weißt, hope for the best – – – and prepare. – – – Und alles Liebe. Viele Bussi. (Kußgeräusch.) Ich danke dir sehr herzlich für alles. Bitte tu mich nicht mißverstehen und falsch deuten. – – – – – Nochmals, sei lustig. Ja? Laß es dir gutgehen. (Kußgeräusch.)

Servus, Erich. Heute ist Donnerstag, der 22. November 1973. Es fällt mir schwer, dir zu erklären, warum du schon wieder so lange nichts von mir gehört hast. – – – – – Ja, also, wenn ich das so analysiere, ist das noch auf das von dir nur provisorisch beantwortete Tonband von Anfang Oktober zurückzuführen. Damals hast du nicht ganz zu Unrecht gesagt, du würdest ein viel zu langes Band brauchen, um befriedigend auf alles eingehen zu können. Es könnten Mißverständnisse entstehen et cetera, und du würdest mir in Raten etwas darauf sagen. – – – – Dann habe ich gewartet und gedacht, eine Reaktion kommt noch. Nicht daß ich vergessen hätte, Erich, oder daß ich mich nicht darüber gefreut hätte, daß du sofort angerufen und gesagt hast, der Anruf sei eigentlich die Antwort auf das Tonband. Aber da hatte ich erwartet, daß du mir etwas zu den wundesten Punkten sagst, zu deinem schon wieder abgesagten Kommen. Aber nichts dergleichen. – – – – Da habe ich mir gedacht, du willst nicht darüber reden, und habe das Thema nicht angesprochen. Mein Gott, Erich, wie lang sind drei Minuten oder nicht einmal ganz drei Minuten? Denn ich beginne sofort auf die Uhr zu schauen und will nicht, daß du diese Zeit überschreitest. – – – – Ich weiß, was es für dich finanziell bedeutet. Das Telefon ist prompt, aber fast unerschwinglich. – – – – Und ob man nun drei Minuten spricht oder fünf, viel kann man nicht sagen. – – – – Da war ich dann deprimiert, du kannst es dir denken. – – – – In letzter Zeit bin ich überhaupt still und schweigsam geworden. – – – – – Natürlich tut's mir leid, daß du so lange ohne ein nettes Wort von mir warst. Aber es hätte nur traurig geklungen, davor wollte ich dich bewahren. – – – – – Ja, was dann? – – – – Dann kam dein Brief, in dem du geschrieben hast – – – – daß du das Gefühl hattest, ich lege keinen besonderen Wert auf einen *Besuch*. – – – – – Im ersten Moment habe ich mich fürchterlich geärgert und mich hingesetzt und war am Antworten. Dann, wie du dich ja gut erinnerst, habe ich dich angerufen, weil ich mir gedacht hab, mein Gott, vielleicht war er deprimiert, vielleicht ist es ihm wirklich so vorgekommen, wenn's auch jeder Logik entbehrt. Das ist mir wohl einen Anruf wert. – – – – Also habe ich mich aufgerafft. Und wenn nicht *du* es gewesen wärst, das heißt, wenn ich dich nicht so gut kennen würde, hätte ich gedacht, du machst dich über mich lustig. Genau so hat's geklungen. – – – – Ich muß dir jetzt wirklich sagen, wie's mir vorgekommen ist. Und entschuldige, ich meine, ich bin drüber hinweggekommen, hab's dann auch nicht ernst genommen. – – – – Aber es klang direkt wie ein hämisches Lachen. Und *hämisch*, das ist ein Wort, das ich sonst nie gebrauche. – – – – – – Also, das hat mir momentan wahnsinnig zu schaffen gemacht. Nachher hab ich mir natürlich überlegt, weiß Gott, in welcher Situation es dich getroffen hat. Weil im Prinzip bin ich froh, wenn du gut gelaunt bist. Aber es war wie eine fürchterliche Ohrfeige. Bestimmt nicht so gemeint. Trotzdem – – – – – da hab ich dann wieder eine Zeitlang gebraucht, um darüber hinwegzukommen. Denn in letzter Zeit reagiere ich nicht mehr so rasch, das heißt: Absichtlich. – – – – Nicht daß ich alt geworden bin und nicht mehr rasch reagieren kann. Ich laß absichtlich eine Weile verstreichen, um mir zu überlegen, wie etwas gemeint war. Zu oft haben mir rasche Antworten nachher leid getan, und ich mußte ein weiteres Band nachschicken oder anrufen et cetera. – – – – – – Abgesehen davon, daß ich meist sehr beschäftigt bin – – – ohne das jetzt als Ausrede verwenden zu wollen. Du weißt, so sehr beschäftigt gibt's für mich nicht, du hast immer Vorrang. – – – – – – – Und es war auch keineswegs ironisch gemeint, als ich dir gesagt hab: Na, ich weiß nicht, wer an dich denkt. – – – – Ich eigentlich. Das *eigentlich* heißt, daß ich kaum etwas anderes tu. – – – – Ich konnte mir auch sehr gut deine Situation vorstellen, die sich ja jetzt, Gott sei Dank, teilweise gebessert hat, seit dein Sabbatjahr genehmigt ist. – – – – – Apropos, mich hat's amüsiert, was du mir letztens geschrieben hast, daß es sehr angenehm ist, auf alle Fälle etwas zu haben, wohin man zurück kann, und trotzdem nicht gebunden zu sein. Auch wenn man etwas Gutes habe, brauche man eine Reserve. – – – – – Stell dir vor, wenn man das auf unsere Situation überträgt. – – – – – Sag,

wie sieht die Alternative aus? Ist sie blond? – – – Nett? – –
– – Dabei, wo ich ja immer denke, wie gut es wäre, wenn
du ein wenig umsorgt wärst und nicht allein. – – – –
Manchmal, in einem Anfall von Großmut, wünsche ich es
mir für dich. Das vergeht dann wieder. Aber ich würde es
dir schon wünschen. – – – – – Ja, was wollte ich dir jetzt geschwind
erzählen? Es gibt so viel. – – – – – (Knacksen.) – –
– – – – Unabhängig voneinander haben mir Schwägerin
und Nichten, also Mailand, Israel und Berlin geschrieben,
daß man die Zwillinge und mich auf dem schon erwähnten
Ballfoto für Geschwister halten könnte. Na, hoffentlich
hast auch du das Foto inzwischen bekommen. Mir
unbegreiflich, warum der Brief so lange unterwegs ist. Er
sollte längst bestätigt sein. – – – – Ich glaube, in diesem
Brief habe ich dir auch einen Ausschnitt eingeschickt,
nichts Wichtiges, nur daß der Kreisky sagt, er wolle die
Zeitungen belangen, weil sie den Eindruck erwecken, er
versuche sich seines Judentums zu entledigen. Das tue er
nicht. – – – – Ich will aber nicht mit dir darüber streiten,
ob Kreisky Jude ist oder nicht, das ist vollkommen
wurscht. – – – – Er bringt jetzt den Paragraph 144 durch,
die Fristenlösung. Ich geh übermorgen demonstrieren.
Dagegen. – – – Hat aber mit dem Kreisky im speziellen
nichts zu tun. – – – – – – – Ich kann dich übrigens beruhigen,
das Durchgangslager Schönau für die Emigranten
aus der Sowjetunion ist natürlich noch nicht zur Gänze
geschlossen, obwohl sie eine Ausweichmöglichkeit in
Wöllersdorf haben, die wird gerade hergerichtet. Aber es
ist deswegen nicht ein Jude weniger durchgefahren. Das
Ganze ist ein Schachzug von Kreisky und eine sehr talmudistische
Auslegung. Er hat den Arabern zugesichert, er

wird Schönau schließen, er hat aber nicht gesagt, wann er's schließen wird, und schon gar nicht, was er statt dessen eröffnen wird. Vielleicht schließt er es in 150 Jahren, wenn alle sowjetischen Juden in Israel sind. – – – – – – Es gab hier deshalb auch ein bißchen Krach mit den Arabern, weil sie draufgekommen sind, daß man sie eigentlich ein bißchen – – – naja – – – getäuscht hat – – – – – daß auch in Zukunft ein reger Zuzug aus dem Osten stattfinden wird, während die Palästinenser nicht wissen wohin. – – – – Vorübergehend wollten sie uns kein Öl mehr schicken. Benzin haben wir jetzt alle sehr wenig. Geschwindigkeitsbegrenzung ist eingeführt, die autolosen Sonntage würden im Prinzip auch nicht schaden. – – – – – – – Die Zwillinge bereiten sich für den Opernball vor, sie nehmen noch einige zusätzliche Walzer-Tanzstunden. Im Dezember sind sie dann in Fuschl bei einer Kommilitonin, da fahren sie hinaus mit einigen jungen Leuten. Der Conny ihr Gerd ist vollkommen passé und wird durch andere ersetzt. – – – – – – – Schönes Alter. – – – So schön auch wieder nicht, daß ich die Zwillinge beneiden würde. – – – – Ja, und dann fragst du mich, was ich zu Weihnachten mache. – – – Nichts, Erich, außer an dich denken. – – – Ich muß das alles erst verkraften, was mir in letzter Zeit – – – – – Revue passiert. – – – – – Also nicht ganz einerlei ist mir auch, daß du gesagt hast, es hätte meinerseits so geklungen, als ob du sofort nach Wien kommen sollst, ohne weiteren Aufschub, und ob ich nicht wisse, daß auch du Verpflichtungen hast, wo ich meine so ernst nehme. – – – Ja, danke, Erich, daß du mich daran erinnerst. Sind allerdings Verpflichtungen anderer Natur. Oder hast du da unten ein paar uneheliche Kinder? Ich meine, welche Verpflichtungen hast du, die so arg sind, daß du's nicht hättest schon vor Jahren versuchen können? – – – – Ich hab dir das immer gesagt, und ich hoffe, du hörst mich irgendwann. Weil es ist nicht zu spät. Aber eines Tages wird es zu spät sein. – – – – – – – – – Ich will das nicht wiederholen. – – – – – Du hast mir eh nie darauf geantwortet. – – – – – – – Dabei muß ich dir offen und ehrlich sagen – – – – – – – – daß es mir für dich sehr leid tut – – – – – daß du allein bist. Das tut auf die Dauer nicht gut. Und das wirst du auf die Dauer nicht bleiben. – – – – – – – – – – Jetzt denke ich daran, an die Gegend, in die du fährst, die kenne ich aus Erzählungen. Ich hatte einmal Bekannte dort in Buenos Aires, in Montevideo – – – – Leute, die ich in der Schweiz kennengelernt hatte. Dort ist eine ziemlich große, gute jüdische Gemeinde. Man lebt dort sehr gut. Landschaftlich scheint es wunderschön zu sein, es ist zivilisiert, eine angenehme Umgebung. Ich kann mir vorstellen, daß es dir dort gefallen wird. – – – – – Vielleicht findest du nette Leute, naja, und vielleicht, wer weiß – – – – – für dich müßte ich es mir wünschen. – – – – – – – – – Was soll ich dir dazu noch sagen? Ich bin furchtbar traurig. – – – – – – – – – – – – – Nicht daß du nicht alles dazu getan hättest, im Frühling, aber – – – es war halt nicht genug. In drei Wochen kann man nicht eine neue Existenz gründen, indem man zwei oder drei Universitäten besucht, Innsbruck und Graz, wo alles vom Zufall abhängt. – – – – – Vielleicht ist es ja Österreich, was dich abhält, vielleicht willst du gar nicht dorthin zurück, wo man dich schon einmal rausgeekelt hat. – – – – – Wäre ein kleiner Trost, ich könnte dein Verhalten weniger persönlich nehmen. – – – – – Ja, das wär's. – – – – Auf die Dauer wirst du halt nicht allein bleiben. – – – – – – – – – – – – – – – Vor kurzer Zeit hat der Mann meiner Freundin, die sich umgebracht hat, wieder geheiratet. Mein Gott, die führen eine lustige Ehe. Sie ist Lehrerin in Puchberg, also sehen sie sich nur am Wochenende. Was ihm anscheinend genügt. Er war drei Jahre Witwer. – – – – – – Überhaupt, in letzter Zeit wimmelt es nur so von Verständigungen von Leuten, die geheiratet haben oder heiraten wollen – – – – meistens zum zweiten Mal. Lauter Verwitwete. – – – – – Wobei, komischerweise, in meinem Bekanntenkreis die Frauen gestorben sind, nicht die Männer. – – – Und die Männer heiraten wieder. – – – – Der Professor Altmann, zum Beispiel, der Arme, der war wirklich arm dran. Der hat sich immer bei mir erkundigt, wie's bei mir war. Und der Professor Rosig und noch so etliche andere. Du kennst sie allesamt nicht. Es ist nur merkwürdig, wie sich das grad in letzter Zeit – – – – epidemisch verbreitet. Aber nicht alle, nicht alle haben die richtige Wahl getroffen. – – – – Der Mann meiner armen Freundin, von der Marion, die sich ebenfalls umgebracht hat. Seine zweite Frau – – – stell dir vor, die ist tödlich mit dem Auto verunglückt. – – – – Ich glaube, sie ist in den Tod gefahren. Er hat sie ebenfalls sitzenlassen wollen, obwohl sie sich seinetwegen hat scheiden lassen. – – – Und die gute Frau Doktor Weingartner auch, wegen ihrem Sohn, was man sogar irgendwie verstehen kann. – – – – So etliche Tragödien. – – – – Ich weiß eigentlich nicht, warum ich dir das erzähle, entschuldige. Du kennst die Leute nicht. Aber wenn man grad so plaudert, um ein bißchen andere Dinge zu vergessen. – – – – – Ja, also. – – – – Und so weiter. – – – – – Natürlich kann ich mir vorstellen, Erich, was sich jetzt bei dir tut – – – – in der ganzen Auflösung – – – – in Hinblick auf Argentinien

– – – – – und weil du deinen Ford Capri anbringen mußt. Ich hoffe, du verlierst nicht zuviel daran. – – – – – – – – – – – – – – – Jetzt sind schon zehn Jahre seit dem Kennedy-Mord, als ob's gestern gewesen wäre. – – – – Und schon so lang seit Budapest. Und schon so lang, seit ich dich gesehen habe. – – – – – Und daß dir *Der letzte Tango* nicht gefallen hat, das kann ich verstehen, das war – – – – wirklich eine Zumutung. Gut, man ist nicht gezwungen hinzugehen. – – – – – Trotzdem, mit Sex hatte das gar nichts zu tun, eher mit – – – – Wohnungsnot – – – daß die sich da am Boden herumgebalgt haben. Sie wollte die Wohnung, er wollte die Wohnung – – – – – eine einmalige Sauerei. Das gilt übrigens auch für den Tschaikowski-Film. – – – – Jetzt haben sie ihn im Fernsehen gezeigt, ich habe ihn zufälligerweise in Farbe gesehen. – – – – Nicht nur daß die Szenen grauslich waren – – – die Wahnsinnsszenen, meine ich – – – sondern auch die Frau war grauslich – – – nicht weil sie nackert war, sondern weil sie dafür ein solches Gerippe genommen haben. – – – – – – – – Ja, also, das wär's so ziemlich. – – – – – Wir haben hier einen wunderschönen Herbst, sonnig, warm – – – – – blauer Himmel. Weiß nicht, wie lang das noch dauern wird. Momentan ist man froh darüber, noch dazu bei den Heizölpreisen – – – – für die vielen armen Leute kein Vergnügen. – – – – – – – – – – Und was ich zu Weihnachten machen werde, naja, da werde ich mich ausruhen und da werde ich an dich denken, wie immer. – – – – – – – Ich habe mir immer gewünscht, Weihnachten mit dir zu feiern. – – – – Der Stern vom vorigen Jahr hängt immer noch vor dem Bild, und es ist schon wieder bald soweit. – – – – Viel wird heuer sowieso nicht los sein. Die Zwillinge haben vorab je einen Lammfellmantel bekommen, einen sehr hübschen. Das wär's eigentlich. Der Bärbel haben wir geschrieben, daß sie nichts schicken soll, ihre Sachen sind eh unverwendbar. ------- Und dann warte ich gespannt auf Nachricht. --- Ich bin irrsinnig lang ohne Nachricht von dir, und das ist nicht nett, daß du dich so revanchierst. -------- Wegen Israel habe ich dir ja einige Male geschrieben, du hast aber nicht darauf reagiert ---- daß ich im Prinzip sehr gern und trotz Regens jederzeit fahren würde. ---- Aber momentan habe ich nicht besonders gute Nachricht von dort. Die Leute befürchten eine Fortsetzung des Krieges, der dann noch viel ärger sein wird. Ich weiß nicht, ob der Zeitpunkt sich anbietet ----- ist auch nicht sehr angenehm, quasi unbeschwert als Tourist hinzukommen, wenn die unter solchem Druck stehen ---- und solche Sorgen haben. ---- Irgendwie muß das Problem ja gelöst werden ---- das palästinensische Problem ----- oder besser, das Problem der Palästinenser. ----- Denn die kann man ja nicht immer weiter herumlungern lassen, das wird immer ärger und ärger. ----- Also, ich halte nicht sehr viel davon. Die werden dann feststellen, wie schön es in Israel ist und wie grauslich dort, wo immer sie einen palästinensischen Staat gründen wollen. ---- Da werden sie Israel wieder überfallen. ------ Das wäre auch dieses Kapitel. ---- Hope for the best. ------ Du fehlst mir, Erich. ----- Ab und zu versuche ich mich an den Gedanken zu gewöhnen, daß du nicht da bist. Das ist dann noch ärger. ----- Und auch ein neues Tonband habe ich schon länger nicht mehr von dir bekommen. Ich spiel die alten. Ich hör mir die alten an, am liebsten das, auf dem ich mir aus all den anderen die nettesten Sachen zusammengeschnitten habe. – – – – Lauter nette Aussprüche von dir hintereinander. – – – – Ab und zu tut mir das gut, das heißt, es tut mir immer gut. – – – – – – – – Und jetzt muß ich dir ein Fast-Geständnis machen: Ich habe kaum je jemanden im Leben so gern gehabt wie dich. – – – Weder in meiner Jugend noch später. – – – – Nur wenn ich das Gefühl habe, daß du dich lustig machst – – – – – – – – naja. – – – – Lach über den *Watschenmann,* den ich dir auf der A-Seite aufgenommen habe. – – – – – – – – Und entschuldige, daß dieses Tonband so weit entfernt von Perfektion ist. – – – – – Es knackst ununterbrochen, obwohl ich das Gerät auf Automatik eingestellt habe und ganz ruhig dasitze und mich kaum bewege. – – – – – – Ich versuche es jetzt ohne Automatik, so geht es bis zum Ende weiter. – – – – – – – – Ich schick dir noch einen ausführlichen Brief – – – – – in Sachen Budapest und Diverses, das fällt schriftlich leichter. Auf dem Band ist ohnehin kaum mehr Platz, weil, wie gesagt, auf der anderen Seite der versprochene *Watschenmann* ist. – – – – – – Ich denk sehr viel an dich, Erich. Ich denke sehr gern an dich. Das weißt du. – – – Amici come prima, amici come sempre. – – – Come prima, come dopo. – – – – – Und weil das Tonband zu Ende ist, wünsche ich dir nochmals alles Gute, und ich freu mich mit dir, ich versuch es zu tun – – – – für Argentinien – – – – für Buenos Aires, sosehr das der falsche Ort ist, an den du gehst. – – – – (Mehrere Kußgeräusche.) – – – – Und noch eins. – – – – Von dir hab ich schon lange keins mehr bekommen. – – – – Laß es dir gutgehen, Erich. – – – Ja?

Es rührt sich nichts

Es ist niederschmetternd, wie sehr die Anrufe immer spärlicher werden. Der Mittagsanruf erst um 13.10. Als ich deswegen eine Bemerkung machte, reagierte Jenny mit schon gewohntem Unverständnis. Es gab Streitereien. Jetzt darf ich in der Firma nicht mehr anrufen, und von zu Hause aus haben wir nur, wenn überhaupt, zweimal Kontakt: um 7.00 in der Früh und vor dem Schlafengehen. Dabei hat sie mich noch gestern ganz lieb gebeten, nächstes Wochenende schon früher zu ihr zu kommen, worüber ich mich sehr gefreut hatte. Doch nach 20.30 war dann nichts mehr, nur ihr AB. Heute ab 8.00 versuchte ich vorsichtig zu wecken, doch bis jetzt 10.05 nur wieder der AB. Natürlich ist mir bekannt, daß sie mit Birgit Windisch zum Brunchen fährt, aber daß sie mich nicht anruft beziehungsweise auch jetzt nicht da ist, kann ich mir nicht erklären. Ich frage mich, ist sie nach unserem Telefonat noch weggefahren und über Nacht nicht nach Hause gekommen oder ist jemand bei ihr. Jedenfalls habe ich dadurch wieder einen beschissenen Sonntag.

Nicht einen einzigen Millimeter kommt mir Jenny entgegen. Ein kleines Hallo-hier-bin-ich! würde genügen, ich wäre ein anderer Mensch. Aber die Aktion von gestern, kein Gute Nacht, und heute einfach nichts, das macht mich fertig. Mir kommt vor, Jenny bricht den Kontakt förmlich ab. Meine E-Mails beantwortet sie nicht mehr, dabei weiß ich, daß sie mit Bekannten und Freunden stundenlang telefoniert und ihnen seitenlange E-Mails schreibt. Ich möchte das mit keiner Silbe erwähnen, sonst ist sie nur wieder böse und erzählt mir, wie wichtig ihre Freunde für sie sind. Aber die Frage, was eigentlich *ich* für sie bin, drängt sich irgendwie auf. Wo sie mich so behandelt. Da fehlt mir komplett der Durchblick. Wenn wir einmal im Monat miteinander schlafen, wirkt sie abwesend und gähnt. Es ist schon lang her, daß sie nach mir gefaßt oder mich aus eigenem Antrieb geküßt hat. Bei jedem zweiten Wort von mir sagt sie, ich sei blöd. Und beim Geld ist sie furchtbar leichtsinnig, und ständig ist sie abgebrannt. Ich habe schon zweimal ihr Konto ausgeglichen, trotzdem ist es schon wieder hoffnungslos überzogen, und wenn ich ihr nicht wieder unter die Arme greife, dreht man ihr das Licht ab oder, noch schlimmer, das Telefon. Mittlerweile habe ich locker 7000 Euro in sie investiert. Es liegt mir fern, dieses Geld zu thematisieren, aber es ist für Jenny anscheinend so, als hätte ich nichts für sie getan. Heute hat sie mir erzählt, daß ihre Freundin Natalie genauso veranlagt sei. Na, bitte. Am liebsten würde ich auf der Stelle mit Natalie Kontakt aufnehmen und versuchen, das Problem großräumig in den Griff zu bekommen. Aber auch das ist nur Wunschdenken, denn wenn Jenny davon Wind bekäme, wäre alles aus. Dabei hätte ich so gerne, daß ihre Freundinnen ihr etwas ins Gewissen reden, damit sie ein wenig auf mich zugeht. Auch zu meinen eigenen Freunden und Bekannten habe ich fast keine Kontakte mehr, denn die führen ihr eigenes Leben und sind nicht neugierig auf einen wie mich. In meinem ganzen Leben habe ich noch nie so traurige und einsame Zeiten erlebt wie das letzte halbe Jahr. Es ist schier zum Verzweifeln. Wenn ich mit meinen Sorgen wenigstens bei Jenny Verständnis finden würde. Aber da darf ich nichts davon erwähnen, sonst geht sie an die Decke. Vielleicht können wir uns nächste Woche wieder etwas annähern.

Heute löst Jenny bei Walli das Raclette-Essen ein, das Walli ihr zum 28. Geburtstag versprochen hat. Wir hatten nur zweimal telefonischen Kontakt, morgens um 8.20 und mittags um 12.55. Zwischendurch ist sie immer wieder verschollen. Ich habe keine Ahnung, wo sie die ganze Zeit steckt. Das verschafft mir 24 Stunden ununterbrochene Krise. Wenn ich nicht zusehe, daß ich gefühlsmäßig wieder etwas lockerer werde, ist das mein Untergang. Das alles zieht mich fürchterlich hinunter. Hoffentlich ruft Jenny bald an.

Ab heute nacht haben wir wieder Winterzeit, also eine Stunde länger schlafen.

Am Abend um 22.00 hat Jenny am Telefon gesagt, daß sie mich in der Früh anruft. Um 9.00 habe ich's das erste Mal versucht. Sie war nicht zu Hause. Erst das dritte Mal, um halb 11, hat sie abgehoben und mir gleich Vorwürfe gemacht, daß ich sie ständig kontrollieren würde. Mittlerweile ist unser Telefonkontakt definitiv auf zweimal pro Tag geschrumpft, es gibt auch am Morgen keinen Anruf mehr. Da entwickelt sich etwas in die falsche Richtung. Außerdem glaube ich, daß Jenny mich belügt. Bestimmt gibt es einen zweiten Mann, anders kann ich mir nicht erklären, weshalb sie so oft nicht zu erreichen ist. Wenn man bedenkt, wie das alles noch vor zwei Monaten war. Dagegen jetzt. Ich fühle mich, als würde ich jeden Moment einen Herzinfarkt bekommen.

Für Mittag koche ich mir ein Paprikahenderl mit Nudeln, es brutzelt schon im Kelomat. Um 11.10 ruft Jenny an und verkündet, daß sie Drachensteigenlassen geht. Ihre Waage ist mal wieder auf die friedliche Seite gekippt. Ich habe ein gutes Gefühl.

Am Nachmittag war ich im 1. Bezirk spazieren. Ein sonniger Tag, viele Menschen unterwegs. Vor dem Casino saß ein slowakischer Gitarrist und spielte. Ich habe über eine Stunde zugehört und eine CD gekauft. 15 Euro. Gerade jetzt spiele ich die CD in Jennys CD-Player. Leider kommt mir wieder diese verfluchte Traurigkeit hoch, ich kann absolut nichts dagegen tun, egal wie ich's anstelle.

Um 8.00 hat Jenny angerufen. Sie geht noch in die *Schwingkiste*, dann muß sie am Flughafen Birgit Windisch abholen. Bin gespannt, ob ich tagsüber etwas von ihr höre, glaube aber nicht, weil sie sich bis zum Abend verabschiedet hat. Sie war auch wieder etwas mürrisch und hat wegen meiner Wettergeschichten geschimpft. Ich schau doch am Morgen immer TW1, und da hab ich gesehen, daß es in ihrer Gegend nur 1 Grad hat. Na ja, ich werd vom Wetter nicht mehr sprechen so wie von der Liebe, das ist ihr beides zu dumm und zu oberflächlich. Nun werd ich zu meinem Bruder und zu Mama fahren, da bin ich zum Mittagessen eingeladen, und am Nachmittag geht's zu den Friedhöfen, nach Neulengbach zum Vati und nach Tulln zu den Großeltern. Anschließend gibt's bei Susitante das obligatorische Allerheiligentreffen. Ob mich Magda anruft wegen der Geldübergabe? Sie wußte noch nicht, ob es sich ausgeht. Na ja, ich glaube, sie will mich auch nicht mehr sehen. So leb ich halt einsam und allein in den Tag und vor allem in die Nacht hinein und weiß nicht, was ich tun soll in diesem Zustand. Leider sind meine Freunde von früher alle weit weg und rufen mich auch nicht mehr an. Aufdrängen möchte ich mich nicht, außerdem weiß ich, daß es die Tesars waren, die Magda alles über mich und Jenny erzählt haben. Ich glaube, deshalb ist Magda seit einiger Zeit so abweisend.

Jetzt ist es 9.45, ich werde losfahren. Ich möchte in Auhof noch mein Auto waschen.

Soeben bin ich zu Hause angekommen. Ich mache mir Sorgen, weil ich nicht weiß, was mit Jenny ist. Mir ist es ein Rätsel, wie meine Eltern das geschafft haben, als sie jung waren, wenn sie eine oder zwei Wochen gewartet haben, bis sie Antwort auf einen Brief hatten. Das muß mörderisch gewesen sein, richtig finstere Zeiten.

Jetzt um 17.30 hat Jenny angerufen und gesagt, daß sie schlafen geht und morgen früh zum Massieren, *Schwingkiste* und dann in die Stadt. Mir drängt sich der starke Verdacht auf, daß sie am Abend wegfährt und irgendwo anders schläft, dort nicht so früh aufstehen kann oder will und deshalb die Geschichte von den zeitigen Aktivitäten erfindet.

Ich war noch auf ein Bier. Wieder zu Hause, 20.15, habe ich versucht, Jenny anzurufen, doch der AB ist aus und das Telefon läutet. Auch das Handy ist abgeschaltet. Morgen schickt Jenny einen vierseitigen Brief an mich, das hat sie angekündigt. Es ist davon auszugehen, daß eine Schlußerklärung drin sein wird, deshalb warte ich mit meiner Geldsendung noch zu. Bitte, lieber Gott, gib, daß all das nicht wahr ist. Aber warum sollte Jenny ihr Telefon um 18.00 abschalten und zu Bett gehen, wenn sie Urlaub hat? Und vor allem: Warum darf ich in der Früh nicht anrufen, bevor sie massieren geht? Das ist nicht erklärbar. Wenn das so weitergeht, werde ich vor Gram sterben. Ich fühle mich hundeelend. Es ist jetzt 20.50, ich liege im Bett und kann mich nicht *derfangen*. Bei Jenny hebt niemand ab. Wahrscheinlich ist sie über Nacht bei einem anderen und kommt erst am Mittag nach Hause.

Die Vorstellung, daß Jenny unsere Beziehung beenden könnte, macht mich irr. Ich glaube, sie hat da ein wenig vergessen, daß sie es war, die mich dazu gebracht hat, zu Hause auszuziehen und mich von Magda scheiden zu lassen. Sie wollte sogar, daß ich für Fabian einen Gentest mache, ob er mein Sohn ist. Sie hat sich in den E-Mails schon meine Frau genannt. Sie wollte ein Kind von mir (eine Laura oder einen Paul), wir haben gemeinsame Zukunftspläne gemacht, ich habe ihre Schulden bezahlt, ich habe alles Erdenkliche für sie getan und sie verwöhnt. Und jetzt das.

Am Morgen war ich noch völlig fertig, weil ich nicht wußte, was mit Jenny los ist. Ich fuhr zur Arbeit und bin noch jetzt total durch den Wind. Ab 7.00 versuchte ich anzurufen. Sie hat nicht abgehoben. Doch endlich um halb 8 war sie da, mir fiel ein Stein vom Herzen. Ich kann sie aber nicht verstehen, warum sie das Telefon schon um 18.00 abstellt und mich im ungewissen läßt, obwohl sie bis 23.00 vor dem Fernseher sitzt. Bleibt mir ein Rätsel. Na ja. Über den Tag gibt es einige schöne Gespräche, wo wir das Wochenende als Besuchstermin fixieren. Da freue ich mich darauf.

Heute ist wieder so ein Tag, wo ich mich schon um halb 6 in der Früh in die Arbeit vergrabe. Als erstes setze ich die E-Mails an Jenny ab, wir hatten gestern abend um 21.00 den letzten Kontakt. Heute hat sie bei der neuen Firma ab 8.00 den zweiten halben Arbeitstag, es ist sehr schwer für sie, weil da so viel Zeug von der Vorgängerin herumliegt und aufgearbeitet werden muß. Also in der Früh ruft Jenny nicht an. Als ich um 15.30 nach Hause komme, ist bei ihr erst einmal eine gute halbe Stunde besetzt, andere sind immer wichtiger. Dann kann ich endlich mit ihr sprechen, das ist um 16.10. Sie ist richtig unfreundlich. Ich frage mich, was ich für Jenny eigentlich bin, ich frage mich immer öfter, liebt sie mich oder braucht sie mich nur wegen der Finanzmisere, die sie ständig hat, weil sie mit ihrem Geld nicht umgehen kann. Heute abend fährt sie zum Papermoon-Konzert und kommt erst um Mitternacht nach Hause. Da hör ich bestimmt nichts mehr von ihr.

Sie hat mich angerufen, als ich gerade in einem Möbelmarkt war, leider konnten wir nicht viel verstehen, weil das alles so Betonbauten sind.

Am Mittwoch habe ich mich um 15.00 auf den Weg gemacht. Diesmal fuhr ich über das kleine deutsche Eck, was auch nicht besser war. Alles verstopft. Bei Jenny die übliche Begrüßung; kühl. Am Donnerstag mußte Jenny bis 13.00 arbeiten. Wir waren im Schloßpark. Am Freitag ging's dann in die Berge zu Hedwig. Jenny fuhr die ganze Strecke. 11.00 Ankunft. Ich war mit Hedwig zwei Stunden im Thermalbad, es war richtig nett. Jenny hat in der Zwischenzeit gebastelt. Um 19.00 ging's weiter nach Wien in meine Wohnung, wo sich Jenny gleich in die Badewanne legte. Leider konnte sie nicht gut schlafen. Samstag früh hatten wir Sex, das hat mir gutgetan. Leider ist Jenny noch immer nicht gesund und hatte nicht viel davon. Am Vormittag ging's zu Lutz und IKEA, um ein Schlafsofa und eine Kommode zu kaufen, die ich dann zusammengebaut habe. Jenny hat die ganze Wohnung auf den Kopf gestellt und in einem schönen Gelb ausgemalt. Am Sonntag habe ich Jenny zum Bahnhof gebracht, der Abschied war wieder sehr schwer für mich, und mittlerweile hat Jenny den Kontakt zu mir total eingeschränkt. Am Morgen ein kurzer Anruf, sehr muffelig, und am Abend, wenn ich Glück habe, gibt es noch kurzen Kontakt. Wenn ich Jenny von Herzen sage, daß ich sie liebe, erwidert sie schon lange nichts mehr. Ich denke, daß Jenny ein großes Geheimnis vor mir hütet. Sie hat täglich zig Anrufe am AB und viele Mails von Männern. Sie ist immer ganz nervös, wenn ich hinter ihr stehe, während sie sich einloggt, ich glaube, damit ich das Passwort nicht sehe. Ich habe schon lange keine E-Mail mehr von ihr bekommen.

Um 0.15 klingelt das Telefon. Jenny ist dran. Sie erzählt von der Einladung bei Natalie. Es ist ein sehr nettes Gespräch.

In der Firma habe ich als erstes eine E-Mail an Jenny geschrieben. Ich wollte sie nicht wecken. Diese E-Mail wurde schon um 8.00 beantwortet, und ich habe dann versucht, Jenny anzurufen, doch da war bis 9.10 permanent besetzt. Als ich endlich durchkam, gab's Ärger, weil ich wieder störte, sie hätte jetzt keine Zeit für so dummes Geschwätz (wegen der Versicherung). Daraufhin habe ich eine verärgerte E-Mail an sie geschickt. Beim Nachhausefahren um 13.15 rief Jenny am Handy an und bat um

Rückruf. Angerufen hab ich sie vom Festnetz, da ging's richtig zur Sache, von wegen daß sie sich von mir trennen werde wegen meiner Art. Sie sieht überhaupt nichts ein, nur alles ich, ich sei zwanghaft und enge sie ein. Dabei ist sie es, die einen zwingt, daß man ein Auge auf sie hat. Jeden zweiten Termin würde sie versäumen. Vor vier Wochen wäre sie ohne Reisepaß am Flughafen gestanden, lauter so Dinge, und am Ende habe ich den Schwarzen Peter, während sie tun und lassen kann, was sie will. Ich kann mich fast nicht mehr wehren. Der kleinste Hinweis auf ihre Umgangsweise oder Unfreundlichkeit oder Unverläßlichkeit, und sie rastet aus. Ich muß mich immer bemühen, alles zu kitten, sonst ist es vorbei. Jetzt weiß ich wieder nicht, was tun. Man darf Jenny ja nicht durch Anrufe stören. Sie telefoniert lieber stundenlang mit anderen Leuten und lacht und scherzt dabei. Es ist zum Verzweifeln.

Ich war im Sparmarkt zum Einkaufen. Jetzt sitze ich ganz gemütlich in meinen vier Wänden und versuche trotz allem zufrieden zu sein. Wenn ich nur wüßte, wie ich Jenny günstiger stimmen kann.

Jenny ruft ganz kurz an, um sich nach der *Schwingkiste* zu melden, legt aber gleich wieder auf wegen der Herzblattsendung. Um 23.30 telefonieren wir wieder. Leider werden unsere Gespräche immer einsilbiger. Sie schimpft ständig über meine mangelnde Bildung, und ich habe dann nicht den Mut, viel zu sagen, weil Jenny alles als *Wischiwaschi* abtut. Was mir besonders weh tut, ist die Tatsache, daß sie meint, wenn ein Mann in ihr Leben träte, der ihre geistige Ebene teilt, dann würde sie ihm ihr Herz schenken. Das ist unglaublich niederschmetternd, weil ich doch dachte, daß ich der Mann ihres Herzens bin. Ich muß mich jetzt auf den Weg machen und mir einige Bücher besorgen wegen meiner Bildung, die so unzureichend ist. Ich werde alles Erdenkliche daransetzen, Jenny nicht zu verlieren.

Das Bild von ihr, das ich am 29. August im Prater beim Auto-Scooter gemacht habe, steht immer vor mir, und ich kann es nicht aus der Hand geben. Ich hoffe immer noch, daß Jenny den gleichen Schmerz empfindet wie ich und deshalb wieder in meine Richtung schaut. Ich selbst gebe mein Bestes.

Um 9.30 vormittag bin ich losgefahren, habe mir zwei Gedichtbände gekauft und ein Buch, das mir Jenny empfohlen hat. Anschließend war ich auf einen Kaffee. Bei Eduscho kaufte ich mir noch Turnschuhe. Um 15.00 war ich zurück in der Wohnung. Nun ist meine Sehnsucht nach Jenny wieder so groß, das macht mich dermaßen unruhig, daß ich die Wände hochgehen könnte. Ich habe ohne Erfolg bei ihr angerufen, der AB randvoll, was vermutlich bedeutet, daß sie seit der Früh nicht zu Hause war. Vielleicht steckt einer ihrer Bastelabende in der *Schwingkiste* dahinter. Es dämmert schon wieder, ich bin deprimiert. Wenn das so weitergeht, dieses Dahinsiechen vor Liebesschmerz; ich weiß nicht. Mein Herz schlägt bis zum Hals, ich glaube, ich bin der traurigste und einsamste Mensch auf dieser Welt. Hoffentlich kommt Jenny bald heim und ruft mich an. 16.20.

Um 16.45 versuche ich es bei Jenny, tralali … sie meldet sich, sie hört gerade ihren randvollen AB ab. Nun telefonieren wir noch zweimal. Jenny räumt ihre Wohnung auf, weil morgen Birgit kommt, die bei der Tabellenerstellung für die neue Firma hilft. Ich glaube, Jenny kocht auch etwas. In der Zwischenzeit habe ich in einem der Bücher gelesen. *Das Buch der Unruhe* von Fernando Pessoa. Man könnte sagen, nomen est omen. Ein sehr schwieriges Buch, das es einem nicht gerade leichtmacht. Jenny und ich haben uns bis zum Abend verabschiedet.

Jenny meldet sich mit einmal Läuten, und ich rufe zurück. Sie erzählt vom Aufräumen ihrer Wohnung und schwärmt von ihren Katzen. Es ist ein gutes Gespräch, ich muß halt immer aufpassen, nichts zu sagen, was ihr nicht paßt. Sie hat 6 Kleiderbügel *Lift* bestellt. Da soll ich auch 3 Stück bekommen.

Heute ist Sonntag. Soeben um 10.00 habe ich auf ihr Band gesprochen, bin einmal gespannt, ob da was zurückkommt.

Nun werde ich etwas Gutes kochen, hoffentlich gelingt es mir.

Nach dem Essen und Briefschreiben fahre ich um 14.15 Richtung Augarten-Manufaktur. Als ich vor dem Schloß stehe, ruft Jenny an und sagt mir, daß sie mit Birgit bastelt und Excel-Listen erstellt. Nach einem Spaziergang über die Kärntner Straße und den Graben fahre ich um 17.00 wieder in die Wohnung. Jenny hat ihr Telefon abgestellt, so gibt es erst um 20.00 Kontakt, und der ist nur kurz. Um 21.15 telefonieren wir ausführlich, eine halbe Stunde. Das Gespräch verläuft meinerseits vorsichtig. Ich sag nichts von Liebe oder *ich brauch dich*, weil Jenny das nicht möchte und nicht mehr erwidert.

Heute ist den ganzen Tag Funkstille. Ich darf in der Früh nicht anrufen, und Jenny sitzt den ganzen Tag in der Firma, so ist auch während des Tages nichts. Nun ist es 17.45, und Jennys Telefon ist noch immer aus. 19.30 und noch immer kein Ton. Mir geht das ziemlich an die Nerven.

Am Morgen schon wieder keine Anrufe, auch keine E-Mails. Aber mit David telefoniert und mailt sie stundenlang und mehrmals am Tag. Leider komme ich nicht in Jennys aol, weil ich kein Paßwort weiß, da tut sie immer ganz geheimnisvoll, damit ich nicht sehe, was sie als Kennwort eingibt. Wenn ich ihre E-Mails lesen könnte, würde ich wahrscheinlich aus den Schuhen kippen.

Der erste Anruf kam kurz nach 13.00 und dann gleich noch zwei, aber jetzt ist seit 14.00 niemand zu Hause, der AB ist bereits wieder randvoll, das ist auch komisch. Wenn ich bei Jenny bin, läutet den ganzen Tag kein Telefon, und es sind keine Gespräche am AB. Entweder sagt sie ihren Freunden Bescheid, oder da ist etwas faul. Ich weiß es nicht, da steige ich nicht dahinter. Es ist jetzt 18.30, und es rührt sich nichts. Morgen fahr ich um 15.00 los. Ich hab schon fast alles eingepackt.

Am 2. bin ich um 15.15 zur Tür raus, und um 20.15 war ich bei Jenny. Ein schönes verlängertes Wochenende. Leider kam es immer wieder zu Streitereien, weil Jenny alles kritisiert und mich schlecht behandelt. Sie sagt zwar immer, daß alles in Ordnung sei, aber auf der anderen Seite hält sie Riesendistanz. Sonntag früh hat Jenny mit mir geschlafen, wir hatten wunderbaren ungeschützten Sex mit Höhepunkt von Jenny. Sie hat phantastisch mitgemacht. Anschließend waren wir im Zoo frühstücken. Der Abschied am Sonntag war für mich wieder fürchterlich, und die Heimreise arg. Ich habe mich bis heute nicht gefangen. Anrufe gibt es nur mehr äußerst wenige, obwohl ihr Telefon stundenlang besetzt ist. Außerdem war Jenny letztes Wochenende bei ihrer Freundin, die meinte, daß man sich von Zwilling-Männern trennen muß, weil sie keine Freiheiten lassen. Am Freitag war Jenny auf der Weihnachtsfeier ihrer Firma bis halb 3 in der Früh. Sie hat dort mit einem gleichaltrigen Kollegen geplaudert. Sie meinte, der sei sehr lieb. Ich bin überzeugt, der hat sie angebaggert. Jetzt muß ich fürchten, daß der Kollege volles Programm fährt und Jenny herumkriegt.

Um 6.15 ruft Jenny in der Firma an. Ich ruf dann noch um 7.10 an, da hat sie es aber schon eilig (Laune mittelmäßig). Heute muß sie am Nachmittag mit französischen Kunden in die andere Fabrik. Ich würd gern wissen, was Jenny, die in der Firma neu ist, den Franzosen groß erzählen könnte. Ich denke, sie wird mit ihrem Neuen unterwegs sein.

Gestern am Abend um 19.30 hab ich mit Jenny telefoniert. Es war schrecklich, was ich hören mußte. Sie hat ja diesen Kollegen Martin kennengelernt, in den sie sich wahrscheinlich Hals über Kopf verliebt hat. Er schreibt ihr E-Mails nach Hause, hat wahrscheinlich auch ihre Telefonnummer. Sie spricht sehr viel von ihm, wie nett er ist, und meint, man müsse abwarten, wie sich die Sache entwickelt. Mir scheint, sie läuft ihm hinterher. Dabei baut Martin mit seiner Freundin ein Haus. Jenny gelingt es am Ende noch, ihn von da wegzulocken. Wahrscheinlich deshalb möchte Jenny mich am 3./4. Jänner wieder nach Wien schicken. Angeblich, weil sie lernen muß. Ich glaube, wegen Martin. Sie muß irgendwann im Jänner in der Firma Notdienst schieben, hat angeblich ihr Chef angeordnet. Ich halte es für wahrscheinlicher, daß sie sich mit Martin einen Dienst zusammengelegt hat. Jetzt bin ich verzweifelt wie nie zuvor in meinem Leben.

Um 8.00 wollte ich anrufen, aber da rührt sich nichts.

Jenny ruft um 8.25 an und spricht wieder ganz lieb, da soll sich einer auskennen, einmal ultimativ alles beenden und gleich darauf so freundlich. Auch um 18.15 erreiche ich sie. Sie kam gerade von Walli, da war sie Saft holen.

Nun ist es endgültig. Jenny möchte mit mir keine Zukunft haben. Sie hat Angst vor mir. Sagt sie. Aber ich bin der Meinung, sie redet sich da etwas ein, da ich im Gegenteil der bin, der auf sie aufpaßt. Aber leider ist es jetzt schreckliche Gewißheit. Sie hat mir den Laufpaß gegeben, aus und vorbei. Als ich wegen Martin eine Bemerkung machte, daß sie, seit sie ihn kennt, verändert ist, hat sie komischerweise fast nichts gesagt, mir jedenfalls keine Vorwürfe gemacht, daß ich mißtrauisch sei, was sie sonst immer tut. Ich meine, da ist etwas im Busch.

Es kommt mir vor, als wär's gestern gewesen, da kannte ich Jenny noch nicht, wir sprachen beruflich am Telefon miteinander, und ich spürte vom ersten Moment an, diese Stimme gehört zu einer Erscheinung wie aus einer anderen Welt. Ich weiß noch, daß sie meine ersten E-Mails gar nicht schnell genug beantworten konnte. Jetzt plötzlich fühlt sie sich von mir eingeengt und sagt, ihr fehle die Luft zum Atmen. Sie läßt es nicht gelten, wenn ich sage: Es ist doch verständlich, daß einer, der am felsigen Abgrund hängt, versucht, nach dem Menschen zu greifen, der ihm am meisten bedeutet.

Ich habe schon gar kein Selbstbewußtsein mehr. Ich hatte ein sehr gutes Selbstbewußtsein, bevor ich Jenny kennenlernte.

Aber gut, es steht ihr frei, die Beziehung zu beenden, wenn's ihr zu eng oder zu heiß oder auch zu kalt wird. Wie auch immer.

Gestern abend kam Jenny so circa gegen 23.00 nach Hause, ich weiß das, weil ich da immer wieder versucht habe anzurufen. Bis 23.00 meldete sich der AB, dann war er abgeschaltet. Ich werde versuchen, mich zu beherrschen und nicht anzurufen, solange es geht. Hab's zwar zwischen 7.00 und 8.00 drei- oder viermal versucht, aber sie schläft noch. Da bin ich gespannt, wie lange ich das Stillhalten durchstehe, denn ich muß sagen, mir geht es saumäßig schlecht. Noch nie in meinem Leben war ich so verzweifelt wie jetzt. Ich bin richtig verwirrt. Ob Jenny irgendwann anruft, darauf bin ich gespannt. Sie sagt immer nur ein paar Worte, wie geht's, aha, und ich hab keine Zeit mehr, bis dann einmal, und das ganze EISKALT, fremd, als würde sie mich hassen.

Aus einem der Gedichtbände:

Das Glück ist dunkel / und es läuft schnell! / Das Unglück aber / ist lang und hell (Bert Brecht).

Dinge, die ich für Jenny gekauft habe:

Das Bett, 2 Matratzen, ein Waschtisch, Eckregal, der orange Webteppich, Stereoanlage, Beleuchtungskörper, 2 Ringe, Gmundner Keramik, die beschichtete Pfanne, das Lexikon, Schulden bei Walli, Konto dreimal ausgeglichen, Urlaub in Frankreich, 4 Winterreifen, Stabilisator, Computer und Drucker von mir, Modem, jede Menge Kleidung.

Es ist Heiligabend, ich bin erstmals im Leben allein und kann jetzt ermessen, wie es all diesen Menschen geht, die so langsam vereinsamen. Man trifft ein paar falsche Entscheidungen, hat zur falschen Zeit ein gutes Herz, und plötzlich ist niemand mehr da. Ich sehe mich auch schon dort.

Offenbar habe ich das seltene Talent, daß ich anderen, wenn ich ihnen einen Gefallen tun will, auf die Nerven gehe.

Von Jenny habe ich heute noch nichts gehört, mit aller Gewalt halte ich mich vor einem Anruf bei ihr zurück; obwohl – ich habe um 9.20 mit dem Handy auf den AB gesprochen, daß ich zum Friseur gehe, was sicher ein Fehler war, denn bis jetzt kam kein Rückruf. Entweder Jenny verbringt ihre ganze Zeit bei Martin, oder Martin ist bei ihr. Diese ganze Telefongeschichte ist nicht zu durchschauen. Am Vormittag war bis 9.00 besetzt, dann kam der AB, kein Anruf bei mir. Ich frage mich, was habe ich Jenny angetan, daß sie mich derart bestraft. Wenn nicht bald etwas geschieht, gehe ich zugrunde. Warum nur? Warum? Ich würde so dringend Hilfe benötigen. Niemand hat Zeit. Gähnende Leere. Außerdem Weihnachten.

Habe am Nachmittag mit Frau Kuster telefoniert, der Nachbarin von Jenny, wir haben uns das Du angeboten. Sie heißt Gerti. Ein schönes Weihnachtsgeschenk. Nun haben wir vereinbart, daß Gerti die nächsten Tage rote Rosen zu Jenny hochbringt mit lieben Grüßen von Simon. Da würde ich gerne ein Mäuschen sein, um zu sehen, wie es Jenny geht, wenn sie die Rosen vor ihrer Tür findet. Hoffentlich kann ich noch was ändern. Andererseits, wenn sie frisch verliebt ist, wird alles nichts nützen.

Julia hat jetzt um 16.00 angerufen. Das finde ich nett von ihr. Aber das kann mich nicht trösten, mein Herz schlägt mir zum Hals hinauf, und ich zittere am ganzen

Körper. Es wird mich Jahre meines Lebens kosten, Jenny zu verarbeiten. Ich sehe jetzt schon uralt aus. Als ich beim Friseur vor dem Spiegel saß, hab ich's gesehen: Furchtbar.

Kein Ton von Jenny. Fast könnte man glauben, die Welt hat mich vergessen. Wenn ich morgen in der Früh noch lebe, kann ich von Glück reden oder von Pech, weil ich dann nachhelfen muß. Ich werde mich jedenfalls hier von allen, denen ich im Leben etwas bedeutet habe, verabschieden und allen die Warnung ins Stammbuch des Lebens schreiben: Seid immer menschlich und ehrlich zueinander, achtet euch gegenseitig, die ihr euch Treue und Liebe und Freundschaft versprochen habt.

Nachdem den ganzen Nachmittag bei Jenny der AB angestellt war, hat sie ab circa 17.30 telefoniert. Ich habe es immer wieder versucht. Um 19.15 hat Jenny abgehoben, aber erst, nachdem ich sie über den AB angebettelt hatte. Jenny war unglaublich entfremdet für mich, als würde sie mich hassen. Sie sagt, ich solle sie nicht ständig kontrollieren und sie in Ruhe lassen.

Jetzt darf ich nie wieder anrufen. Jenny sagt, es gibt keine Chance mehr. ENDE.

Nach einer schlimmen Nacht bin ich schon seit 6.30 wach. Ich mußte an das Wochenende bei Walli und Jo denken, als wir Heidelbeermarmelade gemacht haben. Ich weiß noch, ich habe ein kariertes Hemd von mir gestiftet, Jenny hat es zerschnitten und mit einer roten Schnur ein Stück Stoff über jedes Glas gespannt. Das sah sehr hübsch aus. All das geht mir nicht aus dem Kopf. Ich wollte dann gleich die Telefonnummer von Walli und Jo ausfindig machen, hatte aber kein Glück, was schade ist, denn ich muß mich irgend jemandem mitteilen, sonst ersticke ich daran.

Julia hat mir eine CD geschenkt, die ich grad höre. Gestern in der Nacht bin ich noch zu Julia gefahren, um etwas Trost zu bekommen, aber da ist Julia so komisch wie Jenny. Magda war in solchen Dingen viel einfühlsamer und teilte den Schmerz mit mir. Jetzt sitze ich hier griesgrämig und habe niemanden, der mit mir redet.

Es ist nicht zu glauben, aber gerade eben läutet das Telefon, und es ist Jenny. Sie ist freundlich, fragt, ob ich meine Kamera brauche, was ich verneine. Sie soll sie noch behalten, damit sie ihre Fotos machen kann. Da hoffe ich, daß wir uns irgendwann wiedersehen schon wegen der Kamera. Jenny geht heute angeblich zu Walli und Jo, wo sie schon gestern abend zum Spielen war. Ich hoffe, daß ich bald wieder etwas von ihr höre.

Soeben habe ich noch einmal bei der Auskunft angerufen wegen Walli und Jo. Jetzt habe ich Name und Telefonnummer von den beiden, habe auch schon aufs Band gesprochen.

Den Nachmittag habe ich mit Briefschreiben an Jenny verbracht und versucht, ihr einige Dinge in Erinnerung zu bringen, unter anderem habe ich das Wochenende mit der Heidelbeermarmelade erwähnt, den Urlaub in Frankreich, und wie sehr ich mich um sie gekümmert habe, als sie sich die Bauchgrippe eingefangen hatte. Hinterher lag ich auf der Couch und habe Jennys E-Mails und Briefe durchgesehen. Es ist der pure Wahnsinn, was da drinnen steht, wie sehr mich Jenny begehrt hat, so arg sprüht die Liebe heraus. Bestimmt ist jemand Dritter im Spiel, denn so viele Fehler kann ich gar nicht gemacht haben, daß Jenny all das Schöne so ohne weiteres zerstört und beendet. Es muß auch für Jenny extrem schmerzhaft sein, und das kann sie nur ertragen, wenn ihr jemand beisteht (also Martin). Was mich auch beschäftigt, ist die Frage, ob Jenny ihr Versprechen bezüglich ewiger Freundschaft und gegenseitigen Besuchen einhalten wird. Jedenfalls sind das seit Sonntag die schwärzesten Tage in meinem Leben. Ich weiß noch nicht, wie ich's überstehe.

Ich hoffe, Jenny fällt mit diesem Mann auf die Nase, ich wünsche ihr mit diesem Typen nichts Gutes. Sie möge es mir verzeihen.

Um 22.00 gebe ich wieder nach und rufe sie an, ein kurzes nüchternes Gespräch. Gute Nacht.

Obwohl ich gestern spät schlafen gegangen bin, war ich heute früh wach und habe vor mich hin gelitten. Leider geht mir Jenny nicht aus dem Kopf, schon den dritten Tag. Ich liebe dieses Mädchen so sehr, daß mir der Verstand fehlt, es zu begreifen. Nun habe ich stundenlang mit Julia telefoniert, auch mit Magda wegen Fabian. Wenn ich nur abschätzen könnte, wie ich mich verhalten soll. Eins steht fest, Jenny hat zuletzt am 25.12. um 9.40 angerufen, für zehn Minuten, seither ist nichts mehr passiert, und ich glaube, da kann ich warten bis an mein Ende, sie wird sich nicht mehr melden, und auch aus unserer ewigen Freundschaft oder einem baldigen Treffen wird nie etwas werden. Die Kamera wird eines Tages als Paket hier ankommen mit Fotos im Beipack, das war's dann für immer.

Am 29. am Nachmittag hat mich Jenny angerufen und sich für den Brief bedankt. Ich hab dann nochmals zurückgerufen.

Mit ihrem Anruf hat mir Jenny eine Riesenfreude bereitet. Ich denke, es ist wirklich nicht nötig, daß sie so böse auf mich ist, ich habe ihr ja nicht so viel Schlechtes angetan. Ich will und wollte sie zu keiner Zeit kontrollieren, es würde mich aber interessieren, wie bei ihr das Sturmtief war und wie's ihr so geht – oder ist das unter Freunden nicht üblich. Ich wüßte auch gerne, ob ich sie im Jänner sehen darf. Es würde mir sehr helfen, wenn ich einen Ausblick auf etwas hätte, woran ich mich orientieren kann. Vor allem, ob es bei der beiderseits versprochenen Freundschaft bleibt, die mir die allerwichtigste wäre. Jenny kann sich bestimmt nicht vorstellen, was sie mir nach wie vor bedeutet. Ich muß immerzu denken, ob ihr wohl etwas fehlt, ob sie etwas braucht und ob ich ihr helfen könnte. Leider lehnt sie mich seit dem 19. total ab, und ich fühle mich deswegen elend. Für mich würde es schon genügen, wenn ich alle paar Tage von ihr hören würde. Es war doch eine so wunderbare Zeit mit ihr. Also, ich wünsch mir einen Einkaufstag bei ihr oder in München, einen Spaziergang im Schloßpark und anschließend einen Salat von ihr und einfach eine nette Plauderei unter Freunden. Oder doch einen entspannten Tag in den Bergen.

Diese Woche war Fabi bei mir, seit Sonntag. Es waren schöne Tage, und ich habe gespürt, wie sehr er mich liebt. Leider kann ich mich derzeit auf nichts richtig konzentrieren, mir fehlt Jenny so sehr. Gerti Kuster hat am 25.12. einen Strauß Rosen bei Jenny vorbeibringen lassen. Jenny hat ihn selbst in Empfang genommen, hat aber nichts gesagt. Daß ich so etwas verdient habe.

Heute nacht wieder kein Auge zugemacht.

9.30–10.03: Ich habe Jenny angerufen und wollte mich in aller Freundschaft mit ihr aussprechen. Aber sie weist alles zurück, was ich sage, wahrscheinlich bin ich so dumm. Sie meint, ich übe großen Druck auf sie aus. Jetzt ist mal Schluß mit den Anrufen, ich muß mich auf mich konzentrieren und Ruhe finden und mir darüber klarwerden, was bei mir falsch läuft.

Um 14.27 ruft Jenny wieder an, bis 14.44. Sie beschwert sich, weil ich am Vormittag gesagt habe, daß sie es sich nicht leisten kann, mir etwas zurückzugeben von dem, womit ich sie unterstützt habe. Wir haben lange diskutiert, aber was ich auch vorbrachte, es war unrecht. Habe ich getadelt, war ich ein Unmensch, habe ich mich für etwas entschuldigt, war ich ein Schleimer. Ich habe um 14.45 nochmals angerufen, bis 14.52, wegen der Weihnachtsgeschenke, da war der Streit perfekt. Wenn wir uns im Leben nochmals begegnen, dann ist's ein Wunder. Am Abend gehe ich zu Julia, dort Silvester feiern. Sie freut sich schon sehr und ist guter Dinge.

Ein neues Jahr hat begonnen, und ich bin momentan ganz happy, weil Jenny mich angerufen hat. Sie wünschte mir ein Frohes Neues Jahr und sagte, daß sie zu ihren Eltern fährt. Jetzt bin ich ganz aufgewühlt. Ich glaube, daß ich von Jenny mein Leben lang nicht loskomme, zu groß ist die Liebe. Vielleicht ruft sie mich dieser Tage noch einmal an oder heute, wenn sie gut angekommen ist.

Ich war den ganzen Tag zu Hause und habe auf den zweiten Anruf gewartet. Fehlanzeige. Auch Julia habe ich am Vormittag angerufen, die war gerade mit einem Freund beim Brunchen. Julia ist eine ebenso schwierige Frau wie Jenny, man weiß nie, wie man dran ist. Julia genießt es, von vielen Männern umschwärmt zu werden. Ich habe da keine Chance, glaube ich. Bei den verschiedensten Gelegenheiten läßt sie mich immer wieder den ganzen Abend allein und unterhält sich mit anderen Männern. Nicht daß ich deswegen eifersüchtig bin. Aber es verletzt, daß sie mich völlig ignoriert. Erst wenn wir nach Hause gehen, ist sie wieder ansprechbar.

Um 20.53 kommt von Jenny eine SMS mit JA ICH BIN GUT ANGEKOMMEN DANKE DER NACHFRAGE JENNY. Es ist unbeschreiblich traurig, nichts von Jenny zu hören. Sie wird sich bei ihren Eltern sicher mit ihrem Studienfreund treffen, der mit ihr die Sonnenfinsternis sehen wollte. Er hat ihr in einem Brief geschrieben, wie er sie gerne vögeln würde und wie oft.

Und immer das Bild von Jenny, das ich am 29. August im Prater aufgenommen habe. Sie strahlt mich dermaßen an, daß es eine Verschwendung wäre, das nicht wiederholen zu wollen. Es gibt ja auch andere Fotos, auf denen man sieht, wie glücklich wir waren, im Garten ihrer Eltern, nachdem wir die Rosenbeete umgegraben hatten. Oder bei der Taufe ihrer Nichte.

Ihr Horoskop ist seit unserer Trennung auch so niederschmetternd, immer auf der Suche nach neuer Liebe und Liebhabern, das macht mich total krank. Ich kann es nicht glauben, daß es aus ist zwischen uns, wo es doch so schön war.

Fast zwei Tage habe ich jetzt nichts mehr von ihr gehört. Jenny ist wirklich eine harte Nuß und anscheinend fest entschlossen, von mir wegzukommen. Das ist für mich das absolute Limit an Belastung. Niemand kann sich vorstellen, was ich durchmache.

In aller Früh, 7.40, läutet mein Telefon, zu meiner Überraschung ist es Jenny. Sie fragt mich, ob ich was will, weil meine Telefonnummer auf ihrem Display aufscheint. Aber ich habe bestimmt nicht angerufen, ich würde mich hüten. Nur weiß ich nicht, was ich davon halten soll. Ist das ein Vorwand oder war da eine ähnliche Nummer zu sehen? Ich hoffe halt sehr, daß Jenny langsam draufkommt, was sie aufgegeben hat. Sie möchte am Wochenende wieder anrufen, bin gespannt, ob's so lange dauert.

Um 19.50 hat mich Julia angerufen und mir gesagt, daß sie gerne bei mir vorbeischauen möchte. Sie kam mit dem Taxi. Um circa 22.00 fuhren wir ins *Brünnerbräu* nach Stammersdorf, wo wir Franz trafen. Übernachtet habe ich bei Julia. Wir haben zum ersten Mal miteinander geschlafen, fast bis 7.00 früh, ab 2.00 nachts. Hoffentlich ist Julia jetzt nicht böse auf mich. Wir waren beide alkoholisiert.

Jenny fehlt mir, ich weiß für mich, daß keine Frau dieser Welt mir Jenny ersetzen kann. Am liebsten würde ich zu ihr fahren. Ich hoffe, daß sie mich bald anruft.

Fabi ist bei mir, es gefällt ihm sehr gut. Er will, daß ich ihm die Langspielplatte, auf der die Pummerin läutet, jeden Tag zehnmal vorspiele. Die ganze Wohnung ist vom Geläute des Stephansdoms erfüllt. Fabi ist sehr lieb, leider bin ich nicht immer so bei der Sache, wie es eigentlich sein sollte.

Um circa 22.00 versuche ich in N. anzurufen, und ganz plötzlich schaltet sich der AB ein. Ich versuch's ein zweites Mal, weil ich vergessen habe zu hören, ob der AB voll oder leer ist. Leer. Also ist Jenny wieder zu Hause. Fünf Minuten später läutet bei mir das Telefon. Als ich drangehe, meldet sich niemand. Das war sicher Jenny.

Heute früh um 7.20 hat Jenny angerufen, bis 7.35, und wie sollte es anders sein, sie hat mich beschimpft wegen der Anrufe und wegen ihrer Eltern, weil ich bei ihrer Mutter angerufen habe, und überhaupt total negativ. Ich glaube, es kommt so weit, daß sie mich nie mehr wiedersehen möchte, zumindest zu sich wird sie mich nicht mehr einladen. Julia ist jetzt auch sehr schnippisch. Sie hat mir versprochen, daß sie mich am Nachmittag anruft wegen heute abend. Aber ich habe längst Fabi nach Hause gebracht, und nichts ist geschehen. Julia ist unauffindbar. Ich weiß nicht, was derzeit los ist.

6.00 Wecken von Julia. 7.00 zweiter Anruf. Julia ruft während des Tages dreimal an, das ist ungewöhnlich. Ich soll am Abend zum Gulaschkochen kommen. Einkauf Merkur, circa halb 7 bei Julia zum Kochen, habe auch da geschlafen, ist aber nichts passiert.

6.00. 7.00. 8.10. Julia ist zeitig in der Firma. Sie ruft um 12.20 kurz an, am Nachmittag ruf ich an wegen Einkaufen, dann um 15.30 und jetzt um 16.50 von der Alserstraße. Julia hat um 17.00 einen Termin beim Frauenarzt, da bin ich gespannt, ob sie mich anruft, wenn sie fertig ist oder ob sie ohne Anruf ins *Chelsea* geht, weil sie so herumgedrückt hat. 17.55 vom Arzttermin ruft sie mich am Handy an, sie werde nach Hause gehen und aufräumen. Werde es um 20.00 probieren, um zu sehen, ob sie da ist oder im *Chelsea*. Habe jetzt um 20.00 angerufen, Julia ist noch am Putzen. 22.00 habe ich nochmals angerufen und – juppijeh! – sie kommt zu mir, mit dem Taxi.

Wir haben miteinander geschlafen. Julia ist eine sehr liebe und zarte Frau mit einem schönen Körper. Leider ist sie um 4.00 früh nach Hause gefahren, und so konnten wir nicht gemeinsam frühstücken.

Um 10.00 habe ich Julia angerufen, um den heutigen Abend zu besprechen. Julia wollte mich in einer Stunde wieder anrufen wegen gemeinsamem Mittagessen, aber das dürfte mittlerweile, ich weiß nicht warum, kein Thema mehr sein. Es ist halb 12 und kein Anruf. Ich werde den Abend allein verbringen und meinen Gedanken nachhängen müssen.

Um 17.30 bin ich zu Hause und finde einen Brief von Jenny im Postkasten. Es sind Gründe aufgeführt, die Jenny zur Trennung bewogen haben. Alles, was gut war, ist jetzt schlecht. Unter anderem sagt sie, ich sei nicht in der Lage, mich in die Bedürfnisse anderer Menschen einzufühlen, außerdem habe sie sich von kompetenter Seite bestätigen lassen, daß meine Versuche, sie zu kontrollieren, nicht normal seien. Das tut mir leid. Sie müßte halt ein bißchen Geduld mit mir haben. Ich habe Jenny dann auf den AB gesprochen und mich bedankt, worauf sie mich um 20.50 zurückruft, bis 20.55. Es ist im großen und ganzen ein nettes Gespräch, und Jenny lacht sogar. Ich glaube, es ist seit Wochen das erste Mal, daß ich sie zum Lachen gebracht habe. Zehn Minuten später spreche ich nochmals auf ihren AB, aber es rührt sich nichts.

6.00 Wecken von Julia, das übliche Gemurmel. Dann noch einmal um 7.00. Julia berichtet über den Abend mit Hilde im *Bieramt* und im *Bettelstudent* – nur kurz. Um 8.00 ruft sie wie vereinbart aus der Firma an und erzählt, daß Steffi heute keine Zeit für sie habe. Auf meinen Vorschlag, sie soll den Abend bei mir verbringen, keine Antwort. Ist auch schon egal. Um 9.10 ruft Jenny in der Firma an und beschimpft mich, weil ich mit Walli telefoniert habe. Ich bin total fertig. Seit Jennys Anruf ist mir totenübel. Ich könnte dringend einen Arzt gebrauchen.

Um 17.15 kommt die Volkszählung, damit wäre ich also gezählt. Ich versuche, Julia am Handy davon zu informieren, es läutet dreißigmal. Sie hebt nicht ab. Um 17.45 wieder zwanzigmal, dann geht sie ran. Julia ist mit Carmen auf der Mariahilferstraße und hat angeblich nichts gehört. Ich bin sauer. Sie wahrscheinlich noch mehr. Heute wird sich nichts mehr rühren. 19.55 ruft Julia an, sie ist gerade nach Hause gekommen. Da es sehr stark regnet, mußte Steffi sie von der Haltestelle abholen. Keine Einzelheiten über den Abend. So weit ok.

Anrufe 6.00 – 7.00 – 8.12, dann noch 10.50 und 12.20, ein leeres Gespräch. 16.30 nochmals und dann um 21.30, da habe ich sie wegen morgen gefragt, ob wir uns am Nachmittag sehen. Sie sagte, daß sie noch nicht weiß, wie sich das mit den vielen Besorgungen ausgeht. Also ich bin derart am Boden zerstört, denn ich wüßte nicht, was sie für Besorgungen hätte.

15.30 habe ich in der Firma angerufen. Julia meint, sie ruft mich an, wenn sie zu Hause ist. Es ist jetzt 18.43, ich bin in meiner Wohnung, und Julia macht sich nicht bemerkbar. Ich meine, sie kann ja nicht schon wieder einkaufen, das hat sie am Montag erledigt. Ich kenne mich nicht mehr aus. Morgen, so habe ich erfahren, möchte sie ins *Chelsea* gehen. Bin gespannt, ob sie etwas zu mir sagt.

Gleich ist es 19.00, eigentlich haben die Geschäfte jetzt zu. Was man da noch besorgen kann?

Neuigkeiten aus Hokkaido

Der Winter war sehr kalt. Weder im Januar noch im Februar kam die Temperatur über minus 4° hinaus. Alles war gefroren, ich inklusive. Manchmal hatte es sogar minus 20°. Das war schwer für mich, denn ich kannte die kalte Welt bisher nur aus Osaka, dort hat es im Winter immer 1° oder 0°. Die Erfahrung von minus 4° oder minus 20° habe ich erst auf Hokkaido gemacht. Automotoren bewegten sich nicht mehr, und auch mein Körper kam nicht mehr in Schwung.

Aber am 26. Februar stieg die Temperatur auf 15°, so kam endlich der Frühling über mich. Frühling auf Hokkaido. Keine gefrorene Nase. Kein Schnee. Kein Mantel. Wie glücklich ich bin! Die Sonne scheint auf meinen ganzen Körper.

Unlängst kaufte ich ein Buch über *Alte Japanische Frauengeschichten* von Sugoro Yamamoto. Er ist schon tot. Aber seine Bücher gibt es noch zu kaufen. Eines Tages werde ich dieses Buch ins Deutsche übersetzen und es dir geben. Du wirst tief bewegt sein, weil du Japan schon ein wenig kennst und auch die japanischen Frauen, die Frauen aber viel zu wenig. Herr Yamamoto erklärt das Innenleben der

Frau und die wichtigsten Dinge über deren Herz, damit Männer sich selbst besser verstehen, als wären sie an Stelle einer Frau. Warte noch ein oder zwei Jahre, bis mein Deutsch besser geworden ist.

Diese Geschichten habe ich aus der Zeitung.

I.
Ein Mann, der ganz in meiner Nähe wohnte, wurde jeden Morgen, wenn er das Haus verließ, von einem Hund angebellt. Der Hund verbellte nie einen anderen Nachbarn, nur den einen, den er nicht mochte. Jeden Tag, wenn der Mann zur Arbeit ging, bellte der Hund, was den Mann ärgerte. Eines Nachts fing er den Hund ein und strangulierte ihn mit einer Drahtschlinge. Der Besitzer des Hundes rätselte, wohin der Hund gekommen ist. Auch die Frau des Mannes, der den Hund stranguliert hatte, wußte nicht, was vorgefallen war. Niemand hatte etwas mitbekommen. Von nun an konnte der Mann am Morgen zur Arbeit gehen, ohne angebellt zu werden. Das gefiel ihm. Eines Tages fragte ihn ein Arbeitskollege, was aus dem bellenden Hund geworden sei. Der Mann sagte: »Ich habe ihn gegrillt.« Ein anderer Arbeitskollege, der das Gespräch mitgehört hatte, ging zur Polizei, und der Hundemörder wurde festgenommen. Das ist eine sehr lustige Neuigkeit, finde ich, weil man daraus ersehen kann, daß Japan kein zivilisiertes Land mehr ist. Der Mann sagte zur Polizei: »Der Geschmack der Hinterbacken ist hervorragend.«

2.

Kennst du die Tokaido Linie? Sie war wochenlang unpünktlich wegen Schnee und Eis. Wenn Schnee fällt, bricht der Eisenbahnverkehr komplett zusammen. Jeder weiß das. In der Zeitung stand: »Die Wetterstation prognostiziert, sowie die Tokaido Linie wieder pünktlich fährt, ist der Frühling eingetroffen.«

3.

Einbrecher legten Feuer in einem Haus. Der Mann und die Frau konnten sich retten, aber ihr einjähriges Kind blieb im Haus zurück. Das machte alle sehr unglücklich. Nachdem das Haus komplett heruntergebrannt war, hörten sie das Baby schreien. Es war ins Badezimmer gekrochen, wo es von herabstürzenden Teilen zugedeckt wurde. Glückliches Kind. Die Eltern weinten vor Freude. Die Schaulustigen und die Feuerwehrleute applaudierten. Ein Journalist schrieb: »Ich bin glücklich. Sowie das Kind erwachsen ist, soll es auf die Feuerwehrakademie gehen und dort unterrichten, wie man sich im Brandfall verhält.«

4.

Ein vier Jahre alter Bub reiste von Nagoya nach Hokkaido. Das kam so: Eines Tages nahmen ihn seine Eltern mit in den Stadtpark. Sie ließen ihn für einen Moment aus den Augen, schon war er verschwunden. Die Eltern waren überrascht und ratlos, sie suchten ihn, konnten ihn aber nicht finden. Nach einiger Zeit alarmierten sie die Polizei. Beamte suchten nach dem Kind, aber es gab keine Spur. Man dachte an Entführung, denn die Eltern hatten Geld.

Nach 45 Stunden wurde der Junge am Sapporo-Bahnhof von Polizisten aufgegriffen. Der Junge gab einem Journalisten ein Interview und sagte: »Ich habe den Bus zum Flughafen genommen und bin mit einem Jet geflogen. Der Himmel ist blau und die Wolken sind wunderschön. Dann nahm ich einen Zug und schlief dort. Als ich wieder aufwachte, war ich hungrig.« »Weißt du, wo du jetzt bist?« fragte der Journalist. »Auf Hokkaido«, sagte der Junge.

5.
Ein Mann wollte Sushi aus Tokio. Also versteckte er sich im Radkasten eines Flugzeugs. Nach zwei Stunden landete das Flugzeug, der Mann lebte noch und wurde festgenommen. Der Mann sagte, ich will ins Guiness Buch der Rekorde. Aber statt dessen kam er in die Irrenanstalt.

6.
Ein junges Mädchen und ihre Mutter, eine Witwe, luden den Verlobten der Tochter zum Abendessen ein. Als sie feststellten, daß sie keinen Wein hatten, ging die Tochter auf den Markt, um welchen zu kaufen. Während die Tochter unterwegs war, verführte die Mutter den Verlobten und hatte Sex mit ihm. Als die junge Frau zurückkam, merkte sie, was geschehen war, machte den Wein auf und sagte: »Gut, Mutter, ich überlasse dir meinen Verlobten. Ich finde einen anderen.«

Ist das nicht eine verrückte Familie? Ja, das ist eine wahre Neuigkeit aus Hokkaido.

7.
Eine andere Neuigkeit.

Ein Paar flog in den Flitterwochen nach Hongkong. Die beiden nahmen ein Taxi. Der frischgebackene Ehemann veranlaßte den Taxifahrer zum Anhalten, weil er Zigaretten kaufen wollte. Er sprang aus dem Taxi zu einem Automaten, da fuhr das Taxi davon. Der Mann ging zur nächsten Polizeistation, aber dort wurde seine Aussage nicht aufgenommen, weil man in dem Vorfall kein Verbrechen sehen konnte. So fuhr der Mann allein nach Japan zurück. Mittlerweile ist mehr als ein Jahr vergangen, und niemand weiß, wo die Ehefrau des Mannes geblieben ist. In der Zeitung vermuten sie, die Frau lebe im Untergrund als Prostituierte oder etwas Ähnliches.

8.
Das ist nicht aus der Zeitung, mein Bruder hat es mir erzählt.

Ein Freund von ihm, der im selben Büro arbeitet, hat geheiratet. Er flog mit seiner Frau in den Flitterwochen in die USA. Dort stiegen sie in einem Hotel in Los Angeles ab, aber weil sie kein Wort Englisch sprachen, nicht wußten, wie man einen Bus nimmt oder ein Restaurant besucht, kauften sie ein Brot und gingen zurück ins Hotel, wo sie das Brot aßen. Das ist alles. Sie verbrachten die ganze Woche zwischen Brotkaufen und Hotel. Kannst du dir das vorstellen? In den Flitterwochen. Nachdem der Freund meines Bruders zurückgekommen war, erzählte er jedem: »Wir waren in Amerika!«

9.
Das ist, was mir meine Schwester erzählt hat:

Eine Bekannte von ihr heiratete, sie fuhren in den Flitterwochen nach Hawaii. Sie kamen zurück, und nach neun Monaten brachte die Frau ein Kind auf die Welt, es war farbig. Alle waren überrascht. Der Mann fragte seine Frau, wie das komme, da fiel es ihr wieder ein. Als sie am Waikiki Beach waren, mußte sie auf die Toilette und wurde dort von einem farbigen Mann vergewaltigt. Sie hielt es geheim. Jetzt haben sie das farbige Kind weggegeben und sind noch immer zusammen. Keine Scheidung. Aber sie sind sehr traurige Menschen.

Das sagt meine Schwester.

PS:
Es tut mir sehr leid, daß ich dir auch diesmal kein japanisches Schwert schicken kann. Aber ich habe noch keine geeignete Holzschachtel gefunden. Ich werde mir demnächst ein Brett kaufen, es zurechtsägen und eine spezielle Schwert-Kiste bauen. Der Mann auf der Post sagte: »Wenn dein Paket zusammenbricht und das Schwert verbogen wird, werden wir dir den Schaden nicht ersetzen ...« Davor habe ich Angst, weißt du. Jetzt denke ich darüber nach, ob nicht vielleicht auch ich heiraten soll. Dann könnte ich endlich nach Europa reisen, was ich nur immer verspreche, und dir das Schwert persönlich bringen. Vergib mir, daß du noch ein wenig warten mußt.

Wenn du mir ein Foto schicken willst, schick mir eins von meinem Lieblingsplatz, dem Machu Picchu. Ok?

Ich weiß, es gibt im Leben steile Berge und freundlicher geneigte Landschaften. Aber ich klettere gerade auf einen der steilen Berge. Vielleicht kannst du meine Situation verstehen. – Ja. – Wenn ich erst einmal oben auf dem Berg bin, werde ich auch auf ebenen Feldern gehen können. Daran glaube ich.

Das Gedächtnisprotokoll

oder
Auflistung der bei der Brandlegung
durch den Gärtnergehilfen zerstörten
Einrichtungsgegenstände und Besitztümer

Wien, 12. Juni 2002

Liebe Emmi, lieber Fritz,

wie schon am Telefon berichtet, ist in der Nacht auf Samstag unser Haus bis auf die Grundmauern abgebrannt. Daß Brandstiftung vorlag, war von Anfang an klar. Mittlerweile weiß man auch, wer es getan hat. Der Gärtnergehilfe. Ihr kennt ihn, diesen blonden Jungen, der immer seinen Rotz frißt, wenn er einmal zwei Minuten nichts zu tun hat. Ihr erinnert Euch bestimmt an ihn, vom letzten Sommer. Ich wünsche mir aufrichtig, daß er an seinem nächsten Popel krepiert.

Letzten Freitag hat er bei uns den Rasen gemäht. Das Kind war zum Schwimmen, ich beim Friseur. Am frühen Abend, als ich nach Hause kam, war der Rasen tipptopp und alles ordentlich weggeräumt, wie wir es gewohnt sind. Ich hätte gar nicht daran gedacht, daß jemand hier war, wenn nicht kurz vor den Nachrichten das Telefon geklingelt und eine Frau sich für Blumen bedankt hätte. Für welche Blumen? habe ich gefragt. Und die Frau: Für die Nelken, die Sie meinem Sohn mitgegeben haben. Er hat heute bei Ihnen den Rasen gemäht.

Ich kann Euch nicht sagen, wie ich da gestiegen bin. Hat doch der Rotzlöffel meine Nelken geklaut. Ihr Sohn ist ein Dieb, habe ich gesagt und aufgelegt. Ich war ganz fassungslos über so viel Unverschämtheit. Stiehlt mir die Blumen aus dem Garten und behauptet, ich hätte ihm die Blumen geschenkt. Ich habe dann gleich den Gärtner angerufen, damit er weiß, was seine Mitarbeiter tun, wenn man einmal nicht danebensteht. Der Gärtner hat sich fünfmal entschuldigt und mir versprochen, daß das ein Nachspiel haben wird.

Ein schönes Nachspiel. Fünf Stunden später ist das Haus in Flammen gestanden. Der halbe Bezirk war auf den Beinen, um sich die Hände zu wärmen.

Ihr könnt Euch vorstellen, daß ich mit den Nerven völlig herunten bin. Nichts ist uns geblieben. Gleich am nächsten Vormittag, einem Samstag, mußte ich Unterwäsche kaufen, und Schulhefte für das Kind und und und. Sogar dieses Papier und den Schreiber mußte ich extra kaufen. Die Tage reichen nirgendwo hin. Man weiß gar nicht, was man als nächstes erledigen soll.

In meinem ganzen Leben habe ich noch nie jemanden mit solcher Gründlichkeit gehaßt wie jetzt den Gärtnergehilfen. Wenn es möglich wäre, jemanden mehrmals umzubringen, hätte ich es das erste Mal schon getan. Man hat ihn ja lediglich auf freiem Fuß angezeigt. Aber so reut es mich um die vielen anderen Male, die mir durch das eine Mal entgehen würden. Dabei habe ich immer gedacht, ich besäße keine allzu blühende Phantasie.

Lieber Fritz, liebe Emmi, ich habe für den Rechtsanwalt eine Schadensaufstellung gemacht und brauche Zeugen, die die Richtigkeit der Angaben bestätigen. Bitte unterschreibt auf dem letzten Blatt und sendet die Liste möglichst bald zurück. Und bitte, falls ich das eine oder andere vergessen habe (manche Dinge sieht man ja irgendwann vor lauter Gewohnheit nicht mehr), fügt es an geeigneter Stelle ein, auch Kleinigkeiten, damit der Gärtnergehilfe in diesem Leben nicht mehr auf die Beine kommt.

Es grüßt Euch Eure geknickte

Laura

GEDÄCHTNISPROTOKOLL

über die beim Brand am 7. Juni 2002 total zerstörten Einrichtungsgegenstände und Besitztümer im Haus Wien, XIX, et cetera, et cetera.

I. Stiegenhaus

1 Messingtürschild, graviert
1 Metallpostkasten
1 Kokosläufer, 1 m breit, 15 m lang
20 verchromte Metallstangen dazu
1 Fenstervorhang
1 Beleuchtungskörper
2 Schuhabstreifer
35 Reh- und Hirschgeweihe, selbst erlegt, Abschußwert
5 sonstige Jagdtrophäen wie vorstehend
1 Jalousie, elektrisch

II. Vorzimmer

1 Türglocke
1 Korkoplast, 2 m x 5 m
1 eingebauter Kasten mit Schiebetüren, Vollbau, Elfenbeinschleiflack
1 Kleiderablage mit geschliffenem Spiegel, Schirmständer und Hutablage, Stoffbezug, Elfenbeinschleiflack, Metallteile verchromt
1 Beleuchtungskörper
1 Marmorschalttafel mit Zähler und Sicherungen
1 Telefontisch mit Utensilien
1 Telefon/Anrufbeantworter/Faxgerät in einem (Philips)
1 Schnurlostelefon mit Ladestation (Marke?)
3 Ölgemälde: 2 Stilleben, 1 Meerstück
1 Vase, Lötz

III. Speisezimmer

1 Speisezimmereinrichtung, slawonische Eiche, gebeizt mit kaukasischer Nußmaser, poliert, bestehend aus Anrichte, Wohnschrank, Ausziehtisch, 6 Ledersessel, Teewagen
1 Knüpfteppich, 3 m x 4 m
1 Perserteppich, 1,5 m x 2 m
1 Vorhang, 2,5 m x 10 m
1 Karniese, 4,5 m
1 elektrischer Luster, 5-flammig
2 Beleuchtungskörper
1 Ölbild, Grinzing mit Tramway
1 Ahnenbild, Öl, alter Rahmen, Bronzeauflage, 1 m x 1,2 m

2 Ölgemälde: Donau-Auen und Heurigendorf, beide
70 × 90

3 Jalousien, elektrisch

2 Portieren über Zimmerbreite und Höhe

1 Kamin aus Wienerberger Kacheln

1 Keramikvase mit thailändischen Holzblumen

1 kleine Keramikvase

1 Keramikteller

1 Keramikkerzenleuchter, 3-armig

1 echt silberne Hors d'œuvre-Platte, innen vergoldet mit
6 geschliffenen Kristalleinsätzen

2 Bleikristallvasen

1 Kristallbischofsbrotteller

1 Kristalltortenteller

2 Kristallbonbonnieren

2 Porzellanaschenbecher, klein

1 Messingaschenbecher, groß

1 Tischbelag aus Filz

1 Seidentischdecke, handgebatikt

1 Bronze, Pferde mit Pflug

1 Tischgarnitur, Schaufel mit Besen, Chinasilber

1 Meißner-Service, größtenteils mit Schwertern, 165-teilig

1 Rosenthal-Tischservice mit Goldrand, 53-teilig

1 Gläserservice, 24-teilig, mundgeblasen, mit Goldrand
und Goldplättchen, reich verziert, echt Gold

1 Kristallbowlenservice, 28-teilig

1 Gläserservice, 74-teilig, maschinengeblasen

6 Serviettenringe, gehämmert, echt Silber

4 Weinkorke, gehämmert, echt Silber

12 Weinglasuntertassen, echt Silber

1 Tischbesteck, 84-teilig, echt Silber

1 Karaffenträger mit Kristallkaraffen, echt Silber
1 Zuckerdose, echt Silber, ziseliert, innen vergoldet
1 Likörservice, 7-teilig, Kristallglas
1 drehbarer Tortenteller, Porzellan und Chinasilber
1 Obstbesteck, 24-teilig, Silber vergoldet, Elfenbeingriffe
2 Salz- und Pfeffergarnituren mit echten Silberverschraubungen
1 Seidendamasttischtuch mit 12 Servietten
8 weiße Damasttischtücher mit 48 Servietten
4 Kaffeetischtücher, Damast, mit 28 Servietten
4 farbige Jour-Tischtücher

IV. Herrenzimmer

1 Herrenzimmereinrichtung, Eiche, schwarz, nach eigenen Entwürfen angefertigt in Vollbau mit geschliffenem Spiegelglas, bestehend aus 1 großen Glaskasten, 1 Bücherkasten, 1 weiteren Bücherkasten kombiniert mit 1 Gewehrschrank
1 runder Eichentisch mit Glasplatte
2 Clubsessel, Charles Eames
1 Couch
1 Polstersessel
2 Hocker mit Polsterung
1 Geweihluster aus Dammschaufeln, 4-flammig
1 Beleuchtungskörper
1 Stehlampe
1 Perserteppich, Täbris, 2 m x 3 m
1 Perserteppich, Afghanistan, 2,2 m x 2 m
1 Perserteppich, Schiras, 1,8 m x 2,4 m
9 Jagdtrophäen, reiner Abschußwert

1 Telefon
1 Faxgerät
1 Computerstation, IBM
1 Laserdrucker, Lexmark
1 Notebook, Hewlett-Packard
1 Sony Fernseher, Trinitron
1 Videorecorder, Philips
1 DVD-Player (Marke?)
1 Videokamera, Sony
1 Digitalfotoapparat, Canon
1 Stereoanlage, Akai, mit 4 Infrarotlautsprechern
1 Glasglobus mit Innenbeleuchtung
1 Ölgemälde, Seestück, 80 x 100
1 Ölgemälde, Seestück, 59 x 80
1 Aquarell, Stephansdom
3 Bleistiftzeichnungen
ca. 300 Bücher (Lexika, Atlanten, Geschichte, Jagd, Nautik)
ca. 100 Landkarten
diverse Zeitschriften, teilweise gebunden
ca. 60 Videokassetten, ca. 100 DVDs
ca. 400 Schallplatten und 300 CDs
1 Karniese, Eiche schwarz
1 Vorhang, 2,5 m x 10 m
1 Metallkassette, gehämmert
7 Vasen, diverse Materialien
2 Keramikschalen
1 Bronze, Ruderer auf Serpentinsockel
14 Chinasilbertassen
5 Aschenbecher, diverse Materialien, einer Bleikristall mit echtem Silberrand

ca. 200 Medaillen, Abzeichen, Nadeln, Plaketten
ca. 25 Preisflaggen
1 englische Taubenflinte, Kaliber 12, Purdy, mit Ejektor, Arabeskengravierung, vergoldete Schloßteile
1 Walther Scheibenpistole
1 Bockbüchsenflinte, doppelgreener, 7x57/16, mit Zielfernrohr von Zeiss
2 Jagdstühle
2 Waffenreinigungsgeräte
4 Putzstöcke
1 Hirschruf
20 verschiedene Wildlocken
6 batteriebetriebene Piepser
3 Gamsbärte, 21/18/12 cm
500 Patronen, Kugel und Schrot
1 Saufeder
1 Jagdtasche, Leder
sonstiges Jagdgerät: Zielscheiben, Lademateral etc.
2 Feldstecher, Zeiss
2 gespließte Fliegenruten
1 gespließte Grundangelrute
500 m Angelschnüre
20 Blinker
1 Multiplikatorrolle
diverses Fischereigerät: Vorfächer, Bleie etc.
1 Tischfeuerzeug, echt Silber
3 Pfeifen, Dunhill
3 Zigarettenspitzen (Bernstein, Silber, Gold)
5 Feuerzeuge
diverse Rauchwaren
1 Fotoausrüstung, Nikon, mit drei Objektiven

1 Rolleiflex 6008
20 verschiedene Rolleiflex Vorsatzlinsen
5 Stative
Negative und Fotos
1 Schreibzeug, Marmor, 6-teilig
50 Farbstifte
diverses Schreibgerät und Papier
2 Weckuhren
1 Armbanduhr, echt Gold, Rolex
2 Lederbrieftaschen
2 Sonnenbrillen, Armani
3 Jalousien, elektrisch

V. Schlafzimmer

1 Schlafzimmereinrichtung, Eiche gebeizt mit Birkenmaser, poliert, bestehend aus 3-teiligem Kasten, 4-türig, 2 Betten, 2 Nachtkästchen, 1 Spiegelkommode mit Glasauflage und geschliffenem Spiegel, 1 Hocker
2 Betteinsätze
2 Matratzen
2 Daunendecken, Seide
4 Kamelhaardecken
4 Polster, Federn
1 Luster
2 Wandleuchten
3 Kupferstiche, Alt-Wien
1 Federzeichnung
1 Karniese, 5 m, Eiche
1 Vorhang, 2,5 m x 10 m
1 Teppich, Bouclé, 2,8 m x 3,8 m

2 Bettvorleger
1 Hirschhaut gegerbt
1 Fernseher, Grundig
14-teilige Toilettengarnitur
1 Frisierzeug, 6-teilig, Schildpatt
ca. 10 volle Parfümflaschen, mehrere halbvolle
18-teiliges Manikürebesteck
1 Puderdose, Schildpatt
1 Kleiderbürste
1 Hutbürste
1 Korallenkette
3 altsilberne Dirndlbroschen
1 Geldbörse, Kroko
2 Steckkämme, Schildpatt
verschiedene Galanteriewaren
1 Goldfüllfeder, Montblanc, Meisterklasse
1 echt chinesische Vase, Porzellan, mit Kunstblumen
2 engl. Aschenbecher, Keramik (Whisky-Reklame)
1 Papierkorb, Bast
1 Bettdecke für Doppelbett, Seide, Spitze, Überwurf
1 Kelimdecke, 100 x 80
1 Radioweckuhr
1 Reiseweckuhr
1 Diktiergerät, Sony
2 Jalousien, elektrisch

VI. Kinderzimmer

1 Einrichtung, Vollbau, Elfenbeinschleiflack, innen Eiche gebeizt, bestehend aus 13-teiligem Kasten, 1 Kommode, 1 Futonbett, 1 Nachtkästchen

1 Matratze
1 Gummieinlage
1 Kindertisch mit 2 Sesseln
1 Inländerteppich 2 m x 3 m
2 Original Hummelbilder
1 Karniese, 3 m
1 Vorhang, 1,5 m x 6 m
1 Kanadier mit Polsterung
1 Nachttischlampe
1 Fernseher Grundig
1 Stereoanlage Technics
diverse Kinderkassetten, CDs und DVDs
1 Kindercomputer, IBM
2 Wärmeflaschen
1 Kindereßbesteck, echt Silber, 10-teilig, mit Märchenfiguren ziseliert
1 Kleiderbürste
1 Papierkorb
1 Kinder-Zimmerklosett
verschiedene andere, teilweise elektronische Kinderspielsachen
1 Steppdecke
1 Polster
1 Wolldecke
2 Leintücher
4 Handtücher
1 Kinderkamelhaardecke
1 Kinderfußsack
8 geschnitzte Wandfiguren, Handmalerei
2 Jalousien, elektrisch

VII. Ankleideraum

1 Garderobeeinrichtung, bestehend aus 1 Wandschrank 3,1 m x 3,2 m mit 6 Schrankteilen, 1 Schuhschrank, 4 Schuhroste, innen Eiche gebeizt und mattiert, außen Elfenbeinschleiflack, ein geschliffener Spiegel, 0,9 m x 1,8 m, 1 Stahlrohrhocker

1 Beleuchtungskörper

1 Stehleiter, 1,5 m, Aluminium

1 Perserteppich, Kasak, 1,2 m x 1,8 m

20 Schuh- und Stiefelleisten

1 Schuhputzkiste mit Bürsten, Pasten, Sprays etc.

50 Kleiderbügel, poliert

4 Lederhandtaschen

1 Abendhandtasche

1 Opernglas

2 Lederreisetaschen

1 Badetasche

1 große Stoffreisetasche

3 Regenschirme

1 Knirps

2 Schrittzahlmesser, Tanita

1 Sprungseil mit Zähler

2 Paar Schlittschuhe

1 Paar Rennschlittschuhe

2 Paar Kinderrollerblades

1 Stiefelknecht

2 Stiefelhaken

2 Paar orthopädische Schuheinlagen

2 Proviantdosen

2 Thermosflaschen

2 Paar Seehundklebefelle
3 Rucksäcke

VIII. Badezimmer

1 Badewanne, Acryl, 1 m x 2 m mit Armaturen
1 Duschtasse, Acryl
1 Duschkabine, Sicherheitsglas
1 Bidet
1 Waschmaschine und Trockner in einem, Miele
diverse Handtuchhalter, Seifenschalen, Chromstahl
1 Chromstahlrohrhocker
1 elektrischer Handtuchtrockner, Fender
2 Beleuchtungskörper
1 Personenwaage, Glas, digital
1 Körperfettwaage (Körperanalysewaage), Tanita
1 Oberkörperbräuner, Philips
2 Rasierapparate, elektrisch, Braun
1 Rasierzeug
1 Dachspinsel
1 Ladyshave, elektrisch, Panasonic
1 Massagestab, elektrisch
1 elektrische Zahnbürste mit vier Aufsätzen, Braun
1 elektrische Munddusche
2 Haarföne
diverse Toilettenartikel, Schwämme, Bürsten etc.
1 Jalousie, elektrisch
1 Lüftung, elektrisch

IX. Küche

1 Kücheneinrichtung, Bulthaup, Chromstahl mit 4 Glasteilen, geschliffen, insgesamt 5 m Unterbau und 3,2 m Oberbau, 1 Küchentisch mit 2 Stühlen, 1 Abstelltisch
1 Herd, Siemens mit Glaskeramikplatten
1 Kühlschrank, Siemens *** und ****
1 Dunstesse, Chromstahl, 0,90 m
1 Geschirrspüler, Siemens
1 Mikrowelle, Siemens
1 Küchenuhr
3 Neonröhren
1 Espressomaschine, Saeco
1 Espressomaschine, Alessi
1 Entsafter, elektrisch
1 mehrteilige Küchenmaschine, Bosch
1 Eßservice, 32-teilig, Porzellan
1 Kaffeeservice, 21-teilig, Porzellan
diverse Teller, Schalen, Schüsseln, diverse Gläser, Krüge
1 Glasservice, 14-teilig
4 Glasschüsseln
5 Jenaer Glasschüsseln mit Deckel und Einsätzen
12 Weißweingläser (Riedel)
12 Bordeauxweingläser (Riedel)
12 normale Rotweingläser, alle langstielig
10 Bowlengläser
2 große Glasteller, verziert
8 Töpfe, AMC
4 Kasserolen AMC
4 Pfannen AMC
1 Gugelhupfform

2 Tortenformen
1 Nudelsieb
2 Teekannen (WMF)
4 Trichter
3 Schöpfer
2 Knödelschöpfer
2 Teesiebe
1 Kartoffelpresser
diverse Küchenbretter
1 Schneebecken
2 Schneebesen
1 Fleischhammer
1 Fleischmaschine, elektrisch
1 Bröselmaschine, elektrisch
1 Mixer, elektrisch
1 Nudelbrett mit Walker
1 Wiegemesser
1 Schmarrenschaufel
2 Fleischgabeln
2 Fleischmesser
1 Geflügelschere
1 Tranchiermesser, elektrisch
8 Kochlöffel
1 Brotlade, echt Silber
2 Grünzeugmesser
1 Küchenbesteck, 10-teilig
2 Dosenöffner
mehrere Flaschenöffner und Korkenzieher
12 Puddingformen
1 Küchenwaage, digital
verschiedene Backwerkformen

1 Schmalztopf, Porzellan, 2 Liter
1 Schmalztopf, Porzellan, 1 Liter
1 Kuchenzange, Chinasilber
1 Kuchenschaufel, Chinasilber
1 Eieruhr
1 Eierschneider
verschiedene Reiben
1 Mülleimer mit Deckel
1 Schlüsselbrett
1 Pinnwand
1 Verdunkelungsselbstroller, Wachstuch

X. Speisekammer

1 Stellage mit 5 Fächern, 2,2 m x 1,5 m x 0,6 m
1 Stellage mit 3 Fächern, 1 m x 1 m x 0,3 m
1 Beleuchtungskörper
diverse Reinigungsgeräte (Besen, Schaufel, Bürsten)
1 Staubsauger, elektrisch
2 Bügeleisen
1 Bügelbrett
1 Kochplatte, elektrisch
2 Sektkübel, Chinasilber
1 altes Ofenbesteck
1 Waschrumpel
ca. 100 Einweckgläser mit Gummi, leer
30 m Wäscheleine
100 Wäscheklammern
diverse Lebensmittel
1 Werkzeugkiste mit reichlich Werkzeug

1 Stichsäge, Bosch
1 Bohrmaschine, Makita

XI. Keller

ca. 500 Flaschen Wein
ca. 30 Flaschen Champagner
5 Flaschen Quittenschnaps (Südsteiermark)
diverse Fruchtsäfte, Wasser und Limonaden (ca. 100 Liter)
1 Gefrierkühltruhe, Liebherr
4 Beleuchtungskörper
1 Kofferset, Leder, 4-teilig, Tuscany
1 Schalenkoffer, Samsonite
4 Paar Alpinschier mit Stöcken, davon 2 Head-Carver
4 Paar Schischuhe
2 Paar Langlaufschier mit Stöcken (Fischer)
2 Paar Langlaufschuhe
1 Rennrodel
1 Familienrodel
1 Damenfahrrad, 12-Gang
1 Herrenfahrrad, 21-Gang
1 City-Bike, Simplon, 27-Gang
1 Trittroller
1 Kinderfahrrad mit Stützrädern
1 Rasenmäher, Benzin (2 Kanister)
1 Heckenschere, elektrisch
diverses Gartengerät (Laubrechen, Schaufeln, Hacken)
1 Paar Kinderstelzen
1 Kricket mit sechs Schlägern
4 Tennisschläger, Bälle
2 Tennistaschen

1 klappbarer Tischtennistisch mit 8 Schlägern und Bällen
1 Waschmaschine
1 Wäschetrockner
3 Plastikgelten
1 zerlegter Bauernkasten, Handmalerei

Außerdem eine Vielzahl hier nicht bezeichneter Bettwäsche, Kleidung und Schuhe von beträchtlichem Wert.

Wir bestätigen als Zeugen die Richtigkeit umseitiger Angaben

(Emmi Billwachs)   (Fritz Billwachs)

P.S. Ich habe mir für die nächsten vier Wochen unbezahlten Urlaub genommen und mich damit abgefunden, daß ich den Rest des Juni und wohl auch den Juli in den Kamin schreiben kann. Auch diesen Schaden wird der Gärtnergehilfe abstottern; wenn er es schafft.
 Derzeit erreicht Ihr mich übers Handy. Briefe etc. am besten postlagernd oder ins Geschäft.

LEBEN

Feindesland

Ich komme von der Firma nach Hause, bin erschöpft und bräuchte mindestens anderthalb Stunden Ruhe. Aber kaum ist das Kind zu Bett gebracht, marschiert meine Frau an und will mich berühren.

Ich gebe ihr zu verstehen, daß ich nicht berührt werden will.

»Hast du schlechte Laune?« fragt sie, und spätestens in diesem Moment kann ich die Frage bejahen, denn spätestens in diesem Moment ist von vornherein alles verdorben, da ist der Abend im Eimer, noch ehe er begonnen hat. Sie streichelt meinen Handrücken, sie hört nicht auf, mit den Fingerkuppen in der Grube zwischen zwei Sehnen auf und ab zu fahren. Ich verspüre einen körperlichen Widerwillen gegen diese Berührung, mir wird fast schlecht dabei. Ich will meine Frau wegstoßen, schiebe aber lediglich ihre Hand beiseite.

»Du sollst mich nicht anfassen. Ich will einfach nur meine Ruhe.«

Wenn ich nach einem anstrengenden Tag heimkomme, finde ich, daß ich es verdient habe, eine halbe Stunde allein gelassen zu werden. Aber es gibt Menschen, die für solche Bedürfnisse kein Verständnis haben, meine Frau zum Beispiel. Die will dann nur noch zärtlicher sein.

»Himmelherrgott«, sage ich. »Hast du nicht gehört? Du sollst mich nicht ständig anfassen. Ich werde wütend, wenn du mich anfaßt.«

In so einem Moment würde ich am liebsten die ganze Beziehung hinschmeißen, nur um meine Ruhe zu haben. Hinterher tut es mir leid. Aber im Moment kann ich mich nicht beherrschen, ich schnauze sie an: »Du sollst deine Hände wegnehmen. Wer weiß, wo du die heute schon gehabt hast. Ich brauche nicht deine Spulwürmer im Gesicht.«

Sie weint und läuft davon. Sie setzt sich zum Weinen ausgerechnet auf die Kloschüssel, wohin ich drei Minuten später will, weil ich pinkeln muß.

»Würdest du bitte Platz machen, damit ich aufs Klo gehen kann«, sage ich.

Also verschwindet sie weinend in die Diele. Und als ich wieder herauskomme, rennt sie hinter mir her, folgt mir in jedes Zimmer, weil sie in jedem Zimmer fünf Sätze mit mir diskutieren will. Die ganze Wohnung kommt mir vor wie Feindesland. Irgendwann platzt mir der Kragen, und ich schnauze sie an: »Du bist eine verdammte Nervensäge!« Dann lehne ich an der Wand, und meine Frau hämmert mit beiden Fäusten gegen meinen Brustkorb. Dabei empfinde ich nichts. Ich lasse es einfach geschehen und fühle lediglich eine Leere und den Wunsch zu schlafen. Irgendwann sage ich: »Jetzt laß mich in Ruhe, oder ich werfe dich hinaus. Wenn mir das alleine nicht gelingt, hole ich jemanden, der mir hilft. Ich habe diese Welt allein betreten, und ich werde diese Welt auch allein wieder verlassen. Also habe ich das Recht darauf, in diesem Leben hin und wieder allein zu sein.«

Ich lege mich aufs Bett, und alles beginnt von vorne. Sie kann es nicht bleibenlassen, mich zu berühren. Ich versuche mich zusammenzureißen, weiß aber, daß es mir nicht lange gelingen wird. Sie legt ihren Kopf an meiner Schulter ab. Ich hasse sie dafür. Und während sie mit der Hand über meine Brust streicht, rollt es durch meinen Kopf: Was wollt ihr eigentlich alle von mir? Ihr könnt mir alle den Buckel hinunterrutschen, du und dieser Magistratsbeamte Schön, der es sich zur Lebensaufgabe gemacht hat, mich zur Strecke zu bringen. Ich kann die Firma auch zusperren. Apropos: Wer finanziert dir eigentlich dein Philharmonikerabo, deine Sprachferien und den Wagen in der Garage? Ich käme viel besser ohne dich zurecht.

Ich stoße meine Frau beiseite, wuchte mich vom Bett und gehe in die Küche, wohin sie mir abermals folgt. Sie redet und redet, die üblichen Vorwürfe. Sie sagt: »Interessanterweise bin ich im Büro bei allen beliebt, nur mit dir ist ein Auskommen nicht möglich. Du bist ein Egoist und ein Schwein.«

Sie sagt mir alles das, was ich ohnehin schon weiß. Dabei würde ich sie am liebsten herumdrehen, einfach herumdrehen, damit ich das zittrige Elend nicht länger sehen muß. Ich meine, so unglaublich es ist, aber ich würde sie am liebsten bei den Schultern packen und um hundertachtzig Grad drehen. Sie kritisiert und kritisiert, und ich denke mir, wie kann man sich nur so erniedrigen und alles schlechtmachen und gleichzeitig um die Beziehung betteln. Sie behauptet, sie wolle mich nicht verlieren. Ausgerechnet mich. Wenn sie wüßte, wie jämmerlich diese Behauptung ist, wo sie doch gleichzeitig kein gutes Haar an mir läßt. Und ich gebe auch zu, ich bin ein Schwein und ein Egoist, jedenfalls wenn man es an meiner Überzeugung mißt, es verdient zu haben, daß man mich nach dem Heimkommen für einige Zeit in Ruhe läßt. Und das weiß meine Frau auch, sie muß sich nur danach richten, dann bleiben uns solche Auftritte erspart.

Sie schnieft zweimal kräftig. Ich schaue weg, weil ich denke, jetzt geht die Heulerei wieder von vorn los. Aber sie sagt, grad so, als könne sie meine Gedanken lesen: »Du mußt gar nicht so demonstrativ wegschauen. Ich halte das Weinen zurück, dir zuliebe.«

Ich schaue sie an. Sie schluckt.

Daß ich so leicht auszurechnen bin, stimmt mich einen Moment lang versöhnlich. Bei manchem, was sie sagt, denke ich, sie hat recht, es ist was dran an dem, was sie sagt. Am besten, ich würde sie in den Arm nehmen, es würde uns beiden guttun. Ich betrachte meine Hände, die an meinen Beinen liegen, und sage mir, eigentlich sollte ich sie umarmen. Aber da fängt sie doch zu weinen an, und obwohl ich's ihr nicht wirklich verdenken kann, fühle ich sogleich einen solchen Widerwillen, daß ich keinen Weg finden kann, der aus diesem Widerwillen herausführt. Ich bin zu keiner Regung mehr fähig. Meine Hände sind wie angeleimt. Wieder fühle ich nichts als Leere, und ich wundere mich nur, daß man einem Menschen, den man einmal geliebt hat oder was man so nennt, beim Weinen zusehen kann, ohne etwas zu empfinden. Nicht einmal Mitleid, nicht einmal dazu bin ich fähig. »Genau, es läßt mich ganz kalt«, antworte ich auf ihre Feststellung, daß es mir offenbar nichts ausmache, sie so zu sehen, und dabei sage ich mir, daß mit mir auch nie jemand Mitleid gehabt hat, und daß ich es, ehrlich gesagt, auch nicht wollen würde, daß jemand Mitleid mit mir hat. Da lasse ich mir lieber die ganze Schuld zuschieben, obwohl es nicht angenehm ist, sich die Ohren vollsingen zu lassen mit solchem Zeug, daß man jemanden schlecht behandle und daß von Liebe keine Rede sein könne.

»Du zerbrichst alles«, sagt sie. »Ich kann versuchen, was ich will, es nützt nichts. Du ziehst alles ins Negative.«

Seit der Scheidung von meiner ersten Frau, als ich das Gefühl hatte, daß etwas auf meine Schultern geladen wird, das ich nicht verdiene, bin ich am Ende immer als der Schuldige dagestanden.

Ich sage: »Tu mir den Gefallen und hör auf mit der Leier, sie hängt mir schon zum Hals heraus.« Um das Thema zu wechseln, füge ich hinzu: »Ich mache uns etwas zum Essen.«

Ich nehme Fleisch aus dem Kühlschrank und schneide es. Ich entferne sämtliche Flachsen, wie es meine Frau immer macht. Unterdessen redet sie, schimpft und macht mir Vorwürfe, ich sei ein Unmensch, ich würde nichts empfinden, in mir müsse doch auch irgendwo ein Gefühl stecken. Was sie nicht sagt. Aber es nutzt ohnehin nichts, und anstatt auf ihre Vorwürfe einzugehen, konzentriere ich mich ganz aufs Kochen, bis mir nach einiger Zeit das Fleischmesser am Tisch auffällt. Wie soll ich es sagen? Ich bin am Kochen, ich stehe mit dem Rücken zu meiner quengelnden Frau, und plötzlich halte ich alles für möglich. Es ist nicht mehr klar, was sie tun wird, was ihr noch alles durch den Kopf geht, während sie sich darüber beklagt, daß ich ihre Gesundheit zugrunde richte und so weiter. Also bringe ich das Fleischmesser unauffällig in Sicherheit und finde das irgendwie zum Lachen, weil meine Frau doch eigentlich ein schwacher Mensch ist und weil die einzige Erklärung, weshalb ich das Messer in Sicherheit bringe, die sein kann, daß ich mich selber für ein Schwein und einen Egoisten halte, der ein Messer im Rücken verdient hätte.

Prompt beklagt sie sich über mein Lachen.

»Warum sollte ich nicht lachen?« frage ich.

»Weil ich weine«, sagt sie.

»Das ist schon okay, wenn du weinst, bei Frauen sieht es immer hübsch aus, wenn sie weinen.«

»Ich finde, ich schaue häßlich aus, wenn ich weine.«

»Das finde ich nicht.«

»Doch«, sagt sie leise, und ich lasse es ihr.

Ich nehme einen Karton mit Gemüse aus dem Gefrierfach, breche das Gemüse mit Hilfe des Messers in zwei Hälften und gebe die eine Hälfte in die Mikrowelle. Während der Apparat in gleichmäßigen Intervallen summt, rühre ich Kartoffelpüree an und gieße etwas Weißwein in die Bratensoße. Ich beginne mich auf das Essen zu freuen und wende das Fleisch. Doch kurz bevor ich mit dem Kochen fertig bin, verläßt meine Frau die Küche. Ihre Begründung: Sie habe keinen Hunger, sie lasse sich noch ein Bad ein. Ist auch schon egal, denke ich, dann esse ich eben alleine.

Meine Frau treffe ich erst wieder im Bett. Ich ziehe mich im Dunkeln aus und lege mich vorsichtig hin, obwohl ich mir sicher bin, daß meine Frau noch wach ist. Ich bette mich zurecht, wie immer in rechter Seitenlage und mit dem Rücken zu ihr. Eine Zeitlang liege ich beinahe regungslos da, als könnte ich so jede Aufmerksamkeit von mir ablenken. Aber ich weiß ohnehin, daß ihre Hand gleich kommen wird. Das ist nur eine Frage der Zeit, weil es sie stolz macht, nicht nachtragend zu sein, und weil sie froh ist um jedes Mal, wenn sie mir ihre Überlegenheit beweisen kann. Als ihre Hand endlich kommt, weiß ich bereits, was ich zu sagen habe, nämlich daß ich schlafen möchte, ich sei müde, außerdem fühlte ich mich nicht gut, weil ich für zwei gegessen hätte. Sie zieht ihre Hand zurück, und eine Zeitlang rührt sich nichts. Doch als ich schon halb eingeschlafen bin, stößt sie mich an und sagt: »Du bist ein emotionaler Krüppel.«

Mir ist nicht ganz klar, was sie diesmal meint.

»Was ist jetzt wieder los?« frage ich.

Sie wiederholt, daß ich ein emotionaler Krüppel sei. Dann klärt sie mich auf, daß sie nicht einfach nur *so* ein Bad genommen habe, sie habe nur wegen mir gebadet. »Wir haben seit zwei Wochen nicht miteinander geschlafen. Das gestern zählt nicht. Und jetzt drehst du dich auf die Seite und sagst nur gute Nacht, damit ich mich nicht beklagen kann.«

Ohne mich ihr zuzuwenden, erwidere ich: »Ich habe eben keine Lust. Das muß möglich sein. Es muß möglich sein, daß auch ich gelegentlich keine Lust habe, es ist nicht das Vorrecht der Frauen, keine Lust zu haben. Und wenn du nicht augenblicklich still bist und mich schlafen läßt, wenn es so ist, daß ich neben dir keinen Schlaf finden kann, dann fahre ich zurück ins Büro und schlafe dort.«

Sie beschimpft mich, ich würde zu selten, warum und wieso und immer zum falschen Zeitpunkt und nicht gerne und so weiter. Na und? Soll sie sich doch einen Freund halten. Ich sage: »Halt dir einen Freund. Ich stelle es dir frei.« Aber das traut sie sich ohnehin nicht. Jedenfalls geht sie auf meinen Vorschlag nicht ein. Statt dessen sagt sie: »Du mußt mehr für mich dasein.«

Wenn ich so etwas nur höre, kommt es mir schon hoch. Ich meine, sie ist allen Ernstes davon überzeugt, daß sie mehr von dem bekommt, was sie will, wenn sie mich unter Druck setzt. Ihre Einfalt überrascht mich immer wieder, es ist nicht zu fassen. Sie meint einfordern zu können, was ihr fehlt, wo doch klar sein muß, daß sie das genaue Gegenteil erreichen wird. Wenn sie etwas einfordert, ist selbst das, was ich gerne gebe, nicht mehr selbstverständlich, weil sich dann bei allem, was ich tue, das Gefühl einstellt, es ist nichts Freiwilliges mehr. Man hat schließlich seinen Stolz, damit stehe ich bestimmt nicht allein. Und das sage ich ihr auch, damit sie's weiß.

Sie sagt: »Du läßt dich nur bedienen und umsorgen und bist undankbar und machst alles nur, um mich zu ärgern.«

Ich sage: »Laß mich endlich mit deinem Quatsch in Ruhe oder nimm vorsichtshalber die Hände vors Gesicht.«

Sie schreit mich an: »Du Arschloch, was glaubst du eigentlich, wer du bist! Ich lasse mir das nicht mehr gefallen.«

Sie schreit so laut, mit überkippender Stimme, daß ich denke, gleich wacht zu allem auch noch das Kind auf. Sie verliert regelrecht die Kontrolle. Ich mag es nicht, wenn Menschen die Kontrolle verlieren. Das mag an meiner Erziehung liegen, keine Ahnung. Aber mir ist es einfach zuwider, wenn Menschen sich dermaßen gehenlassen.

»Mir reicht's«, sage ich, stehe auf, ziehe mich an und verlasse das Schlafzimmer. Meine Frau folgt mir und klammert sich an meinen Bauch. Ich stoße zweimal mit den Händen gegen ihre Schultern und sage: »Laß mich augenblicklich los, sonst ist es endgültig vorbei.« Ich stoße sie neuerlich mit den Händen. Ich fasse sie an beiden Oberarmen und will sie wegdrücken. Aber das gelingt mir nicht, weil sie sich so festhält. Der Effekt ist: Ich drücke sie nur nach unten. Das ist nicht das, was ich beabsichtige, aber eins kommt zum andern, und am Ende umklammert sie meine Knie. Das muß man sich vorstellen. Plötzlich umklammert sie meine Knie. Das bringt mich zusätzlich gegen sie auf, weil mir ihre Selbsterniedrigung peinlich ist und weil ich ein schlechtes Gewissen bekomme. Außerdem weiß ich im selben Moment, daß es keinen Sinn hat, noch eine Minute länger im Haus zu bleiben, das würde alles nur weiter verschlimmern. Also biege ich meiner Frau die Finger zurück und mache mich frei.

»Au, du tust mir weh!« schreit sie und stößt mich die Treppe hinunter. Richtiggehend die Treppe hinunter. Es sind zwar nur vier Stufen und eigentlich nicht gefährlich, aber es ist trotzdem komisch, und ich muß lachen, weil das sonst nur in Filmen vorkommt.

»Du bist völlig übergeschnappt«, sage ich zu meiner Frau. »Richtig durchgeknallt.« Dann schlüpfe ich in die erstbesten Schuhe und bin bereits bei der Haustür.

»Du brauchst gar nicht wiederzukommen«, schreit sie, greift ebenfalls nach Schuhen, aber nicht, um sie anzuziehen, sondern um sie nach mir zu werfen. Sie trifft mich nicht und schlägt, verärgert über ihr schlechtes Ziel, zehnmal die Tür hinter mir zu, daß es nur so knallt und daß es mir meine Finger, wenn ich sie nicht längst weggezogen hätte, zehnmal abtrennen würde. Ich frage mich, warum ich mich auf diese Frau eingelassen habe, es ist mir ein Rätsel, obwohl ich weiß, daß wir noch vor gar nicht allzu langer Zeit gemeinsam glücklich waren, nicht nur ein bißchen, sondern richtig. Ich steige kopfschüttelnd in den Wagen und fahre los.

Zu meiner Überraschung stelle ich nach der zweiten Kreuzung fest, daß meine Frau hinter mir herfährt. Das mag ich schon überhaupt nicht. Sie hängt mir richtig an der Stoßstange. Ich versuche, sie zu ignorieren, ich tue einfach so, als ob sie nicht da wäre, beeile mich beim Einparken und will das Eingangstor der Firma hinter mir schließen, ehe auch meine Frau das Tor erreicht. Aber sie ist zu dicht hinter mir und folgt mir über den Hof und hinein und die Treppe hinauf, dabei redet und redet sie.

Sie sagt: »So jemand Unverträglichen wie dich habe ich noch nicht erlebt. Was dir fehlt, ist eine gute Therapie.«

Ich zeige mit dem Finger auf sie und falle ihr, als sie weiterreden will, ins Wort: »Mach, daß du nach Hause kommst. Was fällt dir ein, das Kind alleine zu lassen.«

Sie sagt: »Kümmere dich nicht um das Kind, du kümmerst dich auch sonst nie um das Kind.«

Dann fährt sie in ihrem Wortschwall fort und macht mir dieselben Vorwürfe, die ich schon am Abend gehört habe. Mir ist, als werde sie niemals mehr aufhören mir vorzubeten, was ich alles falsch mache und was für einen rohen Charakter ich habe. Sie redet und redet, und selbst als ich bereits in meinem Büro auf der Couch liege, reißen ihre Beschimpfungen nicht ab. Ich schließe die Augen. Die Stimme meiner Frau rückt im Raum nach hinten, wird ferner und weicher und aberwitziger. Mir ist schwindlig. Ich habe das Gefühl, als müßte ich die wenigen Wörter, die ich aus dem Redeschwall herauslösen kann, in eine sinnvolle Ordnung bringen. Doch diese Ordnung will und will mir nicht gelingen, und darüber schlafe ich ein.

Koffer mit Inhalt

Während vieler Jahre waren es Herrn Gabriels große Auftritte gewesen, wenn er seinen Arbeitgeber, die Eisenbahn, von den im Bereich der städtischen Bahnhöfe angefallenen unanbringlichen Gütern durch öffentliche Versteigerungen entlastete. Da es auch sein Verdienst war, daß sich der Ruf *Koffer mit Inhalt* aufgrund der vielversprechenden Bedecktheit zu einem einträglichen Geschäft entwickelt hatte, schenkten ihm die Kollegen zur Pensionierung ein rot und grün kariertes Kofferset. Dieses Kofferset bestand aus einem großen Koffer, in dem sich ein kleiner Koffer befand. In dem kleinen Koffer befand sich eine Reisetasche, und in der Reisetasche, die sich auf den ersten Blick den Anschein gab, nichts zu beherbergen, befand sich das Harmlose, das Ungeheuerliche: ein Prospekt über die höchstgelegenen Bergbahnen der Welt, die Andenbahnen in Peru. Es handelte sich um eines der herkömmlichen vierteiligen Faltblätter, beidseitig bunt bedruckt, mit zahlreichen Übersetzungsfehlern und strotzend von veralteten Ausdrücken, die sich in einer Tiroler Auswandererfamilie erhalten haben mochten. Aber dieser Prospekt, bloß eine Anregung, wie man später zu versichern nicht müde wurde, führte Herrn Gabriels Leben auf ungewöhnliche Weise von der Stelle.

Nachdem Herr und Frau Gabriel übereingekommen waren, die Reise im darauffolgenden Frühjahr in Angriff zu nehmen, ging es an die Vorbereitungen, die der Reiseveranstalter den Teilnehmern empfahl. Herr Gabriel las sich in alles geographisch und technisch Wissenswerte ein, und Frau Gabriel sorgte dafür, daß es an geeigneter Kleidung, einem Netzadapter und den notwendigen Medikamenten nicht fehlte. Man suchte wiederholt einen Arzt auf, um sich gegen Zecken, Kinderlähmung und Gelbfieber impfen zu lassen, zuletzt gegen Cholera. Doch einige Tage vor Antritt der Reise befiel Frau Gabriel ein Impffieber, das nicht nur die Reise verhinderte, sondern in weiterer Folge auch zu Frau Gabriels Tod führen sollte.

Statt in Peru hielt sich Herr Gabriel während der ersten vollen Woche im März am Südbahnhof auf und verfolgte mit großer Aufmerksamkeit den Verlauf der Versteigerung unanbringlicher Güter in der Halle vor dem Wartesaal Ost. Einer seiner ehemaligen Gehilfen gab Ruf und Zuschlag und wiederholte ungeniert die Wendungen, die Herr Gabriel während vieler Jahre geprägt hatte: Da drinnen ist ein Walkman, eine Stereoanlage und ein Klavier. Sie können es glauben oder nicht. Aber vergessen Sie nicht, daß Sie auf Verdacht kaufen. Womöglich sind in dem Koffer nur alte Zeitungen. Ich warne Sie. Ständig warne ich Sie. Schließlich will ich nicht, daß Sie am Ende gezwungen sind, arbeiten zu gehen.

Die Leute lachten und behielten die Hände oben. Sie behielten sie erst recht oben, wenn sie den Rat bekamen, es gut sein zu lassen, weil Koffer und Inhalt dem momentanen Gebot nichts Entsprechendes entgegenzusetzen hätten. Aufgezeigt ist leichter als bezahlt, sagte der Kollege, und Herr Gabriel glaubte für einen Augenblick, selbst am Pult zu stehen und spielerisch mit den Leuten über die abhandengekommene Habe unglücklicher Reisender zu spekulieren, darüber, ob das Gepäckstück bei Antritt oder Beendigung der Reise verlorengegangen war. Herr Gabriels Nachfolger dokumentierte den Unterschied zwischen diesen Varianten anhand von Damenunterwäsche. Ohne gefragt zu sein, gestehe er, wenn schon, die benutzte zu bevorzugen, dann habe er wenigstens etwas zu lachen.

Vor Zorn und Trauer biß Herr Gabriel auf die Zähne. Seine Reise war storniert, und das geschenkte Kofferset stand leer, während vorne am Pult fast die Nähte platzten vor lauter Inhalt. Zu Hause lag seine Frau im Bett, und die Kollegen erkundigten sich nach ihrem Befinden, manche scherzten offen über das Kofferset, über die nicht angetretene Reise, andere meinten, daß man nie wisse, wozu etwas gut sei. Der Stingler von der Gepäckabteilung sei aus Stein am Rhein auch maßlos enttäuscht zurückgekehrt.

Mittwoch vormittag schaute Hanns Schuller bei der Versteigerung vorbei und erkundigte sich ebenfalls nach dem Verlauf von Frau Gabriels Krankheit. Vor zwanzig Jahren war er Frau Gabriels Geliebter gewesen, in seinem Spind in der Fahrdienstleitung hatte stets ein Abzug von Herrn Gabriels Dienstplan gehangen, damit Schuller verläßlich über dessen Nachtschichten Bescheid wußte. Herr Gabriel hatte davon erfahren, als die Affäre bereits beendet war und Hanns Schuller nur mehr Mittwoch abends zu Besuch kam, zufrieden mit der Gesellschaft Herrn Gabriels. Man aß den von Schuller mitgebrachten Apfelstrudel aus dem Café Faber in der Rainergasse, der immer von kaltem Rauchgeschmack durchdrungen war, weil im Café Faber an der Kuchenvitrine der vordere Glaseinsatz fehlte, und redete über Politik. Wenn sich Frau Gabriel einmal etwas später zum Lesen zurückzog, mischte sie sich nicht in das Gespräch, sagte vielleicht, was wollen wir von Politik reden, das ist zu hoch für uns, selbst wenn es nicht zu hoch für uns wäre, würde dadurch das Brot nicht billiger.

Er habe wenig Hoffnung, gestand Herr Gabriel, seine Frau werde zusehends hinfälliger. Aber dem Besuch am Mittwoch stehe nichts im Weg. Frau Gabriel sei um jede Zerstreuung froh, und alle Gewohnheiten, die man von früher in ihre jetzigen Tage retten könne, hätten in der derzeitigen Situation eine positive Wirkung auf ihren Zustand.

Frau Gabriel litt unter Kreislaufbeschwerden und seelisch unter dem körperlichen Verfall, der so gravierend war, daß sie den früher spielend geführten Haushalt nicht mehr zu bewältigen vermochte. Täglich lag sie zwanzig und mehr Stunden im Bett, von mächtigen Blähungen geplagt, schien aber nie zu schlafen. Wenn Herr Gabriel in der Früh aufwachte, schaute sie ihn groß an, und in der Nacht, wenn er müde war von den Strapazen ihres Unglücklichseins, furzte sie ächzend und lüftete dauernd die Bettdecke, damit ihre Darmgase entweichen konnten. Dann lag sie bis zum nächsten Furz so still, daß das Ticken des Weckers den ganzen Raum aufsaugte und bei Herrn Gabriel erst recht Beklemmung verursachte.

Herr Gabriel war genervt. Er fühlte sich kleinlich. Aber irgendwie war es gekommen, daß er das ständige

Furzen seiner Frau, die die Psychopharmaka nicht vertrug, leidenschaftslos haßte, auf eine harte, verbissene Art, die in nichts an seine frühere Gelassenheit erinnerte. Früher, als er mit den Umständen seines Lebens noch einigermaßen zufrieden gewesen war, hatte ihn das Knattern eines verschwitzten Frauenhinterns an das wilde Schlagen von Fahnenstoff erinnert oder an das Laufen der Fahrradspeichen über die an der Gabel befestigte Spielkarte.

Herr und Frau Gabriel waren auf dem Land großgeworden. Als Kinder hatten sie an ihren Fahrrädern Spielkarten angebracht und so die Illusion erzeugt, auffällig zu sein, jemand, nach dem sich die Leute umsehen. Wer unter den Kindern etwas auf sich hielt, bestritt ein Fahrradrennen die Dorfstraße hinunter nicht ohne eine Spielkarte, die durch die Frequenz ihres Knatterns die Geschwindigkeit hörbar machte. Und allgemein betrachtete man es als Leichtsinn oder Hochmut, eine Karte, mit der man ein Rennen gewonnen hatte, an gewöhnliche Fahrten zu vergeuden.

Frau Gabriel lachte lange und laut und war voller Fröhlichkeit, als Herr Gabriel sie eines Nachts, als sie schlaflos lagen, an diese Zeit erinnerte. Für diese eine Nacht verhielt sich Frau Gabriel jeden weiteren Laut und quälte sich mit verkrampftem Unterleib, um ihre Blähungen geräuschlos abzufädeln. In der darauffolgenden Nacht und in allen weiteren Nächten war alles wieder wie gehabt, und Frau Gabriel lachte nicht, wie sie es als Mädchen auf der sonnenwarmen Dorfstraße vielleicht getan hatte.

Zuletzt, als feststand, daß es mit Frau Gabriel nur mehr abwärtsging, besserten sich die Dinge, da ließen wenigstens Frau Gabriels Depressionen wegen des Haushalts nach. Im Sterben hatte sie wieder eine Aufgabe gefunden, und sie widmete sich dieser Aufgabe mit der ganzen Sorgfalt, mit der sie früher abgestaubt hatte. Es stand ihr ein gewissenhafter Tod bevor. Sogar Herr Gabriel empfand nichts Befremdliches daran, daß seine Frau während der letzten Tage wiederholt zum Scherzen aufgelegt war.

Sie lachte und sagte heiter, ich sterbe. Sie hatte das schon mehrmals gesagt und sagte es auch später noch etliche Male. Sie war eine ganz gewöhnliche Frau, die sich so etwas ohne Bedenken herausnehmen konnte.

Zu der Zeit fing Frau Gabriel an, fürchterlich zu stinken, und im Verband mit dem Apothekengeruch glaubte Herr Gabriel, daran ersticken zu müssen. Als einziger Ausweg blieb, das Fenster häufig offenzuhalten, und als Folge davon hatte Herr Gabriel viel damit zu tun, bei den übrigen Bewohnern des Innenhofs die Sterberuhe einzumahnen. Jeder Laut aus den Nachbarwohnungen ging in dem engen Hof mehrmals hin und her und plusterte sich dermaßen auf, daß Herr Gabriel sich diesen Lärm nicht tatenlos anhören wollte. Frau Gabriel hingegen schenkte dem Treiben wenig Beachtung. Geh aus dem Haus, Herr Gabriel, kauf dir einen dunklen Anzug, das bringt dich auf andere Gedanken.

Herr Gabriel ging aus dem Haus, er kaufte sich einen dunklen Anzug und hängte ihn wie verlangt gegenüber dem Sterbebett auf. Sie werde dann sagen, versicherte ihm Frau Gabriel, wann es an der Zeit sei, den Anzug anzuziehen.

Der Tag kam schneller als erwartet. Lange bevor die Marillen reif waren. Jetzt muß ich sterben, ehe die Marillen reif sind. Du wirst meine Marmelade vermissen. Frau Gabriel weinte ein Weilchen. Eine Stunde. Noch eine Stunde. Während sie weinte, öffnete der Tod an ihr alle Nähte, wodurch ihr augenscheinlich kalt wurde. Sie machte sich ganz klein und galt sich überhaupt nichts mehr. Wie ich mich schäme, jammerte sie und schloß die Augen, ohne sie je wieder aufzumachen. Eine große Verlegenheit legte sich über ihrer beider Gesichter, Frau Gabriel furzte leise und willenlos, Herr Gabriel lüftete die Decke, und da nickte Frau Gabriel mit geschlossenen Augen wie für etwas Schönes, das man ihr getan hat. Dabei roch sie schon den ganzen Tag nicht mehr, als wäre bereits seit dem Morgen zuwenig Leben da.

Wer war sie nun, diese Frau Gabriel, deren Todesanzeige hinter dem Glasfenster der Küchenkredenz zwischen Postkarten steckte? Die dort schwieg und ohne Regung war und von ihrem Mann betrachtet wurde, wie man ein Testbild betrachtet? Und was testete Herr Gabriel?

Das ist die Geschichte von Herrn Gabriel, nicht unbedingt auch die seiner Frau. Und wer Frau Gabriel war, interessiert niemanden, zumindest nicht Herrn Gabriel, der vor ihrem Bild stand, weil er wissen wollte, ob sie tatsächlich tot war.

Daß er seine Frau überleben würde, hatte Herr Gabriel im stillen lange gehofft. Seit 1984. Von 1979 bis 1984 hatte in der Wohnung über der der Gabriels eine Frau gewohnt, die jeden Abend im Schaukelstuhl gesessen war und weiß der Teufel was gemacht hatte. KLOCK-klock, KLOCK-klock. Stundenlang, jahrelang, obwohl Herr Gabriel wiederholt die Bitte geäußert hatte, die Frau möge einen Teppich unterlegen. Am 11. Juni 1984 war die Frau von einem Lastwagen überfahren worden, und Herr Gabriel hatte schwer aufatmen dürfen über diesem Unglück. Seither liebäugelte er mit dem Gedanken, alles und jeden zu überleben, damit er irgendwann seine Ruhe habe.

Den Tod von Frau Gabriel hatte er sich genau gleich vorgestellt wie das plötzliche Stillstehen des Schaukelstuhls.

Jetzt war Frau Gabriel tot. Man sah es an ihrem schwarz gerahmten Gesicht, man las es am Spruch rechts daneben, den Herr Gabriel von einer alten Todesanzeige abgeschrieben hatte. Aber die Kredenz, wo Frau Gabriel zu Lebzeiten auch die abwegigsten Todesanzeigen von Schauspielerinnen und Sportlern ausgestellt hatte, war – und nur aus diesem Grund – der einzige Ort, der auf die Unwiderlegbarkeit von Frau Gabriels Tod bestand. Denn sobald Herr Gabriel ihrem Bild den Rücken kehrte, überfiel ihn ihre Gegenwart. Überall war sie, sie haftete an den Dingen, die ihn umgaben, an den Küchengeräten, an den Bettbezügen, an den Pflanzen, die man gießen mußte, an den in der Wohnzimmervitrine ausgestellten Hummelfiguren, die Hanns Schuller bei seinen Besuchen, die beibehalten wurden, nach und nach entwendete. Sogar der Schimmel in den Fensternischen hatte mit Frau Gabriel zu tun. Daran hatte Herr Gabriel bereits vor ihrem Tod erkannt, daß Schwierigkeiten unausbleiblich sein würden.

Am ersten warmen Tag, als alle Mieter mit Wohnungen auf den Innenhof die Fenster aufrissen, mußte Herr Gabriel daran denken, daß seine Frau immer an diesem Tag die schimmligen Ecken der Fensternischen mit Schwarzbrot abgerieben hatte. Herr Gabriel zweifelte am

Sinn dieser Verrichtung, denn das Fundament stand aufgrund der Nähe zum Wienfluß im Feuchten und gab das Feuchte unweigerlich weiter, wovon eine Parterrewohnung unmöglich verschont bleiben konnte. Der Schimmel war chronisch. Aber selbst wenn es sinnlos war, dem Schimmel mit Brot beikommen zu wollen, hätte Herr Gabriel die Arbeit auf sich nehmen sollen, denn indem sie ungetan blieb, fehlte Frau Gabriel an einem Ende; und nicht nur dort. In der Früh flogen beim Öffnen des Speiseschranks Motten in den Morgen. In den Ecken ballten sich Staubknäuel. Die nächste Umgebung der Lichtschalter wurde allmählich schmutzig, weil niemand das Wachs erneuerte, das Frau Gabriel halbjährlich aufgetragen hatte. Bedingt durch die ungünstige Lage der Wohnung war zu jeder Tageszeit künstliches Licht erforderlich, was die Schalter strapazierte.

Die Freiheit, die Herr Gabriel erhofft hatte, blieb aus, und nachdem ihn die Formalitäten rund um den Tod seiner Frau in die alltäglichen Sorgen entlassen hatten, sah er sich in der Zwickmühle, entweder zu tun, was seine Frau getan hatte, oder die Unannehmlichkeiten infolge der Vernachlässigungen zu ertragen. Schimmel mit Schwarzbrot abreiben, den Speiseschrank mit Essig herausputzen, die Lichtschalter mit einem Hof von Wachs versehen.

Lieber wollte sich Herr Gabriel eine andere Wohnung nehmen, eine im obersten Stockwerk, wo es trocken war und wo die Sonne nicht nur aus reinem Zufall hinfand, wenn sie, von einem gegenüberliegenden Fenster gespiegelt, mit einer Lichtpfütze den Fußboden erhellte und schlagartig verschwand, sobald ein Wind das Fenster bewegte.

Die Wohnung war die eigentliche Ursache von Herrn Gabriels Misere. Wenn er die Wohnung verließ, verließ ihn gewiß auch diese Kleinlichkeit, diese Engherzigkeit, in der sogar das Knattern der Spielkarten auf der Dorfstraße, wenn er sich daran erinnerte, nach Fürzen klang.

Niemals, unter keinen Umständen, hätte sich Herr Gabriel dazu herabgelassen, bei einer Versteigerung unanbringlicher Güter eines der von ihm ausgebotenen Gepäckstücke zu erstehen. Jahrelang hatte er im Vorfeld der Auktionen alle Objekte perlustriert, Waffen entfernt, pornografische Erzeugnisse, Filme, Briefe und alles unmittelbar Persönliche, Medikamente, Röntgenbilder, manchmal Bargeld, manchmal verderbliche Waren. Er war mit dem Leben der verschiedensten Leute behelligt worden, ohne sich jemals selbst in einem der Koffer zu finden. Was ging ihn die schmutzige Wäsche der Leute an? Ihre privaten Peinlichkeiten? Und sollte er ihre Hemden tragen? Ihre Socken und Schuhe? Sich mit ihrer Seife waschen?

Herr Gabriel war sein eigener Mensch, und er begriff, daß die Wohnung seiner Ehejahre genau wie diese Koffer vollgepfercht war mit Sinnlosigkeiten, die ihn verwirrten und verdarben und von sich selbst ablenkten. Was befand sich in den Kommoden außer gescheiterten Absichten und angehäuften Irrtümern? Originalverpackte Vasen und Hautcremes, nie verschickte Weihnachtskarten, sorgfältig gelöstes Geschenkpapier, das der Wiederverwendung seit der Hochzeit widerstand.

Mit einmal erschien es Herrn Gabriel unmöglich, sich in seiner Wohnung zu bewegen, Luft zu schnappen, einen vernünftigen Gedanken zu fassen. Deshalb beschloß er unter dem Vorwand, Witwer zu sein, einen Antrag auf Zuteilung einer kleineren Wohnung zu stellen, sofort, heute noch, nein, am darauffolgenden Tag, wenn er Punkt für Punkt aufgelistet hatte, was zu berücksichtigen war.

Einen Monat nach dem Tod seiner Frau stieg Herr Gabriel im Gebäude, in dem sich die Wohnungsverwaltung befand, die Treppe zum vierten Stock hoch und schritt auf der Suche nach dem Büro, das ihm der Portier bezeichnet hatte, die Korridore ab. Die Türen waren numeriert, von 401 aufwärts, gelegentlich mit Namensschildern versehen, aber nirgendwo entdeckte Herr Gabriel einen Hinweis auf die Zuständigkeit oder darauf, wie man sich mit einem Anliegen zu verhalten hatte. Die mit flaschengrünem Linoleum ausgelegten Schlauchgänge waren menschenleer, manchmal standen Stühle an den Wänden, die nicht zusammenpaßten, und alle drei Minuten ging das Licht aus. Einmal sah Herr Gabriel einen Mann aus einer Tür treten, kurz fiel Sonnenlicht auf das Linoleum, dann sperrte der Mann hinter sich ab und verschwand am anderen Ende des Gangs.

Durch diese Begegnung aufgeschreckt, klopfte Herr Gabriel an der nächstgelegenen Tür, trat unaufgefordert ein und bekam von einer jungen Frau, die damit beschäftigt war, in der Geborgenheit etlicher Dutzend Leitzordner an ihrer Oberlippe Härchen auszuzupfen, die linke Verbindungstür gezeigt. Vor der Verbindungstür stand ein mannshoher Rollbalkenschrank. Somit mußte Herr Gabriel wieder auf den Korridor treten, um von dort ins Nebenzimmer zu gelangen.

Der Beamte im Büro der Eisenbahnerwohnungsverwaltung stapelte, während Herr Gabriel seinen Fall schilderte, Aktenstöße Kante auf Kante und ging dann zum Waschbecken, sich die Hände waschen. Anschließend fuhr der Beamte eine kleine Lade aus und fahndete nach Herrn Gabriels Karteikarte, die er nach wenigen Sekunden herauszog und überflog. Er fuhr sich mit einer Ecke der Karteikarte nachdenklich in die Lücke zwischen zwei Zähnen, dann, während er redete, benutzte er die Karte zum Antreiben des halbleeren Stempelkarussells. Fünfundsechzig Quadratmeter. Unmöglich. Fünfundsechzig Quadratmeter seien zu klein, um sie ernsthaft wegtauschen zu wollen. Es stehe Herrn Gabriel zwar frei, das Formular auszufüllen und die amtliche Mitteilung zu erwarten, doch daran, daß der Bescheid abschlägig ausfallen werde, bestehe schon im voraus kein Zweifel. Herrn Gabriels Gründe seien nicht gut genug. Es gebe Bestimmungen, die wenig Spielraum offenließen. Und überhaupt, man kenne auf dem Formular, das diese Dinge regle, keine Kategorien, die sich nach Stockwerken, nach Innenhöfen und Sonnenseiten erkundigten. Maßgebend seien die Quadratmeter, die Anzahl der Räume, der Zustand der Wohnung, insbesondere der Installationen, weiters ob ein Aufzug vorhanden sei (wer darauf bestehe, könne mit Erdgeschoß rechnen), und die allgemeine Lage, die sich an der Anbindung an den öffentlichen Verkehr orientiere. Herr Gabriel möge sich besinnen, seine derzeitige Wohnung sei wie geschaffen für ihn.

Die Tage kamen und behielten den Hut auf, sie gingen vorbei. Herr Gabriel wurde einsamer, vergrämter, und es gefiel ihm das Schönste nicht mehr. Auch die Nächte waren bitter, derselbe Handschuh, nur herumgestülpt, dieselbe Jacke, die dunkle Innenseite nach außen getragen, ebenfalls abstoßend, ebenfalls schäbig. Widerlich.

Herr Gabriel lag wach und horchte. Im Dämmer seiner Gedanken sehnte er sich nach den letzten Gemeinheiten, die man ihm zufügen konnte, damit er wenigstens die Bestätigung hatte, am falschen Ort zu sein, unschuldig an seiner Gereiztheit und an den Veränderungen, die er an sich beobachten mußte. Vor seiner Ehe hatte er einfach den Zeitpunkt des Einschlafens ins Auge gefaßt und sich vergessen. Jetzt hingegen war er voller Unsicherheit, voller Unruhe; auf halbwegs erträgliche Weise in den Morgen zu entkommen, gelang ihm nur, wenn er seinen Haß gegen Wohnung und Haus schürte.

Das glückte mit der Maßnahme, daß er neuerdings bei offenem Fenster schlief. Alle Klos gingen auf den Innenhof, und von dort vernahm er sämtliche Symptome von Lungen- und Darmkrankheiten, ein Lärm, der sich ganz ungezwungen auch in Herrn Gabriels Schlafzimmer breitmachte: die mühsamen Versuche, einen Schleimpfropfen aus dem Rachen zu entfernen, das erleichterte Stöhnen beim erfolgreichen Stuhlgang. Herr Gabriel gönnte es seiner Wohnung, daß sie von diesen Geräuschen durchdrungen war (wie nur etwas Finsteres durchdrungen sein kann). Er schlief befriedigt ein und träumte von Droh- und Beschwerdebriefen, die er an Nachbarn und an die Hausverwaltung schickte. Am nächsten Morgen erinnerte er sich an alles, da war er wieder guten Mutes, sich zur Wehr zu setzen, und stand zuweilen breitbeinig mit hinausgestrecktem Hintern in der Küche, darum bemüht, möglichst laut zu furzen, damit die Wohnung, die *wie für ihn geschaffen* war, unmißverständlich wußte, was er von ihr hielt.

Zu solchen Derbheiten ließ er sich herbei und kam doch nicht vom Fleck. Nichts brachte ihn weiter, nicht das Studium der Wohnungsannoncen in der Zeitung, nicht das Nachfragen bei Bekannten, die einen Hausmeisterposten innehatten, und auch sein neuerliches Vorstelligwerden im Büro der Eisenbahnerwohnungsgesellschaft war nutzlos. Eine Zeitlang sah es danach aus, als würde ihm wenigstens Hanns Schuller einen Gefallen erweisen. Aber auch diese Hoffnung schloß mit einer Enttäuschung.

Hanns Schuller machte sich die Zerstreuung des Witwers zunutze und entwendete Stück für Stück die Hummelfiguren, die Frau Gabriel gesammelt hatte. Sobald Herr Gabriel das Wohnzimmer verließ, auf dem Weg zur Toilette, zum Telefon, in die Küche, öffnete Hanns Schuller den verglasten Schrank rechts neben dem Fernseher, steckte eine der Porzellanfiguren in die Tasche, in der zuvor der Apfelstrudel aus dem Café Faber gewesen war, und ordnete die verbliebenen Figuren symmetrisch an, damit keine sichtbare Lücke zurückblieb.

Bis Ende Juli geschah das unauffällig, zunächst wurde die Sammlung sogar schöner und lichter, überschaubarer. Aber Ende Juli nahmen die Zwischenräume Ausmaße an, die nicht mehr zu übersehen waren. Im September, als nur mehr drei Figuren verloren im Schrank standen und den Eindruck erweckten, erbärmlich zu frieren, ein ins Horn blasender Nachtwächter, ein singendes Mädchen und ein Mädchen mit einer Gans, versagte Hanns Schuller der Mut. Dabei waren Herrn Gabriels Überlegungen bereits den ganzen Sommer über auf den dritten Mittwoch im September gerichtet gewesen, denn für diesen Tag, mehrmals im Abzählen der Hummelfiguren gegen das der bevorstehenden Mittwoche errechnet, hatte er sich eine beträchtliche Befreiung von dem Plunder erhofft, den ihm seine Frau hinterlassen hatte.

Er verabscheute diese hohlleibigen Bälger. Rehbraun, rostrot, blaßblau, holdermarkweiß, vanillegelb, honigblond – lauthälsig störten sie seine Fernsehabende, erzählten Banalitäten aus dem Leben seiner Frau und ergriffen deren Partei nicht selten durch fadenscheinige Lügen, wohl wissend, daß dies die einfachste Methode war, Herrn Gabriel zu Zornanfällen zu reizen. Nicht genug, daß sie ihm in seinem Rücken lange Nasen machten, immer öfter verhöhnten sie ihn auch offen, beispielsweise wegen seiner Korrektheit, daß er ewig steif und blaß wie der schwarzbefrackte Zuckergußbräutigam auf der Hochzeitstorte sei, und daß er Frau Gabriel nur der Wahrung des Anstands wegen geehelicht habe und so weiter.

Ja und? Wäre es anständig gewesen, nach sechs Jahren sonntäglicher Nachmittagsbesuche die Beförderung anzunehmen und nach Wien zu verschwinden, ohne darauf Rücksicht zu nehmen, daß sie nicht mehr die Jüngste war und schwer einen anderen finden würde? Hat sie an den Sonntagnachmittagen vielleicht gefurzt? Es gab Kaffee. Man konnte dem Staubzucker zusehen, wie er auf den Rücken der noch warmen Kuchen schmolz. Nach Zitronat und Nelken roch es. Nach Muskat und Kardamom. Nach Zimt. Nach Anis. Anis! Hört ihr! – – Man redet mit euch!

Manchmal entstand ein Geschrei, das so laut war, daß man es im halben Haus hören konnte. Nur Leute, die einander schon jahrelang auf die Füße treten, muten sich solche Wutausbrüche zu. Dieser Stimmaufwand! Sogleich mußte etwas unternommen werden. Wo waren die

Freunde? Die Bekannten? Die amtlichen Stellen, die sich alter Menschen annehmen, wenn die Gefahr besteht, daß sich auch deren Kopf in den Ruhestand begibt? Gab es niemanden, der Herrn Gabriel nahe war? Der für seine Zwangslage Verständnis hatte? Der mit Ratschlägen zur Stelle war? Der ihm einen Ausweg wußte?

Wie es schien, gab es niemanden. Und angesichts der Mißhelligkeiten, die das Zusammenleben zwischen Herrn Gabriel und der Hinterlassenschaft seiner Frau prägten, sammelte Hanns Schuller beim Bestohlenen gerade durch sein halbherziges Verhalten keine Pluspunkte. Herr Gabriel nahm ihm die Skrupel beim endgültigen Auflösen der Hummelfigurensammlung von ganzem Herzen übel, dieses Versagen im entscheidenden Moment. Und dann die Unruhe, mit der Hanns Schuller während dieser Wochen auf dem Sofa saß, unkonzentriert, den begehrlichen Blick ständig bei der Vitrine. Herr Gabriel glaubte, ihn ohrfeigen zu müssen. Es erfaßte ihn eine maßlose Verachtung, die ihren letzten Ausdruck darin fand, daß er die restlichen Hummelfiguren eines Mittwochs, in Nylon verpackt, außen an die Türschnalle hängte und Hanns Schullers Klingeln ignorierte. In der kleinen dunklen Diele stehend, hörte Herr Gabriel das Knistern des Nylons, dann die sich entfernenden Schritte. Er fühlte sich befreit bei dem Gedanken, daß dieser nichtsnutzige Feigling, der eine Sache nicht zu Ende zu bringen wußte, in Zukunft nicht mehr kommen würde.

Schon während des Sommers hatte sich Herr Gabriel lange, beruhigende Spaziergänge zur Gewohnheit gemacht. Er schaute sich die Stadt an. Er hörte die Fenster schlagen und den Wind in den großen Laubbäumen mit einem Geräusch ähnlich dem herannahender Straßenbahnen. Manchmal begutachtete er ein Mietshaus, zuweilen betrat er Hausgänge und Innenhöfe, studierte Anschlagbretter, und wieder auf der Straße vertrat er stets erneut die Ansicht, daß es ein Fehler wäre, wenn er in der alten Wohnung bliebe.

Nach einigen Wochen jedoch, die keinerlei Fortschritt gebracht hatten, ertrug Herr Gabriel diese Erkundungen nicht mehr und zog es vor, entlang einer aufgelassenen Nebenstrecke der Bahn bis zu einem kleinen Tunnel zu schlendern, acht Komma vier Kilometer außerhalb der Stadt, was an den Marksteinen leicht abzulesen war. In seine Wohnung kam er insbesondere während der ersten Woche im Oktober, in der die dritte der jährlichen Versteigerungen unanbringlicher Güter stattfand, nur mehr zum Notwendigsten und um unanständige Dinge zu tun. Was er tat, glich ihm nicht wirklich. Doch völlig vom Gedanken durchdrungen, in dieser Wohnung untergehen zu müssen, spuckte er auf den Fußboden, warf mit dem Serviettenständer die Verglasung des Wohnzimmerschranks ein und spielte in einer ganzen Reihe weiterer Widerwärtigkeiten eine nach langer Suche erstandene Schallplatte, auf der mehrere Leute taktfest zu einem Streichquartett von Boccherini furzten. Seine Häme, diese Platte zu dirigieren, vor den Möbeln, die er nicht mochte, vor den Stickbildern, den Liebesromanen, übertraf alle Regungen seines bisherigen Lebens. Als er sich vorstellte, was wäre, wenn seine Frau ihn sehen könnte, bekam er einen Niesanfall vor Freude. Das war beim ersten Mal.

Solange sich keine andere Lösung fand, wollte er sich

mit derartigen Veranstaltungen behelfen. Doch der Erfolg währte nur kurz, und schon nach wenigen Tagen stellte sich ein starker Gewöhnungseffekt ein. Die Wohnung blieb dieselbe, wie auch Herr Gabriel derselbe blieb.

Was tun? Wie konnte sich Herr Gabriel fangen? Losmachen? Wo sollte er hin? Wo bleiben? Vielleicht: sich aus den vielen Fragezeichen eine Schlinge knüpfen.

Er knüpfte seine Schnürsenkel enger, begann die Spaziergänge auf den toten Geleisen täglich früher, bis er für gewöhnlich im Bereich des vierten oder fünften Kilometers in so aufgeräumter Stimmung war, daß er sich getraute, seine Gedanken unbeaufsichtigt laufenzulassen. Am Freitag der ersten Oktoberwoche verließ Herr Gabriel das Haus bereits um Viertel vor acht. Er beobachtete seine Schuhe, wie sie beim Gehen auf dem Gleis unter ihm verschwanden und abwechselnd wieder in sein Blickfeld traten, als täten sie etwas gänzlich von ihm Unabhängiges.

Daß er den Tunnel erreicht hatte, merkte er erst, als er bereits im Halbdunkel war. Die zehn Sekunden, die der Zug früher benötigt hatte, um den Tunnel zu durchfahren, vergingen rasch. Herr Gabriel dachte aus alter Gewohnheit, daß sich das Licht am anderen Ende gleich als Kreissegment am linken Rand der Biegung schlagartig öffnen werde. Aber das geschah nicht, erstaunlich lange nicht, und dann völlig überraschend mit einem hauchdünnen, nur allmählich wachsenden Durchblick, der die Landschaft nur zögernd enthüllte.

Langsam, staunend, schritt Herr Gabriel vorwärts, mit der Illusion von Druckluft, die in dem engen Schlauch an den Fenstern rüttelt. Aber die Landschaft erkannte er nicht wieder, das Betonwerk mit dem hoch aufgerichteten Förderkran, den Birkenwald rechterhand und die Straße entlang des Bahndamms. Früher hatte ihm die Landschaft, sooft er hier gefahren war, einen Schreck versetzt. Doch jetzt öffnete sie sich voller Zurückhaltung, und als Herr Gabriel wieder ins Freie trat, wußte er, daß seine Probleme beseitigt sein würden, wenn er sich selbst die Bequemlichkeit des Vertrauten entzog.

Mehr laufend als gehend, mit pochendem Kopf, erreichte Herr Gabriel die Halle vor dem Wartesaal Ost um Viertel vor drei. Er mußte sich erst beruhigen, so atemlos hatte ihn die Lauferei gemacht, ehe er sich imstande sah, einen Gehilfen herbeizuwinken, der schon unter seiner, Herrn Gabriels, Leitung Kaufpreise eingehoben und Waren ausgefertigt hatte. Der Gehilfe möge unter den Gepäckstücken, die noch zur Versteigerung stünden, eines nennen, das besonders vielversprechend sei, er, Herr Gabriel, habe Pläne damit.

Ohne sich mit Fragen oder Erklärungen aufzuhalten, als ob die Dinge längst abgesprochen seien, bezeichnete der Gehilfe einen buckelalten Koffer, worauf Herr Gabriel eilig einen Platz in der ersten Reihe einnahm und wenig später unter dem Applaus der alten Bekannten, der verschrobenen Greisinnen und Fetischisten, die keine Versteigerung versäumen, den besagten Koffer zugeschlagen bekam. Plötzlich redeten alle Leute. Doch Herr Gabriel faßte den Griff, einen handfesten Ledergriff, und entfernte sich rasch.

Der Koffer war gar nicht schwer. Er umschmeichelte Herrn Gabriels Schritte wie ein wertvoller Degen oder ein vertrautes Tier. Und was war das für eine Stadt, durch die der alte Herr spazierte? In einer Auslage sah man Schokoladenpapier, dessen Farbe von der Sonnenbestrahlung gewechselt hatte. Ein junger Mann trug eine Leiter über die Straße. Hundert Meter weiter, in der Strobachgasse, bot eine Frau der Nachbarin von Fenster zu Fenster ein Kleid zum Geschenk, das durch die letzte Diät zu weit geworden war. Stolz hochgehalten wehte es mit großen Blumen über der Straße.

Herr Gabriel begab sich zum Haus Rüdigergasse 5 und öffnete sich die Wohnung mit der erwartungsvollen, verschwenderischen Zuneigung eines Menschen, der die Schlüssel gerade erst beim Haustor ausgehändigt bekommen hat. Er war jetzt ein anderer Mensch, verloren und unanbringlich, und dreimal jährlich, im März, im Juni und im Oktober, besuchte er die Versteigerung unanbringlicher Güter in der Halle vor dem Wartesaal Ost mit dem festen Ziel, sich dem Inhalt eines fremden Koffers vorbehaltlos hinzugeben.

Natürliche Schwankungserscheinung

»Aber ohne Anfassen.«

Der Trafikant nickt nach kurzem Zögern. Er zieht die Luft ein, und in der darauffolgenden Stille hört man aus dem Geschäftsraum das Piepen des Warenscanners und das Aufschnappen der Geldlade. Der Trafikant nimmt die Kamera vor sein Gesicht und drückt ab, innerhalb von zehn Sekunden ebenso oft. Seine Hast weckt in Katarina die Hoffnung, es bald hinter sich zu haben. Das Zoom an der kleinen Olympus fährt um eine Viertelumdrehung heraus, Katarina ist nicht ganz klar, an welchem Detail sich der Trafikant gerade weidet, ob es vielleicht ihr beschämtes Gesicht ist. Fünf weitere Aufnahmen folgen, in längeren Abständen, die vermuten lassen, daß der Trafikant auf Bewegungen wartet. Katarina steht steif, mit zusammengepreßten Schenkeln, und erst auf Anweisung des Trafikanten dreht sie sich um, damit der Trafikant sie auch von hinten fotografieren kann. Ihre nackten Hinterbacken sind picklig, rauh wie Hühnerhaut, vielleicht vom vielen Sitzen. Für eine kurze Weile blickt sie auf ein kleines Waschbecken mit Seifenspender, ein Spiegel darüber, und während sie dorthin starrt, versucht sie zu erraten, ob der Trafikant in ihrem Rücken näher kommt. Die Blende klickt zweimal. Katarina hofft, daß sich der Film nach dem nächsten Abdrücken nicht weitertransportieren läßt oder der Trafikant endlich auf seine Kosten gekommen ist.

»Dreh dich her«, sagt er. Sie tut es, froh, wieder sehen zu können, wo er seine Hände hat. Sie beobachtet ihn scharf, schätzt ab, was in ihm vorgeht. Mit einemmal ist sie sicher, daß er Mühe hat, der eigenen Courage standzuhalten. Dieser Waschlappen, denkt sie. Sie schiebt ihr Gesicht, das von Scham gerötet ist, ein wenig nach vorn, spitzt die Lippen und haucht »I love you«, zitternd vor Widerwillen, mit einer Geringschätzung in der Stimme und einem Hohn, die ihr helfen, sich nicht so klein zu fühlen. Der Trafikant mustert sie mißtrauisch, als wolle er sagen, na, das überrascht mich, Schätzchen, ich hätte das Gegenteil erwartet. Er legt die Olympus beiseite, die Abbilder in der Kamera beginnen zu erkalten. Er nimmt sich eine Zigarette, holt ein Zippo aus der Tasche und läßt es aufschnappen.

»Du kannst jetzt gehen«, sagt er.

»Noch habe ich Ihnen das Du nicht angeboten«, sagt sie.

Und woran erinnert sie sich, wenn sie wieder auf der Straße ist, mit weichen Knien und einem allzu deutlichen Bewußtsein von sich selbst und ihrer Nacktheit unter den Kleidern, in dieser Gegend, in der sie früher einmal gewohnt hat, zwischen den in Schals gehüllten Passanten, die in dem grauen Licht schwimmen? Versucht sie, das Geschehene zu einer brauchbaren Erfahrung zurechtzubiegen? Kann sie sich vorstellen, morgen einfach wieder glücklich zu sein? Und zu Hause, woran denkt sie, im Bett, wenn die Erinnerung mit plötzlicher Schärfe kommt?

Träumt sie von diesem widerlichen Menschen? Oder am nächsten Tag bei der Arbeit? Am übernächsten? Denkt sie an die Bilder, die vielleicht schon entwickelt sind und jetzt zu ihrer Biographie gehören. Denkt sie nur manchmal oder sehr oft daran? Vergißt sie das Ganze zwischendurch immer wieder?

Um halb drei gehen die Deckenlichter im Schulungsraum an. Katarina wartet das Wegräumen des Videobeamers nicht ab und verzieht sich in ihr Büro, wo sie merkt, daß der Punsch, von dem sie zwei Becher getrunken hat, stärker war, als es den Eindruck gemacht hatte. Vermutlich hat sie die Wirkung des Alkohols mit dem Effekt der aufsteigenden Kadenzen und der eigenartig strahlenden Bilder verwechselt, in denen sich die Tokioter Schneeräumungsbrigaden einem melodramatischen Kampf gegen den Winter stellten. Für die Kategorie *Kritischer Dokumentarfilm* gänzlich ungeeignet. Und das alles nur, denkt Katarina, um uns zusätzlich zu demoralisieren, in dieser Stadt, die aufs Demoralisieren spezialisiert ist.

Sie schreibt ein Mail nach Chicago, an Mick, den sie auf einem Kongreß bei einem Vortrag über das Spritzen von Feuchtsalz als Auftaumittel kennengelernt hat: Lieber Mick, diese Stadt ist darauf ausgerichtet, alle und jeden zu demoralisieren.

Sie weiß, Mick wird es als Spaß auffassen, als Wiener Charme, und um so lieber zu Besuch kommen. Sie hat ihn eingeladen, obwohl sie nicht viel an ihm findet, vor allem optisch schneidet er nicht so gut ab. Keine Attraktion. Aber sie mag Micks Mails, und sie mag den Gedanken, einen Draht nach Chicago zu haben.

Die Politiker sagen: »Wien darf nicht Chicago werden«, und dorthin träumt sie sich in letzter Zeit, in ein exotisches Konglomerat, zusammengefügt aus Romanen, Filmen und eigenen Vorstellungen, in denen dicke Männer mit Melonen am Kopf aufmarschieren und mit geschwollenen Gaumenzäpfchen »We want beer!« zwischen die Wolkenkratzer schreien und: »Oans, zwoa, gsuffa!« Mit Micks komischem Akzent.

Oft denkt sie an die Fotografien, etwa, wenn sie an Schnee denkt oder wenn sie im Internet ist, wo die Fotos vielleicht schon kursieren in diesem die Kontinente umspannenden System, weiß der Geier, auf abstrusen Seiten, auf die auch Mick stoßen könnte.

Jemand hat einmal gesagt, sie hat es aus einem Buch: Fotografien machen auf einen Schlag alles alt.

Das Büro, in dem Katarina sitzt, ist für drei Schreibtische eigentlich zu klein. Das Gelb an den Wänden wirkt fahl. Trotz der zwei hohen Fenster (Doppelverglasung und mehrere Klebesprossen) ist Deckenbeleuchtung notwendig. Auf einem der Fensterbretter steht ein Radio. An den Wänden hängen Fotografien vom Präsidenten und vom Besuch des russischen Infrastrukturministers. An der linken Seitenwand führt eine Tür ins Büro des Abteilungsleiters. Daneben hängt eine Pinnwand, bedeckt mit Urlaubspostkarten, die schöner sind als das Leben, mit Bürokalauern (banal) und mit der Ankündigung eines Faschingskonzerts in der Rathaus-Kantine. Rechts neben der Tür zum Flur hängt eine Dartscheibe.

Katarinas Schreibtisch ist der mittlere, vor dem Fenster mit dem Radio, ein Werbegeschenk der Salinen, das auf Empfang gestellt ist. Sie liest in alten Mails von Mick, malt mit einem Leuchtstift die Monde ihrer Fingernägel an. Sie wirft den Stift zur Seite, steht auf und inspiziert die Altpapierkiste im unteren Fach des Rolltisches, auf dem der Drucker steht.

»Tut mir leid, das Altpapier habe ich schon geleert, während du den Film anschauen warst«, sagt der Kollege am Schreibtisch vis-à-vis, der, mit dem sie gelegentlich schläft. »Es ist wie in der Schule«, sagt er, »vor den Ferien und im Fasching gibt es einen Film.«

Katarina lehnt sich mit dem Becken an ihren Schreibtisch und wischt mit Spucke die Leuchtfarbe von ihrem linken Daumen: »Wenn du mich fragst, gelten die Tokioter nur deshalb als Vorbilder, weil sie einen Regisseur gewonnen haben, der nicht davor zurückschreckt, sich dieser Leni-Riefenstahl-Ästhetik zu bedienen. Und das Ganze gepaart mit Interviewpassagen, in denen so schlitzäugige Entschlossenheit den Eindruck vermittelt, der Schauplatz des nächsten Krieges werden die Straßen Tokios sein.«

»Gong!« verkündet der Kollege und markiert eine Etappe in seinem subjektiven Bezugssystem zwischen Dienstbeginn und Feierabend: »Noch zwei Runden. Glaub ja nicht, du kannst dich vor dem Konzert heute abend drücken.«

Katarinas Lächeln zieht sich sogleich zurück: »Kannst du mir sagen, warum immer nur die anderen gut lachen haben? Kannst du mir das verraten, ich meine, warum immer nur die anderen es schaffen, sich solche Plagen vom Hals zu halten?«

»Mhm?« ist alles, was dem Kollegen dazu einfällt.

»Alle Hofräte im Haus reiben sich die Hände, weil sie sich das Konzert nur ausgedacht haben, damit sie morgen behaupten können, sie würden ihre Sekretärinnen um deren freie Abende beneiden. Sie selber sind selbstverständlich dringend verhindert.«

»Sie wissen sehr wohl, was sie versäumen.«

Mir kommen gleich die Tränen, denkt Katarina, kurz davor, es auszusprechen, behält es aber für sich, setzt sich an ihren Platz und starrt auf die Schreibtischplatte, damit das Gespräch versandet. Als sie aus einem verhaltenen Rülpsen meint herauslesen zu können, daß auch der Kollege in seinen Gedankenfundus abgetaucht ist, um dort die Zeit verstreichen zu lassen, wendet sie sich ihrem Computer zu und öffnet eine der internationalen Wetterseiten.

Katarina ist zuständig für die Verwaltung der Streumittel und teilweise für die Koordination des Splitt-Recyclings. Doch da das Wetter vom Winter nichts wissen will und der Herbst seit drei Monaten auf der Stelle tritt oder mit dem Frühling fraternisiert, ganz wie man es sehen will, ist sie erschöpft vom Nichtstun, darf sich aber nicht beschweren, da sich die Stadt Millionen spart. Trotzdem. Sie selber hätte nichts dagegen, wenn der Winter ein spätes Gastspiel gäbe (wie 1999). Maßnahmen gegen die Langeweile hat sie auf verschiedenen Ebenen ausprobiert – ein ambitioniertes Betreiben des Leerlaufs, ohne sich zu einer Idiotin herunterzuentwickeln –, sie ist dabei aber zu dem immer gleichen Ergebnis gelangt, daß das Nichtstun eine Herausforderung darstellt, der sie nicht gewachsen ist.

Nahezu täglich fragt sie ihren Vorgesetzten: »Hört man etwas Neues vom lieben Gott?« Und der Vorgesetzte antwortet: »Der Arzt meint, er wird durchkommen.« Jeden Morgen dasselbe Ritual, wenn der Vorgesetzte nicht, wie heute, mit auswärtigen Verpflichtungen beschäftigt ist, diesmal – die Aufzeichnung einer Talkshow zum Thema *Ein Winter ohne Schnee*.

An solchen Tagen gibt Katarina nicht einmal vor zu arbeiten, sie vertreibt sich die Tage mit Krimis, die die Langeweile lindern, unterhält sich mit ihrem Kollegen (der andere ist seit Wochen im Krankenstand) über alle möglichen Dinge, zum Beispiel, daß das Testbild aus dem Fernsehen verschwunden ist. Folgendes: Auf einem Kanal knistert ein offenes Kaminfeuer, auf einem anderen Kanal findet eine Art Schäfchenzählen statt, und wieder auf einem anderen Kanal (ARTE?) wird Bock gesprungen. Das Interessante ist, wenn man genau hinsieht, merkt man, daß es sechs oder sieben Personen sind, die ununterbrochen Bockspringen, immer dieselben Personen. Aber sosehr man sich bemüht (Katarina hat sich sehr bemüht), man kann den Schnitt der Endlosschleife nicht entdecken.

Wenn sie vom vielen Reden einen trockenen Mund bekommen hat oder das Niveau des Gesprächs so tief gesunken ist, daß sie nichts mehr beisteuern will, macht sie sich davon, geht in die Stadt für ein paar Gänge, die zu erledigen sind, oder zum Shoppen.

Warum sie vorgestern während eines dieser unerlaubten Ausflüge versucht hat, eine Schneekugel mitgehen zu lassen, in einer großen, hauptsächlich von Touristen frequentierten Trafik am Michaelerplatz, ist nicht ganz klar; ob für sich oder fürs Büro oder für Mick (am ehesten für Mick oder: um sich dem Augenblick, in dem die Temperaturen fallen, näher zu fühlen). Ebenfalls nicht ganz klar ist, warum sie sich hat erwischen lassen, idiotischerweise, ausgerechnet während der Dienstzeit.

Wieder in ihren Kleidern, den Mantel geschlossen, nahm sie das in einer wäßrigen Schneeatmosphäre stehende Riesenrad vom Bürotisch des Trafikanten, steckte es abermals in ihre Manteltasche und verließ das Hinterzimmer, ohne auf die Einwände des Trafikanten zu hören, sie solle es nicht zu weit treiben.

Am besten, sie hätte ihm zum Abschied auch die Zunge rausgestreckt. Aber das wäre wieder, denkt sie, zuviel an Vertraulichkeit gewesen.

Und draußen weiterhin die Schraffur eines Februarregens, das Knallen der Wassertropfen, die von der Dachkante auf die blechernen Fensterbretter fallen. www.zamg.ac.at: Wien, leichter Regen bei + 4°, Wind von Südwest, Böen bis 4. Fazit: Die Hoffnung, die Straßen könnten nachts zufrieren, ist ein Gedankenspiel, ein altes Eisen, das im Periodensystem der Möglichkeiten nicht mehr geführt wird. Nur Regen und vergehende Wolken. Grau. Die große Veränderung (im Leben): Nicht in Sicht.

Das neuerliche Einsetzen der Erinnerung, die nie weiter entfernt ist als ein Gedankensprung, läßt Katarina den Entschluß fassen, daß sie jetzt zur Ablenkung einen Kaffee für sich und ihren Kollegen kocht. Sie hat sich schon ein paar Strategien zurechtgelegt, wie sie sich auf andere Gedanken bringt, denn das Erinnern, wenn sie sich nicht erinnern will, erschöpft sie zusätzlich, dann ist sie am Abend schlapp und zu nichts mehr zu gebrauchen, außer zum Fernsehen und auch da nur zum Zappen. Katarina stellt dem Kollegen seine Tasse hin, die Tasse für sich selbst nimmt sie mit zum Fenster.

Sie sagt: »Ich seh etwas, was du nicht siehst, das hat zehn rote Punkte.«

Der Kollege kommt ans Fenster, aber bloß, weil er auf einen Vorwand gewartet hat, ihr an den Hintern fassen zu können, was bei ihm eine Art Tick ist. Er läßt seine Hand über die Rundungen gleiten, bevor er mehrmals, wie anerkennend, eine Handvoll von ihrem Fleisch drückt.

»Ich sehe nur abbröckelnden Verputz«, sagt er, und sie merkt, daß er sich keine Mühe gibt, sondern nur aus Höflichkeit so tut, als sondiere er die Aussicht, während ihn etwas anderes sehr viel mehr beschäftigt, unendlich viel mehr.

»Na, dann mußt du genauer hinsehen«, sagt sie.

Er legt das Kinn auf ihre linke Schulter und starrt, weiterhin die Rechte an ihrem Hintern, durch das regenschlierige Fenster in den schmucklosen, wenig geräumigen Innenhof, der das spärliche Tageslicht mit seinen algig aussehenden Vordächern aus gelbem Wellplastik halb verschluckt. Eine Putzfrau tritt aus einer Tür und schüttet einen Eimer Wasser in das Abflußgitter neben den Papiercontainern, ziemlich genau in der Mitte des Hofes. Für mehrere Sekunden sieht man Dampf aus dem Gitter steigen, den der Regen in Kniehöhe löscht.

»Vielleicht«, sagt er, »trägt die Putzfrau unter ihrem Kittel ein Kleid mit zehn roten Punkten oder eine gepunktete Unterhose.«

»Ihre Unterhose ist nichts, was ich sehen kann oder will«, erwidert Katarina.

Der Kollege küßt ihren Hals, eine Entladung am Ende

der Nervenbahnen, in den äußersten Verästelungen, im Bereich des Haaransatzes, verströmt sich über ihren Nakken, und sie denkt daran, auf einer pragmatischen Ebene, daß sie mit dem Kollegen nicht ins Gerede kommen will, weil er ein ordinärer Mensch ist, zwanghaft, mit kaputter Sexualität, ja, auch so einer. Mit der Zeit kriegt man einen Blick dafür. Außerdem: Weil von vornherein feststeht, daß sie mit ihm keinen gemeinsamen Nenner findet (aber am meisten wurmt sie, daß er nicht in sie verliebt ist, und sie nicht in ihn).

»Streng dich an«, fordert sie: »Es hat zehn rote Punkte. Du mußt dich zwischendurch anstrengen, sonst brichst du zusammen, wenn der Winter doch noch kommt. Dann kannst du das Tempo nicht halten, das mit einemmal gefragt ist, und ehe du dich versiehst, geht es dir wie mir im vorletzten Jahr und du fängst dir nach zwei Tagen den erstbesten Virus, und er wirft dich ins Bett.«

»Ich konzentriere mich«, sagt er.

»Und worauf? Darf man das wissen?«

»Auf deinen Hintern«, sagt er.

»Das ist das Falsche«, sagt sie. Und kurz darauf: »Es ist nicht da draußen, was ich sehe. Es bin ich, es sind meine Finger.«

Er nimmt ihre linke Hand, deren Nägel lackiert sind, und schiebt drei ihrer Finger in seinen Mund und unter die Zunge, und sie klammert sich an seine Vorderzähne, während er mit der Zunge über ihre oberen Fingerknöchel leckt.

»Wollen wir ficken?« fragt er.

»Ich weiß nicht, ich weiß nicht«, gibt sie zur Antwort, während der Kollege zur Tür geht und diese versperrt; zumindest sind die Zeiten vorbei, denkt Katarina, in denen sie vom Knarren der Tür auseinandergescheucht wurden.

Sie sagt: »Wenn ich nicht zu dem Konzert kommen muß, okay. Ich habe auch Wünsche, die muß ich durchsetzen, sonst ende ich als Psychokrüppel wie Kaiserin Sisi.«

Er kommt zurück und greift ihr sogleich wieder an den Hintern. Sie spürt, daß ihre Schleimhäute anschwellen.

»Das hört sich nach Erpressung an«, sagt er.

»Egal, wie es sich anhört. Weil mir in meinem Leben nichts annähernd so Trostloses vor die Augen gekommen ist wie euer Konzert im letzten Jahr.«

Er fährt ihr mit der Hand ins Haar: »Mir muß deine feine Ader für Stimmungen abgehen. Oder deine Phantasie. Wir haben beide bestimmt schon Trostloseres erlebt.«

Natürlich hat er recht.

»Aber in dem Moment, in dem ich es erlebe, und jetzt, wo ich daran denke, kommt es mir unüberbietbar vor, weil ich außerstande bin, an etwas anderes zu denken.«

Was eine glatte Lüge ist, denn sie kann sehr wohl alles vor sich sehen, mit der größten Genauigkeit, als vibriere es noch in der Luft, und nicht nur hintereinander, sondern simultan, übereinander und ineinander. Ziemlich gespenstisch. Dieses Depot, dieser Wartesaal, in dem all das überdauert, was sie lieber vergessen würde. Ihr Ex-Freund gleich neben dem Trafikanten, diesem schmierigen Arschloch, und dazu das letztjährige Konzert der Beamten-Big-Band, die wöchentlich in der Rathaus-Kantine proben darf und als Gegenleistung ein Konzert geben muß. Dreißig Musiker, ein trauriger Haufen, vor fünf Sekretärinnen, dem Portier und einigen Wachmännern, die sich mit Musik ködern lassen oder – noch schlimmer – mit Krapfen, die der Bürgermeister *persönlich* stiftet und mit denen sie sich vollstopfen, während ein übergewichtiger Straßenbahnführer im Falsett *Bad Bad Leroy Brown* singt, als betrauere er einen überfahrenen Pudel.

Katarinas Kollege spielt in der Big-Band Trompete, einer der Ochsenfrösche im rhythmischen Uuaah-uuaah. Und zum ersten Mal, seit sie miteinander Sex haben, schmusen Katarina und ihr Kollege auch anschließend, auf ihren Vorschlag hin. Hinterher verspürt sie den Wunsch, den Kollegen ins Vertrauen zu ziehen, den mißglückten Diebstahl zu beichten, nichts auszulassen, warum sie sich auf den Vorschlag eingelassen hat, und daß sie noch am selben Tag zu Hause mit einer Polaroidkamera, die seit Jahren in einem Karton in der Speisekammer gelagert war, ein paar Nacktfotos von sich gemacht hat. In ihrem Badezimmer, vor dem Waschbecken, die Kamera auf einem Stuhl mit etlichen darauf gestapelten Büchern, alle Lichter an, als würde sie von fünf Sonnen beschienen. Ich wollte wissen, würde sie sagen, was der Trafikant zu sehen bekam und sich weiterhin jeden Tag ansieht. Die Aufnahmen möglichst identisch. Nur bei einer Aufnahme hob Katarina die Hand und winkte.

Die Fotografien, insgesamt sieben, stecken im Innenfach ihrer Handtasche, die Farben blaß, die Haut zu weiß, alles sehr quadratisch und ausbalanciert, trotzdem unbeholfen, irgendwie unglücklich. Katarina schaut sich die Fotos so gut wie nie an, hätte aber, in der Vorstellung, nichts dagegen, sie herzuzeigen, darüber zu lachen und zu spüren, wie ihr das Selbstvertrauen zurückkommt und mit ihm das Gefühl, geliebt zu werden. Aber sie findet nicht die Kraft, und außerdem weiß sie, daß bei dem Kollegen das Beichtgeheimnis nicht gewahrt wäre. Und Micks Fähigkeit, Dinge, die ihn runterziehen wollen, mit dieser etwas groben Ironie zu betrachten, geht ihr ebenfalls ab: Lieber Mick, das Madel aus Wien ... Ja was? Nichts (es hat nur seine Sehnsucht nach Chicago gestillt). Aber habe ich dir erzählt, vor Weihnachten, als wir für den Rathausplatz mehrere LKW-Ladungen Schnee aus der Steiermark herbeischaffen mußten? Kinder bauten einen Schneemann, und am nächsten Tag hatte der Schneemann die Karotte und die Kohlen nicht mehr im Gesicht, sondern ein gutes Stück weiter unten. Ausdruck des weltberühmten Wiener Humors, den du unbedingt kennenlernen mußt.

Der Kollege blickt auf seine Armbanduhr, läßt sich auf seinen Stuhl fallen und fängt neuerlich, als sei nie etwas gewesen, von dem bevorstehenden Konzert an, hält einen Monolog von zehn Minuten, bis ihn Katarina einbremst: »Wenn du mir alle Arrangements für alle Abteilungen erklären willst, weck mich auf, wenn du fertig bist.«

»Sehr charmant.«

»Ja, weil ich nicht die geringste Lust habe, so zu tun, als würde mir euer Konzert das geringste bedeuten, wenn es mich deprimiert. Oder besser: demoralisiert. Demoralisieren ist mein neues Lieblingswort.«

»Ich beginne mich daran zu gewöhnen.«

»Außerdem finde ich es zum Kranklachen, den *Chattanooga Choo Choo* unter Einbeziehung einer Ukulele zu spielen, nur damit du's weißt. Ihr seid lauter Volltrottel.«

Und gleichzeitig denkt sie, da ist noch etwas, was ich nicht vergessen darf. Aber sie kommt nicht dahinter, was genau es ist. Es hat mit den Fotos zu tun. Vielleicht will sie bloß wieder erzählen, was passiert ist.

Der Kollege steht auf und verneigt sich feierlich in Katarinas Richtung. »Danke«, sagt er. Dann läßt er sich wieder auf seinen Stuhl plumpsen.

Sie streckt ihm die Zunge heraus.

Auf seine Empfehlung hat sie vor Weihnachten ein schweinisches Buch gelesen, *Portnoys Beschwerden,* in dem der Ich-Erzähler als Junge seine Mutter fragt: »Mama, glauben wir an den Winter?«

Genausogut könnte sie sich fragen: Glauben wir an das Glück?

Das Glück, von dem Freud sagt (eine Stimme, keine unbedeutende), daß es im Schöpfungsplan für den Menschen nicht vorgesehen sei.

Sie wirkt wieder ruhig und versucht, während der Kollege redet, sich das Leben vorzustellen, das Mick führt (er muß bald fünfzig sein). Unter anderem denkt sie darüber nach, ob er mit ihr flirtet oder einfach nur unterhaltsam ist, weil es für Dicke zur Geschäftssubstanz gehört, andere zum Lachen zu bringen. Aus der Distanz ist das schwer zu beurteilen.

Mick sieht ein bißchen aus wie der Typ in der Zürich-Kosmos-Werbung, der Dicke, der den schiefen Turm von Pisa umwirft. Sie traut Mick jederzeit zu, daß er weiße Bermudashorts trägt (bestimmt bringt er seinen Fotoapparat mit), und er kann auch ebenso verdattert schauen. Am Ende der Werbung läuft der Film rückwärts, der schiefe Turm von Pisa richtet sich wieder auf, und eine Stimme sagt: »Wir machen es wieder gut.«

Ob sie mit Mick schlafen wird? Es ist schwer, sich das vorzustellen angesichts seiner mindestens hundertdreißig

Kilo, und irgendwie kann sie es doch, auch wenn es ihr nicht in den Kopf geht, wie das kommt.

Und ob er Glenn Miller mag, so wie ihr Ex-Freund, dieser Daumenlutscher? Dessen Gefühle gerade einmal für seine Bequemlichkeit reichten und der ihr nach drei gemeinsamen Jahren eröffnete, daß es mit ihnen von vornherein eine halbe Sache gewesen sei, eine Sache auf Zeit, gefühlsmäßig, weil der Funke nie so recht habe überspringen wollen. Seither vermeiden sie jeden Kontakt. Das heißt, hauptsächlich geht das von ihr aus, weil sie ihm das Versprechen abgenommen hat, daß er sich nicht eher wieder bei ihr meldet, als bis er auf dem Sterbebett liegt. Sie kann und will ihn nicht sehen. Sie findet es dermaßen unverschämt und anmaßend und furchtbar demütigend, einen Menschen drei Jahre lang für sich zu blockieren, obwohl man weiß, daß man keine großen Gefühle aufbringen kann. Das zu wissen und trotzdem keinen reinen Wein einzuschenken, das ist –. Dieser Saukerl. Sie hat ihn geliebt, sie ihn, aber er nicht sie.

Und obwohl auch viel Schönes in der Beziehung war, billigt sie keiner Erinnerung den Status zu, daß sie das Erinnern wert wäre. Das Ganze und alle Einzelheiten, die in ihrem Gedächtnis verzeichnet sind, haben etwas Mitleiderregendes, und vor die Wahl gestellt, würde sie sich lieber das Fotografieren im Hinterzimmer der Trafik vergegenwärtigen, das ihr immerhin eine Anzeige erspart hat, als die Jahre mit Max.

Und den ganzen Tag keine Anrufe, die einen vom Denken abhalten. Sogar die Hausmeister haben aufgehört, ihren Anarchismus in Telefonaten mit dem Rathaus abzureagieren, indem sie nach Möglichkeiten fragen, wie sie eine Ausnahmegenehmigung von der Verpflichtung erwirken können, den Gehsteig vor dem Haus zu räumen. Oder wo die Ausgabestelle für das Streusalz ist.

Eine Stadt von Drückebergern, Kartentipplern und Zipfelspielern, denkt sie. Wien, du allein. – Meistens macht sie es so, daß sie sich die Anliegen der Hausmeister geduldig anhört und sich anschließend danach erkundigt, was es zum Essen gibt und ob sie gerne kochen und ob sie das Rezept nicht durchfaxen wollen. Sie haben kein Fax? Schade. Dann verbindet sie die Hausmeister weiter, irgendwohin, wo sie weiß, daß sie dort eins auf den Deckel kriegen.

»Gong«, sagt ihr Kollege: »Ich gehe hinunter in die Kantine. Ich habe versprochen, mich um das Stuhlen zu kümmern. Wäre sehr nett, wenn du mir helfen würdest. Wer weiß, vielleicht ist das Arrangieren von Stühlen der geeignete Weg für dich, ein Stück vom Nirwana zu erreichen.«

Er bietet ihr den Arm.

Aber Katarina bleibt an ihrem Schreibtisch sitzen, froh, nichts mehr zum Arbeiten und Zeitvertreiben erfinden zu müssen und somit auch in großzügigerer Stimmung hinsichtlich des Konzerts.

Revolutionäre schießen auf die weit sichtbaren Uhren unter den Giebeln der Bahnhöfe, um die Kreisbewegung, den sich die Zeit als Gang erwählt hat, zu stoppen. Nach der Tragödie kommt das Trauerspiel und nach dem Trauerspiel die Tragödie und so weiter und so weiter bis zur Unterbrechung durch die Komödie oder den Fasching.

Draußen versickert das letzte Tageslicht, die Wolkenschieber sind nach Hause gegangen, der Himmel ist jetzt durchgehend grau. Ein graues Klima.

Ihr Vorgesetzter behauptet, das Ausbleiben des Schnees sei eine natürliche Schwankungserscheinung. Sie selbst hingegen ist fest davon überzeugt (wie sonst kämen die Schneemassen der siebziger Jahre in ihr Gedächtnis), daß sich das Klima verändert hat und die Plusgrade auch in Zukunft reißenden Absatz finden werden und daß ihr Chef diese Änderung nur nicht zur Kenntnis nehmen will.

Da bis zum Beginn des Konzerts noch Zeit bleibt, öffnet sie die Webseite der Staatsoper und sondiert das Programm (*Salome*, *Turandot*, *Zauberflöte*). Anschließend schreibt sie ein weiteres Mail an Mick und verkündet ihm, daß seine Pläne eine unvollkommene Partitur seien, solange er nicht in Betracht ziehe, sie (Katarina, Katrin, Kati) nach Chicago zu entführen. Und wie so oft: Kaum ist das Mail weg, würde sie es gerne zurückholen. Aber dafür ist es zu spät. Also tröstet sie sich mit der Neugier auf Micks Reaktion und liest den Text nochmals, und diesmal gefällt er ihr wieder, und ein plötzliches Gefühl der Freude erfüllt sie, als erahne sie von weitem eine dieser Oasen, auf die das Leben einen zwischendurch immer wieder stoßen läßt, die Verheißung eines – wenn auch unklaren – Glücks.

Doppelte Buchführung

Der Chef hebt herablassend das Kinn, als wolle er seinen grün bekittelten Handlangern, seinen mondkalbigen Adepten eine kleine Lehre erteilen, oder besser: gestatten. Er schnippt mit den Fingern, damit alle wissen, daß im nächsten Moment das Kaninchen aus dem Zylinder springen wird. Ist natürlich kein Kaninchen, sondern lediglich die mitleidige Feststellung, daß die Dienstübergabe fällig wäre. Überfällig. Ja und? Als ob nicht alle wüßten, daß es halb fünf war. Es bleibt dabei, der Chef ist ein Volltrottel. Beziehungsweise: Ein Volltrottel wie ich, denkt Pichler; der möchte ebenfalls rasch weg, damit er nicht die ganze Strecke zu seinen Eltern im Dunkeln fahren muß. Aber wenigstens hat er noch Augen für die Kollegen, die allesamt beschäftigt sind, auch ohne den jetzt losbrechenden Herzalarm. Mein Gott, wie das plärrt. Wenn's nicht zu seinem eigenen Nachteil wäre, würde sich Pichler für den Chef freuen. Der fährt hoch – das ist die Art, wie diese Typen zusammenfahren. »Woher kommt das?« »Ambulanz.« »Was für ein Irrenhaus!« Irrenhaus? Warum fühlt sich der Chef dann nicht wie zu Hause?

Pichler läuft hinter der Schwester her, die den Notfallrucksack ansteuert, den schnappt er sich selbst, wiegt zehn

Kilogramm, wenn nicht fünfzehn. Kleines Gerangel. Er sagt: »Du glaubst wohl, du kannst mich herumschubsen, nur weil du aussiehst wie meine Ex-Frau.« »Wußte ich nicht, ehrlich.« »Sollen wir den Defibrillator mitnehmen?« »In der Ambulanz gibt es einen.« »Wird der nicht gerade gewartet?« »Nicht, daß ich wüßte.« »Ja oder nein?« Also ja. Es ist immer dasselbe, so oder schlimmer. Meistens schlimmer. Nur in Fernsehserien läuft es geordnet ab, in Wirklichkeit herrscht Chaos von Anfang an.

»Wer kommt mit?« »Ich bin am Füttern.« »Mein Puls darf nicht über hundert, ich habe ein frisches Zahnimplantat.« »Ich warte auf das Neugeborene, das aus dem OP gebracht wird.« »Lassen wir den Defibrillator hier?« »Oder doch nicht?« »Pulsoximeter?« »Ja, plus Notfallmedikamente.« »Habt ihr euch geeinigt?« »Ich möchte auch mit!« ruft eine junge Schwester; die ist neu. »Ich werde wohl müssen«, sagt der Chef, er tut aber niemandem leid.

Also hinaus, in voller Kriegsbemalung, der Rucksack ist ziemlich schwer, überall Türen, die genauso leicht zurückschlagen, wie sie aufspringen, Treppen, Hallen, das Haus bringt einen allein durch seine schiere Größe um, weiße Wände, weiße Gestalten, weiße Konturen, Flächen, Räume, ineinandergeschoben wie Packeis. Die Türen des Ganges rumpeln durch Pichlers Augenwinkel. Hinein in die Ambulanz. Wo ist der Patient? Aha. Auf der Liege. Ein Pfleger bebeutelt, ein Kollege macht Herzdruckmassage. Wieviel wiegt so ein Kerlchen? Die Eltern starren nur. Fünfunddreißig Kilogramm – schätzungsweise. Ich im gleichen Alter? Fünfzig. Die Ambulanzschwester macht Anstalten, eine Ampulle aufzubrechen, und weil sie sich hinten und vorne nicht auskennt, sagt sie: »Der Bub ist in der Aufnahme zusammengebrochen. Ich kann nichts dafür.« Noch größeres Chaos, denkt Pichler, die sind nicht gerade hilflos, aber einigermaßen überfordert und froh, daß die Intensivabteilung das Kommando übernimmt. »Das will ich hoffen, daß du nichts dafür kannst.« Du machst dies, du machst das. »Pulsoximeter installieren.« Die Ambulanzschwester angelt sich das Gerät, es gibt Alarm, alle Geräte geben Alarm. »Herr Oberarzt, es liest keine Sauerstoffsättigung ab! Es liest keine Sauerstoffsättigung ab!« »Herrgott, wie soll es ablesen, der Patient ist zentralisiert, er hat peripher keine Durchblutung.« »Das Gerät liest nicht ab«, wiederholt die Ambulanzschwester. »Weil es nicht ablesen kann!« schnauzt der Chef, ziemlich scharf, ziemlich laut, eindeutig zu laut, es sei denn, das ist Teil der Reanimation. (Nicht sehr wissenschaftlich, Herr Kollege!) Und dann zu Pichler, wieder ruhig, na ja, diese krummen Brauen, diesen mehr abfälligen als verwunderten Blick kennt Pichler zur Genüge: »Man braucht bei Notfällen so viele Leute, weil die Hälfte immer etwas Sinnloses macht … Okay, wir intubieren.«

Also rollt der Tag weiter, in diesem Niemandsland, in der Warteschleife zum Wochenende, zwischen eigentlich schon Feierabend und einem Zwölfjährigen, dem man noch rasch das Leben schuldet (nicht schuldet, aber in gewisser Weise schuldig ist). Eine Schwester schiebt die Eltern Richtung Tür. Die Mutter hebt im Vorbeigehen das weiße Unterhemd, das ihrem Sohn vom Körper weggeschnitten wurde, vom Fußboden auf. Sie legt den Fetzen zu anderen Kleidungsstücken über ihrem Arm. Im Hinausgehen sagt die Schwester: »Ich weiß, das ist jetzt alles ein wenig …«

Eigentlich ohne Zusammenhang. Seltsam, wie wenig oft das, was man tut, mit dem, was einem durch den Kopf geht, zusammenhängt. Und ausgerechnet bis zum Überdruß gedachte Gedanken ein weiteres Mal denken, daß er und sein Vater sich nichts mehr zu sagen haben, und dann als Draufgabe solche Sätze, die sich in Pichlers Gedächtnis eingegraben haben wie Wurmfraß:

Wozu taugen Wurzeln, wenn man sie nicht mitnehmen kann.

Er löst den Kollegen bei der Herzdruckmassage ab. Die Sache riecht gewaltig nach Überstunden. Er schnaubt durch die Nase, halb Ansporn, halb Ärger, es geht ihm nicht anders als allen Menschen, nicht anders als dem Patienten: Er hat seine Zeit nicht gestohlen. Er sieht sich zu seinem Wagen laufen, er sieht sich die anderthalb Stunden zu seinen Eltern fahren, anderthalb Stunden, Zeit genug, in einen Zustand völliger Entmutigung zu gelangen. Bei der Ankunft wird ihm übel sein von den Kurven und den Scheinwerfern. Er sieht sich die Gartenpforte öffnen, er ahnt die Gefühle, die vom Quietschen der Scharniere wachgerufen werden. Er legt sich ins Bett, das elf Tage leer war, das Leintuch fühlt sich feucht an, ist aber zweifellos nur kalt. Das ganze Haus ist kalt. Er sieht sich bei Morgengrauen seine Blitzgärtnerei beginnen, fauliges Obst liegt in Mengen am Boden, weil die Bäume seit Jahren nicht mehr gespritzt werden. Das Messer des Rasenmähers sollte geschliffen werden. Er sieht seinen Vater in den Garten treten. Er sieht sich als Kind in demselben Garten. Es ist der Moment, als er reglos mit seinen dicken Armen an der Teppichstange hängt und sein Vater ihn von hinten anspricht.

Vor einigen Wochen hat er es (will man's Zwischenfall nennen?) einer Kollegin erzählt. Seither denkt er täglich daran, etwas, das er längst für abgehakt gehalten hatte, das aber – seit es ihm wieder eingefallen ist – neue Bedeutung gewinnt.

Er sieht alles mit größter Genauigkeit.

Als die Wunderkatze durch die Hecke kam, Teile von Bandwürmern hochwürgte und in ein Blumenbeet spie.

Der Chef schlüpft in Wegwerfhandschuhe. »Jetzt laß mich«, sagt er zum Pfleger, der beatmet. »Ich brauch was zum Absaugen.« Die Ambulanzschwester dreht das Gerät auf. »Einen Absaugkatheter, bitte.« Die Intensivschwester reicht das Verlangte. Man ahnt etwas. Es kommt, wie es immer kommt. »Verdammt, der paßt nicht! Wo habt ihr eure eigenen Katheter?« Die Ambulanzschwester wirr: »Ich hole einen.« Sie läuft hinaus. Der Chef probiert nochmals den Katheter, den er bereits in der Hand hält, jetzt paßt er plötzlich. Aber wenigstens ist die Ambulanzschwester beschäftigt und steht nicht orientierungslos herum. »Kann passieren«, sagt der Chef. Er beginnt zu saugen. Die Intensivschwester reicht ihm das Laryngoskop. Er nimmt es in die linke Hand, macht dem Patienten mit der rechten Hand den Mund auf, schiebt das Laryngoskop in den Mund, überstreckt dem Patienten den Kopf, damit die Stimmritze sichtbar wird. Er zieht am Laryngoskop, macht Falten zwischen den Brauen, weil er nicht gut sieht. Die Schwester drückt auf den Kehlkopf. »Ja, besser, okay, den Tubus bitte.« Die Schwester reicht den Tubus. Der Chef schiebt den Tubus dem Patienten in den Rachen, zieht das Laryngoskop heraus, hebt gleichzeitig den Tubus an. Nimmt den Tubus in die andere Hand, entfernt den Führungsdraht. Gleichzeitig montiert die Schwester einen Beatmungsbeutel, blockt mit einer Spritze, gibt dem Arzt den Beutel. Er beginnt zu pumpen. Dann fixiert die Schwester den Tubus mit roten Pflastern. »Bitte ein Stethoskop.« Der Chef kontrolliert, ob die Lunge auf beiden Seiten belüftet ist. Er sagt (zum wievielten Mal?): »Franz Josef Strauß wurde in den Magen intubiert. Exitus. Jetzt den Defibrillator.« Das Gerät wird eingeschaltet, ein melodisch piepsendes Geräusch. Pichler unterbricht die Herzdruckmassage. Er nimmt die Paddels an den Griffen. Er legt die Paddels an, rechts oben, links am Herz unten, ein Blick auf den Monitor: »Kammerflimmern.« Hohe spitze Ausschläge, unsymmetrische Wellen. Chef: »Wieviel Joule pro Kilo?« Die Schwester legt eine Schutzfolie auf die Brust des Buben. »Alle weg! Achtung!« sagt Pichler, der das Gerät eingestellt hat. Er selbst? Im gleichen Alter – fünfzehn Kilo mehr. Er drückt die Paddels mit gestreckten Armen gegen den Brustkorb des Buben, dreht den Kopf zur Seite. Ein niederfrequentes Knacken. Ein Zucken geht durch den Körper. Blick auf den Monitor. »Kammerflimmern.« Pichler brennt ein zweites Mal. Die Schwester spritzt Suprarenin. Der Chef: »Halt die Paddels drauf. Defibrillieren!« Zur Schwester: »Suprarenin! Nochmals Suprarenin. Defibrillieren! Paddels drauf.« Monitor. »Gut. Stark bradykard, Frequenz 30.« »Okay, ja, nein, doch, okay, wir machen weiter.«

Die Ambulanzschwester kehrt zurück, mit ausgebreiteten Armen, im Gesicht der verzweifelte Ausdruck einer erfolglosen Mission.

Abermals ist Pichler wie blind und taub, nachdem er mit beiden Knien auf die Liege gestiegen ist und den

Rhythmus von vorhin wieder aufgenommen hat, unter ihm ein junger nachgiebiger Brustkorb, gegen den er sich stemmt mit seinem ganzen Gewicht, Stoß um Stoß, er spürt jeden Stoß, im Takt der Zeit, die vorübergeht, im Takt des unversöhnlichen Hasses des Lebens gegen das Leben, in den Armgelenken, in den Schultern, und wieder ein Stoß, er spürt ihn, und er hört keine Maschinen, er selbst ist eine Maschine, er sieht den Buben über eine Wiese laufen, als laufe er etwas entgegen und nicht vor etwas davon, mit großen Sprüngen, während er selbst, ein übergewichtiger Zwölfjähriger, regungslos an der Teppichstange hängt, hinter ihm die sachliche Stimme des Vaters, die sagt:

»Ich gebe dir fünfzig Schilling, wenn du einen Klimmzug schaffst.«

Herzschläge, die in der Zeit verschwinden, als würde man einen Stein in einen Brunnen werfen, und das Geräusch bleibt aus.

Haben Sie's nicht gehört? Alle blickten zu ihr. Der Tod schlich sich heran, schattenlos kam er durchs hohe Gras gekrochen.

Ein Tag im November, ein Tag wie jeder andere, eher warm, zumindest nicht kalt, zweifellos roch es nach Laub und aufziehendem Nebel. Die Katze kam über den Rasen, von der Auffahrt der Nachbarn hörte man das Trappeln der Mädchenschuhe beim Gummihüpfen oder das Sausen des Federballs in der Luft. Von fern das Rauschen fahrender Autos. Die siebziger Jahre auf dem Land. Im Rücken die Stimme des Vaters, als das Kind an der Teppichstange hängt, zu schwer, um das Schwergewicht seiner jungen Jahre in ein anderes Leben zu hieven, als läge, wenn es gelänge, das Kinn über die Stange zu heben, hinter der Stange eine andere Welt, in die das Kind dann entlassen würde.

Er hatte die Suppe aufgegessen, er hatte die Knödel aufgegessen, er hatte den Pudding aufgegessen, und nachdem er den Pudding aufgegessen hatte, war er in den Garten gegangen. Dort stand er (er stand dort oft), spielte in seinen Hosentaschen mit Zuckerln, die er sich aufgespart hatte, und versuchte mit Schmatzgeräuschen die Katze anzulocken. Aus dem Nachbarsgarten das Sausen des Federballs in der Luft.

Einmal hatte der Vater etwas zu ihm gesagt, was ihm gefallen hatte. Wenn es der Vater heute noch einmal sagen würde? Nein, es war etwas anderes gewesen, was der Vater gesagt hatte.

Die Ambulanzschwester springt wieder her: »Wie heißt der Patient überhaupt? Ist er schon administriert?« »Hol die Informationen bei den Eltern.« Kleine Pause. Der Chef tastet den Puls. »Kein Puls. Wir machen weiter.« Er ruft der Ambulanzschwester hinterher: »Gib auf der Intensivstation Bescheid, daß wir hinaufkommen.« Okay. »Wir brauchen alle Hände.« Einer muß den Defibrillator tragen. Die Intensivschwester kümmert sich darum, daß der Notfallrucksack wieder eingeräumt und zugewürgt wird. Das Pulsoximeter wird dem Patienten zwischen die Füße gestellt. Pichler gibt die Herzdruckmassage an den Chef ab. Ist ganz schön anstrengend. Einer bebeutelt. Die, die mit der Reanimation angefangen haben, schieben vorne und hinten. Jemand ruft: »Hältst du den Tubus?« Das ist die größte Sorge: Daß der Tubus herausgeht. Schieben. Herzdruckmassage. Bebeuteln. Pichler springt vorneweg, um die Tür zu öffnen. Draußen die Eltern mit geweiteten Augen. Kurzer Blick des Chefs. »Lassen Sie uns ... durch ...« Pichler bleibt stehen. Er klopft mit den Händen an die Seiten seines grünen Kittels. Er sagt: »Wir gehen auf die Intensivstation. Wir kümmern uns.« Ein Mann, eine Frau. Die beiden sehen ihn an, ganz so, als wäre er die Antwort auf ihre Gebete. In ungläubiger Bestürzung, ungläubiger Verstörung, es ist, als wollten sie sagen: Für euch ist es ein leichtes, uns den Buben zurückzugeben, ihn herzugeben wäre für uns sehr schwer. Die Frau heult auf, fast stumm, mit weit aufgerissenem Mund, Pichler muß an den Mundwinkel ihres Sohnes denken, der beim Intubieren eingerissen ist. Sie beugt sich vor, zurück, vor, zurück. Wie beim Federball. Man muß ihr etwas geben, denkt er, bevor auch sie zusammenbricht. »Wir tun, was wir können.« Die Mutter schluchzt, jetzt leise, unrhythmisch, vielleicht in einem Rhythmus, der sich Pichler nicht erschließt. Der Mann umarmt sie, er streicht ihr übers Haar. Er sagt, er sagt es mit gepreßter Stimme: »Ist er tot?« Das Wort wie etwas schanzenartig Rundes und Rutschiges, das am Anfang höher ist als am Ende. *Tot.* »Wir machen, was wir können.« »Mein Gott, mein Gott«, die Mutter, ganz erschöpft. Andere Stimmen. Geruch von Salben, Parfum, Kaffee. Leute, die sich neugierig in der von Krankheit und Leiden verdickten Luft bewegen. »Er ist der beste Sohn auf der Welt«, sagt der Vater. »Sie können gleich hinaufkommen, dort wird jemand ausführlicher mit Ihnen reden.« Pichler hastet den Gang hinunter Richtung Lift, er holt den Pulk ein. »Hast du den Liftschlüssel?« »Nein, den haben wir vergessen.« Er drängt sich durch einige Gaffer. Es ist, als sähen die Leute die

Geier kreisen. Er muß daran denken, daß in den USA, wenn an einer Gaspipeline ein Leck auftritt, Aasgeruch eingeleitet wird, um das Leck zu orten. Das Leck ist dort, wo die Geier kreisen. Die Metalltüren fahren auseinander. Zwei Mütter stehen drinnen, die wollen eine rauchen gehen. Sie ziehen seltsame Gesichter, die Mimik schaltet auf Anteilnahme, doch dahinter bleibt die Neugier sichtbar. »Würden Sie bitte den Lift freimachen.« »Raus aus dem Lift, ein bißchen flott!« Warum machen sie es nicht von selbst? Immer Chaos. Die Liege ist zu lang. Der am Kopfende muß zur Seite schlüpfen. Die Türen schließen sich. Der Lift fährt hoch. Die Stationstür ist offen, man weiß, da kommt etwas, und durch, und Türe zu. Hier ist es ruhiger. Hier ist Notfall Alltag.

Man war abgelenkt, man meint, man denke längst an etwas anderes, dabei denkt man noch immer an dasselbe und bildet sich nur ein, es habe mit dem davor nichts zu tun.

Das davor? Was ist mit dem davor? Wohin kommen die Gedanken, nachdem sie gedacht worden sind? Was ist mit ihnen? Verschwinden sie einfach? Pichler stellt sich vor, sie verschwinden nicht einfach.

Was wiegt so ein Bürschlein? Fünfunddreißig Kilogramm.

»Nehmen wir ihn mit oder ohne Leintuch?« »Nehmen wir ihn so.« Die Liege wird an das Intensivbett geschoben, die zwei aus der Ambulanz, die mitgekommen sind, nehmen den Buben unter Schulter und Oberkörper. Der Chef hält den Kopf, er bebeutelt. Pichler fährt unter Gesäß und Knie, die anderen im grünen Kittel gehen mit einem Knie aufs Bett, um einen Hexenschuß zu vermeiden, sie greifen ebenfalls. »Nimmst du den Kopf?« »Hast du den Tubus?« »Okay, eins, zwo.« Da liegt er. Zwei grüne Schwestern zerren die Hose weg, die Unterhose weg, präpubertär, keine Schamhaare, ein schmaler Bub, sehr hellhäutig, blond, mit mehreren Wirbeln im Haar, weiß aufblitzende Narben darin. Pichler übernimmt die Herzdruckmassage, der Chef dreht sich um, er schaut, ob die Beatmungsmaschine eingestellt ist. Fünfunddreißig Kilogramm. Bildschirm, Flatscreen. Er tippt, bestätigt, hängt die Beatmungsschläuche an. Klammer an einen Finger für das Pulsoximeter. Keine Veränderung: Bradykard, Herzfrequenz unter 50, arhythmisch. »Weitermachen.« Zwischendurch: »Aha, Frequenz 70.« Aber (ein ganz erhebliches Aber) nur für kurz, sehr kurz, das Herz wird wieder langsamer. »Weitermachen.« Der Chef zieht einen Taschenrechner, er tippt, er schreibt in eine leere Kurve.

Er denkt an das Hochgewitter am Großen Wiesbachhorn, als die Wanderpickel, die sie zu Ostern bekommen hatten, infolge der elektrischen Spannung surrten. Pichler legte seinen Pickel weg, auch seine Schwester legte ihren Pickel weg, das Eisen, sagte die Mutter, ziehe die Blitze an. Aber da surrte noch immer etwas. Es kam von den Steigeisen, die der Vater an den Füßen hatte. Die Blitze zuckten von mehreren Seiten. »Zieh deine Steigeisen aus«, sagte die Mutter, »es ist gefährlich.« Aber der Vater ließ sich nicht abschrecken. Er schaute herausfordernd und weigerte sich. Er setzte den Abstieg fort; die Pickel der Kinder blieben liegen. Pichler weiß noch, daß seine Schwester eine Stunde später trotz des Regens auf den Schultern des Vaters einschlief. Er beneidete sie.

Erstaunlich, wie nachgiebig der Brustkorb eines Zwölfjährigen ist, die Knochen werden erst mit den Jahren härter, man kann es am eigenen Leib an den Zehennägeln feststellen, sie sind dick und hart geworden. Im Kopf hat man auch schon flexiblere Zeiten erlebt.

Der Schmerz wird neu, es wiederholt die Klage / Des Lebens labyrinthisch irren Lauf.

Die Herzdruckmassage übernimmt eine Kollegin, die ausgeruht ist, die mit dem frischen Zahnimplantat, deren Puls nicht über hundert steigen soll. Weitere Zugänge werden gelegt. Pichler hantiert für die Blutdruckmessung an der Innenseite des linken Handgelenks des Patienten. Der Bub hat eine Warze am Daumenballen, Pichler verspürt ein Gefühl der Verbundenheit (auch so einer aus dieser unglücklichen Bruderschaft). Pichler tastet den Puls. Er sticht. Das ist schwierig, er ärgert sich, es klappt nicht auf Anhieb. Er überspannt das Handgelenk, putzt mit Tupfer, sticht Richtung Arterie, trifft nicht, zieht wieder heraus, sticht nochmals, wieder nichts, wieder nichts. Er denkt: Ja, gibt's denn das? Ich taste doch hier den Puls! Dann endlich Blut. Jetzt die Kanüle nach vorn. »Was ist, hast du jetzt bald die Arterie?« Er trifft auf Widerstand, es gelingt ihm nicht, die Kanüle nach vorn zu schieben. Eine Schwester reicht etwas zum Spülen. Dann geht es auf einmal, der Widerstand ist weg. Als es geschafft ist, lächelt Pichler. Er freut sich. Er sagt zur Schwester: »Blut abnehmen.«

Zwanzig Minuten, das sind zwanzig mal sechzig Sekunden. Zweitausend Herzkompressionen unter Reanimation. Der halbtote Bub unter Pichler ist nicht der einzige, für den Zeit vergangen ist. Etwas Erschreckendes ist daran. Pichler weiß im Moment nur nicht was.

Einem selbst kann eine Zeitspanne lange vorkommen oder kurz, weil man ganz in Gedanken war. Für den Patienten hingegen zählt nur das kontinuierliche Ticken der objektiven Zeit. Das Leben geht weiter, obladi, oblada, eine Woche, ein Monat, ein Jahr. Stromausfall. Dunkelheit. Stille.

Er klinkt sich wieder in die Herzdruckmassage ein. Sogleich geht die Kollegin hinüber zum Waschbecken, spuckt aus, um zu sehen, ob Blut kommt. »Wenn's in den Zement hineinblutet, ist alles futsch, und die Prozedur geht von vorne los.« Eine der Schwestern meldet vom Telefon: »In zwei Minuten kommt das Röntgen. Die wollen wissen, ob wir es noch brauchen?« »Noch haben wir den Patienten nicht aufgegeben«, sagt der Chef.

Das Gesagte berührt den Patienten ebensowenig, wie es das Kind im Nachbarbett berührt. Sowenig wie das Umspringen der Ampel vor dem Krankenhaus. Zwölf Jahre alt. Fünfunddreißig Kilogramm. Der Bub träumt den Traum seines Lebens in den Raum seines Todes hinein, auf einem harten Bett, mit gefurchter Stirn, er träumt bei sich, erzählt sich eine Geschichte über das Fürchten, als es noch geholfen hat.

Vom Nachbarbett schaut zwischen den Gittern neugierig ein Kind herüber, 22 Monate alt, Trisomie 21, blaß (wie immer), blonde, zarte Haare, Mondgesicht. Es hat einen Kopfverband, der mit einem über den Kopf gezogenen schlauchförmigen Gummigeflecht fixiert ist. Das Gesicht wurde ausgeschnitten. Trotzdem zerrt das Kind zur Beunruhigung aller immer wieder am Verband. Es lacht laut, wenn jemand zu ihm hinschaut. Es versucht sich am Gitter des Bettes aufzurichten, das gelingt ihm nicht. Der von Schmerzmitteln schwere Kopf kracht gegen das Gitter. Alle erschrecken. Das war jetzt ganz schön laut.

Pichler ist zu Hause, er hat die Stirn an die Fensterscheibe gelehnt, er betrachtet den Wind, der die Bäume bewegt. Er sieht den Garten, wie der Garten vor einigen Jahren war, dreißig Obstbäume, ein Gemüsegarten, Beete für die Erdbeeren mit Stroh gegen die Schnecken. Er sieht die Hügel im Süden, wo ein Gewitter das Murren des Vaters (hinter ihm, immer hinter ihm) als Grollen erwidert. Das Rot im Westen stockt, wird flockig, geht in Rost über. Für einen Augenblick ist blauer Glanz in den Schatten. Zwei Meisen blitzen in knapper Reihenfolge durch den Vorgarten, sie wechseln den Baum. Dann schlüpft das Blau mit einem plötzlichen Satz durch den Katzenwinkel ins Gartenhaus, und das Grau der Schatten ist ohne Glanz. Der Vater sagt: »Du brauchst dein Erbe jetzt ohnehin nicht, und die Vroni will bauen. Daher bekommst du das Haus. Dir kann es ja egal sein, daß es erst in fünfzehn Jahren verfügbar sein wird.«

Das Familienleben gehört in dieselbe Kategorie wie Winter und Krieg, es steckt voller Gefahren. Pichler hat sich in etwas hineinreiten lassen. Offenbar (ja, offenbar) hat es sein familiäres Gespür in vierzig Jahren nicht gelernt, die Falschmünzerei im Haus zu erkennen. Seine Schwester hat nie gebaut und denkt auch nicht daran. Sie wohnt jetzt im Nachbarort in einer Mietwohnung, sie rührt keinen Finger. Pichler fährt alle zwei Wochen zu seinen Eltern, hundertzwanzig Kilometer, er kümmert sich um alles. Sein Vater schleppt einen Stuhl von einer Ecke in die andere – immer dorthin, von wo er den Arbeiten des Sohnes zusehen kann. Manchmal sperrt sich Pichler im

Gartenhaus ein. Es riecht nach rostigem Werkzeug, nach Rasenmäherbenzin, nach Schweiß, der in seit Jahren nicht mehr gewaschenen Arbeitsmänteln aufblüht. Er kann kein Grün mehr sehen. Außer im Spital.

Der Patient wird hochgehievt. Eine Röntgenplatte wird unter seinen Rücken gelegt. Der Patient bekommt einen Gonadenschutz. Man knickt den Röntgenarm über seine Brust. Rasch werden röntgendichte Stellwände herangefahren, eine wird vor das Bett der Patientin mit Trisomie 21 geschoben. Das kleine Mädchen freut sich, sie bekommt Aufmerksamkeit, denn drei Leute stellen sich zu ihr ans Bett, um dort ebenfalls geschützt zu sein. »Achtung Röntgen!« Das bekannte Geräusch: »Tut, tut, tut … tut.« Das letzte, abgesetzte Tut sagt, daß es vorbei ist. Alle zurück auf Gefechtsstation. Sie kommen hinter den Schutzwänden hervor, und weil die kleine Patientin wieder allein ist und wegen der röntgendichten Stellwand vom Geschehen nichts mehr zu sehen bekommt, ist sie empört und schreit auf. Sie schreit nochmals. Sie beginnt zu weinen. Also wird die Metallwand beiseite geschoben. »Wenn sie unbedingt zuschauen will, soll sie halt zuschauen.« Pichler blickt das Mädchen an. Es lacht. Pichler nimmt einen Schluck aus der auf einem Rollwagen stehenden Wasserflasche, um seinen trockenen Mund anzufeuchten. Er denkt: Es ist ein Wahnsinn, was ich zusammenschwitze.

Jetzt, da er sich an den dicken Buben erinnert, der in den Garten ging, um für sich zu sein, der mit seinen Armen an der Teppichstange hing, nur so, unbestimmt wartend, bevor hinter ihm eine Stimme sagte –.

Beim Tod des Vaters wird Pichler erleichtert sein. Er

wird nicht heucheln. Auch alle anderen – außer vielleicht seiner Mutter – werden erleichtert sein, es aber nicht zugeben. Er hingegen wird ehrlich sagen, daß er froh ist, froh, daß zu dem, was er mit seinem Vater erlebt hat, nichts Neues hinzukommt.

Die Herzdruckmassage wird von der Kollegin mit dem frischen Zahnimplantat fortgesetzt. Pichler beginnt, dem Patienten einen Blasenkatheter zu legen. Er schlüpft in sterile Handschuhe. Eine Schwester hat alles vorbereitet. Sie reicht ein steriles weißes Tuch, legt es dem Buben über den Schoß, die Schwester hebt das Genital des Patienten an, schiebt das weiße Tuch darunter, legt das Genital darauf. Pichler nimmt den Penis in die linke Hand, schiebt die Vorhaut zurück, damit er die Öffnung in der Eichel sieht. Die Schwester hat ihm mittlerweile eine sterile Nierenschale aus Metall auf ein steriles Tuch ans Bett gestellt. Sie reißt sterile Tupfer auf. Pichler nimmt die Tupfer aus der Plastikverpackung und wirft sie in die Nierenschale. Die Schwester schüttet Desinfektionsmittel über die Tupfer. Sie reißt die Verpackung eines Katheters auf, Pichler greift danach, legt ihn ebenfalls auf das Tuch. Die Schwester läßt eine Tube mit Gleitgel aus der Verpackung neben den Katheter fallen. Pichler putzt mit den Tupfern dreimal den Penis. Er bricht die Geltube auf, preßt das Gel über die Katheterspitze, er nimmt den Katheter in die rechte Hand, stellt den Penis mit der linken Hand auf und schiebt den Katheter in die Öffnung der Harnröhre. Die ersten fünfzehn Zentimer gehen leicht, dann kommt die Prostata, hier wird es eng. Pichler zieht den Penis kräftig hoch, was den Widerstand zu überwinden hilft. Jetzt geht es. Er schiebt den Katheter ziemlich weit hinein. Es kommt gelb. Die Schwester blockt den Ballon, der an der Katheterinnenspitze sitzt. Sie reicht den Verbindungsschlauch zum Beutel. Pichler fixiert alles. Dann schnalzt er sich die Handschuhe von den Fingern und löst die Kollegin am Brustkorb ab. Sie tritt zur Seite, wankend, wie seekrank, sie geht abermals zum Waschbecken und spuckt aus, um zu sehen, ob Blut kommt. »Ich hätte mir freinehmen sollen«, sagt sie. Eine Schwester tröstet: »Denk dran, vor nicht einmal hundert Jahren war jede eitrige Zahngeschichte eine Sache auf Leben und Tod.«

Während das alles in seinen Gedanken vorbeischwebt, leicht und ohne ihn sonderlich zu drücken. Das ist der Vorteil bei der Arbeit, man kann seine Gedanken besser ertragen, sie schweben vorbei. Die Schwestern schweben vorbei. Die Tage schweben vorbei.

Wenn er seinen Vater mit einem Satz charakterisieren müßte, würde er sagen: Das ist einer, der seinen Teller aufputzt, bis er glänzt.

Der Vater ist einundachtzig Jahre alt, schaut aber aus wie einundneunzig. Eine heisere Stimme, ein Kranz weißer Haare, die in flaumigen Federbüscheln zur Seite stehen. Im Alter dünn gewordene Lippen. Sehr blaue, wäßrige Augen. Der Atem säuerlich wie ein Hartkäse, der seit Tagen an der Sonne liegt. Seit fünf Wochen hat der Vater einen Schwerbehindertenausweis. Im Bescheid steht: 1. Durchblutungsstörungen des Herzens und der Beine. 2. Chronische Emphysembronchitis. 3. Verdauungsstörungen nach Gallenblasenoperation. 4. Depressive Verstimmung (glaubt der Vater selbst nicht, wie er sagt). Zu jammern gibt es trotzdem genug. Pichler hört es sich an, aber er kennt seinen Vater schon länger als seit gestern. Zum

Beispiel, als Pichlers Ehe in die Brüche ging. Pichler war wochenlang in einer miserablen Verfassung, und das einzige, was dem Vater dazu einfiel, war: »Du mußt härter werden.«

Wenn der Vater jammert, sagt Pichler irgendwann: »Papa, du mußt härter werden.«

Der Kardiologe schiebt ein Echokardiographiegerät auf die Station, ein unhandliches, großes Gerät auf vier Rädern. Er schaltet es ein. Es braucht eine Zeitlang, bis es hochgefahren ist, zwei oder drei Minuten. Das Mädchen im Nachbarbett lacht, wenn das Gerät piepsende Geräusche von sich gibt. Zwischendurch faßt das Kind an die Gitterstäbe und rüttelt, um mehr Aufmerksamkeit zu bekommen. Eine Schwester geht hin und zieht dem Kind die Spieluhr auf. *Alle Jahre wieder.* »Habt ihr nichts jahreszeitlich Angepaßtes? Das Kind kommt noch ganz durcheinander«, sagt der Kardiologe. »Andere Sorgen hast du nicht«, sagt der Chef. Der Kardiologe drückt aus einer Tube Gel auf den Schallkopf. Als der Patient zeitweise eine Frequenz von fast 50 hat, hält der Kardiologe rasch den Schallkopf auf seinen Brustkorb. Er bewegt den Schallkopf, ohne auf den Patienten zu blicken. Seine Aufmerksamkeit gilt den auf dem Bildschirm gezeigten Strukturen und der Schilderung des Vorgefallenen. »Der Patient soll etwas wie einen grippalen Infekt gehabt haben. Bei seiner Ankunft blaß, kaltschweißig, tachykard, dyspnoisch. Unmittelbar nach der Ankunft Atemstillstand, kein tastbarer Puls. Im EKG Kammerflimmern. Nach dreimal Defibrillieren Übergang in bradykarden Rhythmus.« »Herzenzyme?« »Sind schon verschickt, aber noch kein Befund.« »Okay.« Die Blicke des Kardiologen tasten routiniert die Krankenakte ab, sein Gehirn übersetzt das Aufgezeichnete in ein System aus Ursache, Wirkung, Wahrscheinlichkeit. Mit Tintenstift gezeichnete Daten, Aussagen über die Zukunft. Ein Zwölfjähriger, fünfunddreißig Kilogramm. Ein ramponiertes Herz. »Könnte eine Myokarditis sein. Kardiomyopathie.« Der Kardiologe schaltet sein Gerät aus, er hängt den Schallkopf zurück in die Halterung. Er nimmt eine Stoffwindel und putzt dem Patienten mit der Stoffwindel das Gel von der Brust. Er kriecht hinter das Gerät, um es abzustecken. Er fragt, ob das Gerät noch gebraucht wird. »Lassen wir es stehen.« »Hat schon jemand mit den Eltern geredet?« fragt er beiläufig, aber allen ist klar, er will zum Ausdruck bringen: Der Patient gehört mir, das ist mein Patient, er hat ein Herzproblem. – Der Chef schwitzt, man merkt, er will den Patienten nicht ohne weiteres hergeben. »Ich kenne die Eltern ja schon. Ich rede mit ihnen.« Und damit ihm der Kardiologe nicht zuvorkommt, verschwindet er hinaus auf den Gang.

Wie wenig ist die erste Stunde des ersten Schöpfungstages im Vergleich zur letzten Stunde eines letzten Lebenstages.

Da die Herzfrequenz wieder abfällt, übernehmen die Schwestern die Herzdruckmassage. Alle anderen spüren schon, daß sie den Brustkorb des Patienten nicht mehr so weit nach unten drücken können wie am Anfang. Pichler tun die Handgelenke weh. Die Wärme auf der Station, die er normalerweise als wohltuend empfindet, macht ihm zu schaffen, Schweiß tropft ihm aus den Achselhöhlen an den Seiten hinunter auf die Speckringe am Bauch. Er greift nach der Wasserflasche. Mit der Flasche in der Hand tritt er zu dem großen Fenster hinter dem Bett des kleinen

Mädchens. Als er vorbeigeht, rüttelt das Kind an den Gitterstäben, doch Pichler schenkt den Faxen keine Beachtung. Er starrt ins Freie, er versucht, nach Möglichkeit nicht sich selbst zu sehen. Ihm wird bewußt, wie dunkel es schon ist. Er wird die Fahrt – das kränkt ihn – schon wieder im Finstern antreten müssen.

Das Schwere ist, daß der Mensch Gefühle nicht nur hat, sondern auch weiß, daß es Gefühle sind, und daß er diese Gefühle in ein Verhältnis setzt zur Vergangenheit, zu gewissen Dingen, die irgendwann vorgefallen sind. Sie sind Teil des Tages, aber doch lebensfähiger als ein Moment, weniger gebunden an die Zeit der Uhren. Man empfindet auch, wenn man an etwas denkt, das Jahre zurückliegt.

Er dreht sich zurück zur Station. Wenn nicht bald entschieden wird aufzuhören, muß endlich ein zentraler Zugang gelegt werden. Neben vielen anderen Problemen wirken sich vor allem die peripheren Zugänge ungünstig aus. Das größte Problem: Der Sekundenzeiger – der trottet stur voran. Zeit vergeht. Schlimmer: Zeit ist vergangen, fünfzig Minuten, die sich auf eine so unwirkliche Weise ereignet haben, daß man das Unwirkliche daran fast gar nicht spürt.

Die Spieluhr wird aufgezogen. *Alle Jahre wieder.* Das dauert zum Glück immer nur ein bis zwei Minuten. Noch einmal klimpert das Liedchen über die Walze. Wenn man's genau nimmt, der Kardiologe hat recht, es stimmt, das arme Kind kommt noch ganz durcheinander. Die Schwester geht weg, wenig später kommt sie mit der Flasche zurück. Das Gitter wird hinuntergeschoben, das Kind herausgenommen. Die Schwester setzt sich in einen

Liegestuhl, der zum Stillen gedacht ist. Sie stellt ihre Füße auf ein Stockerl, nimmt die Kleine auf den Schoß. Sie sagt »Hase« zu dem Kind. Es freut sich und trinkt. Zwischendurch holt es tief Luft.

Die aktuellen Blutwerte des Zwölfjährigen, Sauerstoffsättigung, Blutzucker, pH-Wert, Laktat, werden Pichler gezeigt. Der Chef ist weiterhin am Gang. Die Werte sind unverändert pathologisch, aber das Kalium ist erstaunlicherweise nur 4, das ist niedrig. Der pH-Wert hat sich gebessert. Gestiegen auf 7,2. Der Blutzucker allerdings ist in den Wolken, da muß man etwas tun. Pichler zieht seinen Taschenrechner, schreibt in eine Kurve. Er sagt: »Wir starten mit dem Insulinperfusor.« Eine Schwester spannt die Spritze ein. Sie bittet um Anweisungen für die Einstellung. »Zwei Milliliter pro Stunde.« Zwölf Jahre, fünfunddreißig Kilogramm. Eingewachsener Schmutz an den Knien, Wirbel im Haar, einige Narben, die im kurzen Haar aufblitzen.

Sie hatten am Schulhof mit dem blechernen Deckel einer dänischen Keksdose Frisbee gespielt, hin und her, hin und her, durch die Vormittagspause gezogene Verbindungslinien, wie Verbindungslinien zwischen entfernt liegenden Ereignissen. Dann hatte Pichler die wirbelnde Scheibe nicht zu fangen vermocht, und der Keksdeckel hatte ihm ein Stück Vorderzahn ausgeschlagen.

Zu Hause über dem Küchentisch Jesus mit seinem brennenden Herzen. Soll wohl Poesie sein.

»Ich habe einen grauenhaften Geschmack im Mund von den Antibiotikastreifen«, sagt die Kollegin mit dem frischen Implantat. Sie ist schon wieder auf dem Weg zum Waschbecken. »Dieses eklige taube Gefühl an der Wange, wie eingeschlafen. Es zieht hinauf bis zum Ohr.« Sie fährt sich tastend oder besänftigend über das Gesicht. »Bring mir bitte jemand ein Proxen.« Wieder zurück am Bett leuchtet sie dem Patienten in die Augen. »Die Pupillen reagieren.« Eine Schwester sagt: »Er kühlt langsam aus. Man sollte ihm die Beine zudecken.« »Wir sollten die Uhr im Auge behalten«, sagt Pichler.

Anderthalb Stunden Fahrt. Wenn er ankommt, ist er todmüde und bringt allerhöchstens genug Gefühl für Mitleid mit sich selbst auf. Er wird außerstande sein, noch irgend jemanden auf dieser Welt zu mögen. Außer vielleicht Abwesende. Und auch das ist fraglich.

Das kleine Mädchen im Nachbarbett hat sich satt getrunken. Sie brabbelt, spielt mit dem Sauger, schaut in alle Richtungen, lacht, nimmt nur noch mit Mühe zwischendurch einen Schluck. Da sie sich am Schoß der Schwester wohlfühlt, von dort einen besseren Überblick hat, protestiert sie beim Versuch, sie wieder ins Bett zu legen. Nach einigen Minuten gelingt es doch. Die Spieluhr wird aufgezogen, *Alle Jahre wieder*. Das Mädchen wird in Seitenlage gebettet, Flasche in die Hand und in den Mund. Hoffentlich schläft sie ein. Nein. Einige Minuten später wirft sie die Flasche durchs Gitter und lacht laut, als alle hinschauen. »Mein Gott, sie kriegt noch einen Schaden von dem, was sie heute geboten bekommt.« »Als wir eine Trennwand hingestellt haben, hat sie gebrüllt, weil ihr langweilig war.« Plötzlich hustet das Mädchen komisch, sie würgt. Die betreuende Schwester läuft hin. Aber zu spät, das Kind hat erbrochen. Schöne Sauerei. Jetzt muß das Kind frisch angezogen werden. Ein neuer Body aus dem Kasten, einer mit großer Kopföffnung, nein, besser einer mit Trägern. Ein Wickel-T-Shirt. Frisches Leintuch. Beim Kopfverband, der etwas abbekommen hat, kann man im Moment nicht viel machen, der wird abgeputzt, so gut es geht.

Das Gesicht des Kindes schwebt dem seinen gegenüber, rund, still, unaufdringlich, die riesigen Augen von einem strahlenden Blau, fast lidlos, als seien sie nicht zum Schließen gedacht. Das Mädchen sitzt, vielleicht ein wenig zitternd, in der Fröhlichkeit der Giraffen auf dem frischen T-Shirt.

In Pichlers Darstellung kommt sein Vater natürlich schlecht weg. Andere würden möglicherweise ein besseres Bild dieses Mannes zeichnen; seine Schwester zum Beispiel, die nicht den Garten machen muß. Der Garten ist für alle zur beherrschenden Leidenschaft geworden. Deshalb hat Pichler auch nicht die geringste Lust, seine Schwester zu treffen. Sie würde nur wieder anfangen, ihm Vorträge zu halten. Er denkt: Sie soll dem Obstbauverein beitreten, wenn sie Vorträge halten will.

Man möchte alles anhalten, um darüber nachzudenken, über das, was geschehen ist, und über das, was geschehen wird.

Du mußt härter werden.

Dann brütet er schon die ganze Woche darüber, wie er alles unter einen Hut bringen soll, all die hundert Kleinigkeiten, die erledigt werden müssen und von denen er, je näher das Wochenende rückt, um so deutlicher weiß, daß sie an zwei Tagen nicht zu bewältigen sind.

Pichler haßt Gartenarbeit. Gartenarbeit bedeutete in der Kindheit Strafarbeit, zum Beispiel, wenn man eine Antwort schuldig geblieben war. Einmal gab ihm der Vater die Bemerkung mit auf den Weg: »Ich kann dir sagen, was dir das Christkind in diesem Jahr bringen wird. Ein Hörgerät.«

Sechzig Minuten. Sechzig Minuten zu sechzig Sekunden. Zeit ist vergangen. Der Chef (er hat einen Kaffeebecher in der einen, eine Kurve in der anderen Hand) ist zurück vom Gespräch mit den Eltern, er sagt, man solle alles vorbereiten für den zentralvenösen Katheter. »Über die Femoralvene ist es unter Reanimation am günstigsten.« Er erklärt es von oben herab, es ist, als sage er, die Erde ist rund, falls es jemand noch nicht begriffen hat. Er schüttet seinen Kaffee hinunter, reicht den leeren Becher zur Seite, ohne zu schauen, wer dort steht. Zum Glück nicht Pichler. Der würde den Katheter ebenfalls gerne legen, hat aber nicht den Mut zu sagen, das ist etwas für mich. Deshalb, wie so oft, kommt er nicht zum Zug. Das wurmt ihn. Der Chef legt eine Maske an, bindet eine Kopfbedeckung um, beginnt sich die Hände mit Seife bis zu den Ellenbogen zu waschen, bürstet die Fingernägel, daß es spritzt. Die Schwester reicht ihm ein steriles Tuch zum Abtrocknen, danach desinfiziert er seine Hände und Unterarme mit Sterilium. Er steht wartend mit erhobenen Armen (wie ein Pfarrer, nur die Arme nicht ganz so hoch). Die Schwester reißt die Papierhülle des steril verpackten Mantels auf, der Chef greift danach, er nimmt den Mantel vorsichtig an den Rändern, entfaltet ihn und schlüpft mit den Armen hinein. Ein Pfleger verschließt den Mantel hinten, eine Schwester reicht die sterilen Handschuhe. »Danke.«

Pichler fühlt sich entbehrlich. Da ein zusätzlicher Assistent ans Bett getreten ist, offiziell unter dem Vorwand, sich in das Rädchen derer einzugliedern, die sich am

Brustkorb des Patienten abwechseln (viel eher, weil er zuschauen will), kann sich Pichler Richtung Toilette entschuldigen, ohne ein schlechtes Gewissen haben zu müssen. »Bin gleich wieder da«, nuschelt er mit halbem Mund. So was wie heute – nein. Er wischt sich den Schweiß aus den Augen. Er ist deprimiert. Er ist wegen so vielem deprimiert, lauter Dinge, die er sich nicht erst umständlich bewußt machen muß. Zum Beispiel: Daß er einundvierzig Jahre alt ist, daß ihm sein Beruf regelmäßig eine Extraportion Schweiß beschert, daß es der Chef nicht lassen kann, den Feldherrn zu markieren, und daß man diesen Mann nur verstehen könnte (könnte), wenn man ein Gefühl für inneren Zwang besäße.

Wie gut sein Vater ausgesehen hat. Wie unvorstellbar, daß die Jahre ein solches Wrack aus ihm gemacht haben. Bei der Betrachtung von Gebäuderuinen hat man eine Vorstellung vom Zustand des Gebäudes zu seiner besten Zeit. Der Mensch hingegen löscht sein früheres Aussehen aus. Selbst wenn er in seiner Gebrechlichkeit noch ansehnlich ist, bleibt seine Jugend dahinter unsichtbar, obwohl sie in gewisser Weise noch vorhanden sein müßte.

Sein Vater konnte Handstand machen in einem Alter jenseits der Vierzig. Er selbst konnte zu ausnahmslos keinem Zeitpunkt Handstand machen. Es war schwer genug, sich festzuhalten, wenn er mit den Armen an der Teppichstange hing und die endlosen Sekunden zählte.

Bitte, nur noch eine kleine Minute, Herr Henker – flehte auf dem Schafott die Comtesse Du Barry.

Das Tuten und Piepsen entfernt sich. Draußen am Gang sind die Dinge wieder mehr konturiert, klar und brauchbar und sinnvoll und gewöhnlich. Ein Patient ist ein Patient unter anderem auch dadurch, daß jemand vor seiner Tür steht und weint. Pichler blickt vorbei, er geht den Gang hinunter, eingehüllt in den Geruch von Desinfektionsflüssigkeit. Er hört die Liftkabel ächzen. Gähnen spannt ihm die Kiefer und treibt ihm Tränen in die Augen. Ein strahlend heller Gang und die mit Leiden angefüllte Luft. Er steuert auf die Toilette zu, in den Vorraum. Das Spiegelbild seines müden Gesichts, ausgelaugt von der Arbeit, im Flackern einer Neonröhre (schneller als ein Herz). Er tritt in den hinteren Raum, an eines der Pissoirs, er ist froh, allein in dem Raum zu sein, ein gefühlsberuhigtes Reservat, still wie ein See (wenn alle Vögel abgetaucht und alle Schiffe gesunken und alle Kinder heimgegangen sind). Er holt sein Glied heraus. Als der Urin zu fließen beginnt, wird Pichler von einem Zittern durchlaufen. Er muß erneut gähnen, er spürt, wie er sich entspannt. Müßte mehr trinken, denkt er, und öfters pinkeln gehen, liegt offenbar ein gewisser Trost darin. Wirkt Wunder. Und wieder einmal Niere kaufen, als kleine Hommage. Das Wasser im Pissoir ist gelb. Pichler schiebt die Vorhaut zurück, drückt mehrmals den Schließmuskel, schüttelt. Und während er sein Glied zurück in die Hose steckt, fällt ihm ein weiteres Detail ein: Daß sein Vater Auto fuhr, bis er in Horn eine Telefonzelle umwarf. Eine junge Frau konnte gerade noch zur Seite springen. Sie kam mit dem Schrecken davon.

Abgerissene Einzelheiten, die plötzlich schwanken, kippen und in einem Erinnerungskollaps ineinanderfallen.

»I like him.«

Pichler sagt das über sich selbst, als er wieder zum Spiegel tritt (er sagt sich das oft). Er wäscht sich gründlich die

Hände, im anhaltenden Flackern des Neonlichts, in einer Art dumpfer Benommenheit. Er trocknet sich die Hände mit übertriebener Sorgfalt ab. Er tritt zurück auf den Gang, geht, es schüttelt ihn erneut, als noch ein letztes Tröpfchen in die Unterhose sickert.

Weil Pichler dick war, schickte ihn der Vater in den Ringerverein. Pichler trainierte zwei Jahre, es gefiel ihm dort nicht besonders, weil er während der ganzen Zeit nur einen Kampf gewann. Das war ein Wettkampf an einem entfernt gelegenen Ort. Pichler stellte sich auf die Matte, er hatte rostrote Haare, war fleckig im Gesicht. Er bohrte in der Nase. Sein Kontrahent kam, schaute auf, sah einen dicken, häßlichen, in der Nase bohrenden Buben, rannte in die Kabine, als stehe sein Trikot in Flammen, und kroch unter die Umkleidebank. Alles Zureden, der Gegner sei unfähig, soll sinnlos gewesen sein.

Auf der Station wird immer noch reanimiert. Das nimmt kein Ende. Der zentralvenöse Zugang ist so gut wie gelegt. Der Chef schiebt einen Führungsdraht in den Konus der Nadel, die aus der Leiste des Patienten ragt. Der Draht läßt sich problemlos zwanzig Zentimeter weit nach vorn schieben. Danach zieht der Chef die Nadel bei liegendem Führungsdraht ruckartig heraus. Der Katheter wird über den Draht in die Vene geschoben. Der Chef zieht den Draht heraus, es folgt dunkles Blut. Alle drei Schenkel des Katheters werden aspiriert und gespült. Der Katheter wird angenäht und provisorisch bis zum Röntgen abgedeckt. »Tücher entfernen.«

Eine Art Blindheit läßt Pichler sekundenlang von der Betrachtung des Patienten nicht loskommen, er starrt, da liegt einer, liegt da, die Zeit verrinnt, und die Frage, wieviel das Gehirn schon abbekommen hat, steht so klar in Pichlers Kopf, daß er sie beinahe ausspricht. Doch da er ein höflicher, wenn auch nicht immer höflich denkender Mensch ist, fragt er nur vorsichtig: »Seht ihr noch Chancen?« Die Kollegin, diejenige mit dem frischen Implantat, vorgebeugt, als wolle sie ihre schmerzenden Füße entlasten, nutzt ihre Chance und drückt es weit weniger rücksichtsvoll aus: »Das Herz ist zu schwach, um den Buben aus eigener Kraft am Leben zu halten, aber stark genug, daß wir alle irgendwann über der Reanimation sterben. Das kann noch Jahre dauern. Der Patient stagniert.«

Das tun genug andere Leute auch.

Der Chef, ein Mann des Konkreten, deutet mit dem Kinn in Richtung Kurve. Pichler langt danach. Die Werte sind nach wie vor relativ gut, das stimmt, und trotzdem pathologisch. Er sagt: »Die Fristen sind ausgeschöpft.« »Mag sein, aber solange das Kalium stabil ist, können wir nicht aufhören. Der Bub war bisher gesund, der hat Reserven.« Pause. Das Gesicht noch immer ohne Zögern: »Man muß bei der passenden Gelegenheit skeptisch sein, nicht bei der falschen!« Der Chef winkt den Röntgenapparat herbei mit einer Geste, als sei es eine Vorbereitung auf die Professur, die er irgendwann zu erhalten hofft. Er nimmt die Nadel, mit der er den zentralvenösen Zugang gelegt hat, entfernt sich, um die Nadel zu entsorgen. Den Rest läßt er liegen, das können andere verräumen.

»Von jetzt an ist es harte menschliche Arbeit«, sagt die Schwester, die schon in der Ambulanz dabei war und nun von Pichler bei der Herzdruckmassage abgelöst wird. Sie hat ein erhitztes Gesicht. Ihm fällt ein, ihr Dienstschluß ist ebenfalls vorbei. Seiner war vor anderthalb Stunden.

Einmal hatte der Vater etwas zu ihm gesagt, was ihm gefallen hatte. Wenn es der Vater heute noch einmal sagen würde? Nein, es war etwas anderes gewesen, was der Vater gesagt hatte. Er hatte gesagt: »Mach weiter so.«

Da rauscht die Zeit, da fliegt die ständig sich drehende Welt, da saust der Federball. Man schlägt ihn weg, er kommt zurück. Man schlägt ihn weg, er kommt zurück. Man holt weit aus ... und ist weiterhin nicht in der Lage, mit irgend etwas aufzuhören, es anders zu machen.

Ja, er würde keine Angst haben. Andere sehr wohl, aber er nicht. Er würde keine Angst haben.

Er sieht sich sozusagen doppelt, als Bub, der an der Teppichstange hängt, und als Erwachsenen, der mit beiden Beinen auf einem Bett kniet und Blut gegen die hereinflutende Leere pumpt.

Das EKG zeigt einige kurzatmige Aufschwünge. Man nutzt die Gelegenheit, den Röntgenarm über den Patienten zu klappen, damit geprüft werden kann, ob der zentrale Katheter sitzt. Die Töne aus den Geräten klingen jetzt härter und synthetischer, das Schnaufen des reanimierenden Assistenten ist wieder näher, das Weinen eines Kindes wird vernehmbar. Auch das kleine Mädchen im Nachbarbett horcht auf, ohne Überraschung, nur mit dem leisen, sachlichen Interesse eines Kindes, das im Krankenhaus aufgewachsen ist. Sie zieht einen Fuß mit der Hand fast bis zum Mund. Sie trägt Socken, damit sie die Klemme am Fuß nicht abstreift (sie macht es trotzdem alle paar Stunden) – ein lebendes Wesen, das vom Tod nichts weiß. Und weil sich wieder Leute hinter die röntgendichten Wände und vor ihr Bett stellen, krabbelt sie ein Stück zur Seite, um zu sehen, welcher Ausblick sich dort bietet.

»Ohhh«, sagt sie. Sie zupft durch das Gitter hindurch an einem der grünen Kittel. Sie mag grüne Kittel. Menschen, die grüne Kittel tragen, sind ihre beste Unterhaltung. Seit Monaten.

Sie kauften ein Auto (die erste Autonummer: N. 31.088). Das muß irgendwann im Mai gewesen sein. Das Auto war rot, innen beige, fünfsitzig und nicht ganz neu, weil die Mutter zum Vater gesagt hatte: »Fürs Zusammenreißen genügt ein alter.« Also kauften sie einen VW, es hieß, der sei am robustesten. Sie nannten ihn Georg Anton, weil an dem Tag, an dem sie ihn angeschaut hatten, Georg, und an dem Tag, an dem sie ihn abgeholt hatten, Anton war. Nachdem sie den Wagen übernommen hatten, mußten sie auf dem Heimweg um mehrere Ecken biegen. Die Vorschrift, daß man blinken muß, gab es damals schon, man sagte, *den Blinker hinausgeben.* Der Vater wollte links abbiegen, dabei riß er den Blinkhebel heraus. Er fuhr verblüfft weiter, zwängte sich in eine Parklücke und starrte den Hebel an. Nach einiger Zeit brach Pichler das Schweigen: »Papa, du bist ein Genie! Beim robustesten Wagen reißt du gleich einen Hebel heraus!« Der Vater ignorierte die Bemerkung, bastelte eine Weile herum, dann war alles wieder in Ordnung. Sie fuhren nach Hause, wuschen den Wagen und stellten ihn in die Garage. Pichler erinnert sich, man konnte auf dem Rücksitz wunderbar schlafen.

Sein Bedauern, daß das Verhältnis zwischen ihm und seinem Vater nicht so sei, wie man sich ein Vater-Sohn-Verhältnis vorstelle, tat sein Psychologie-Professor an der Universität mit der Antwort ab, daß im Alten Rom der Vater seinen Sohn umbringen konnte, ohne vom Gericht zur Rechenschaft gezogen zu werden.

Aber immerhin ist Pichler der festen Überzeugung, daß er mehr über seinen Vater weiß als dieser über ihn, und daß ihm sein Vater weniger nahesteht als er seinem Vater. Der Unterschied ist, daß Väter gerne von sich erzählen, Söhne nicht.

Er hört auf zu denken oder denkt den Gedanken nicht weiter, beschließt nur, seinen Feierabend anzutreten, es sind genügend Leute da, alle Kinder gefüttert, die meisten Kinder schlafen. Für zwei weitere Minuten konzentriert sich Pichler auf den Brustkorb des Patienten, er fokussiert den Blick auf den Ausschnitt, nicht auf das Kind, nur auf den Ausschnitt, mit dem er beschäftigt ist. Erst als er vom Bett zurücktritt, sieht er wieder die ganze Person, die helle Haut, das blasse Netz der Blutgefäße, die leicht aufgerissene Falte im rechten Mundwinkel. Der ruhige Gesichtsausdruck – während dieses Abstechers, dieser phantastischen Reise vom Winter in den Sommer, von der Kindheit ins Alter, an die Grenze zum Tod. Zwölf Jahre, fünfunddreißig Kilogramm.

Einmal hätte er ums Haar zu seinem Vater gesagt: »Ich gebe dir fünfzig Euro, wenn du dir deine Socken im Stehen anziehst.«

Gegenwart, das ist ein Herzschlag.

Er geht hinaus, zwischen Kinderzeichnungen, Wäschewagen und zur Seite gestellten Betten. Zwischen Menschen, die zu sechzig Prozent aus Wasser bestehen und unbestimmt warten: Irgendwann wird etwas passieren, Zeitpunkt unbekannt. Der Vater des Patienten drückt mechanisch eine leere Wasserflasche zwischen den Händen. Das Plastik gibt ein regelmäßiges, unangenehmes Knacksen von sich. Man kann nur hoffen, daß seine Frau ihn irgendwann bitten wird, damit aufzuhören. Pichler geht mehrere Treppen hinunter, Gänge entlang, Treppen, ein weiterer Gang zu seinem Dienstzimmer. Er sperrt auf, er geht hinein, zieht seine grüne Arbeitskleidung aus, trocknet sich mit einem Frotteehandtuch ab. Er schlüpft in seine Jeans, schlüpft in das Hemd, und nachdem er ins Hemd geschlüpft ist, zieht er sich die Straßenschuhe an. Er kämmt sich. Er spürt, sein Atem wird wieder flach.

Sei ruhig, mein Herz, der stille Abend deckt die müden Sinne mit seinem Mantel zu.

Weil für einige Zeit der berühmte B. ins Dorf gezogen war (der hatte zwei- oder dreimal das Neujahrskonzert dirigiert), sagte der Vater: »Da siehst du, in was für einer schönen Gegend wir wohnen.« Wesentliche Unterschiede zum übrigen Niederösterreich kann Pichler aber beim besten Willen nicht entdecken, er glaubt, wenn sein Vater von der Schönheit der Gegend spricht, meint er zweifellos sich selbst. Kein Grund, dort alle zwei Wochen aufzukreuzen. Es ist zeitaufwendig, unerquicklich, unterm Strich kommt wenig dabei heraus. Pichler sollte den Garten aufgeben. Er sagt sich, es wird sich schon jemand finden, der diese Arbeit für ihn erledigt.

Er verläßt den Raum, sperrt hinter sich zu. Im Weggehen tastet er seine Kleidung ab und stellt fest, daß er seine Geldtasche im Schwesternzimmer hat liegenlassen. Er steigt die Treppen hoch, Gänge, Treppen, zurück in den dichten Geräuschteppich, in das Piepsen, Surren, Sumsen und Zischen der lebenserhaltenden Maschinen. Noch während Pichler am Gang ist, sortiert er die Geräusche im Kopf. Keines ist besonders bedrohlich, Vernebler, synthetischer Herzschlag, das Blasen der Beatmungsgeräte, Frequenz 15. Der Alarm eines leeren Perfusors ist bereits wieder abgestellt, als Pichler das Schwesternzimmer betritt. Seine Geldtasche liegt neben der Kaffeemaschine. Ohne etwas zu sagen, hebt er das Portemonnaie hoch, zeigt es der anwesenden Schwester und verdreht die Augen. Er will schon den Rückzug antreten, da fragt sie: »Sehe ich wirklich aus wie deine Ex-Frau? Das hast du kurz nach dem Herzalarm behauptet.« Er lacht, er schüttelt den Kopf. »Nein«, er wiederholt es sehr tief in der Kehle, kopfschüttelnd, »nein«. Dann hängt er die Frage an, ob sie nicht ebenfalls Schluß mache, er müsse etwas essen, sonst falle er in Ohnmacht. Sie lächelt, ihr Lächeln zieht sich nicht sogleich wieder zurück. Sie nennt den Namen eines Lokals, in das sie es bis in zwanzig Minuten schaffen könne. Der Fernseher läuft. Man sieht Bilder von einem Pferd, das mit großer Leichtigkeit über einen Zaun springt und neben einigen Radfahrern die Straße hintergaloppiert. »Also bis dann«, sagt Pichler, und im Hinausgehen denkt er erneut, daß sich für die Gartenarbeit jemand finden wird. Er kann zu Hause anrufen. An den Feiertagen kann er Besuche machen.

Da Pichler es nicht mehr eilig hat, macht er einen Abstecher zu den Betten. Dort hat er die Situation noch gar nicht erfaßt, da fragt der Chef bereits: »Was sagst du jetzt?« Mit einem Leuchten in den Augen: »Was sagst du jetzt?« Aber was soll man schon groß dazu sagen. Der Patient liegt ausgestreckt im Bett, das EKG stabil. Der Brustkorb, auf dem sich das kalte Spitalslicht spiegelt, geht sichtbar auf und ab. Das Licht eines Bildschirms findet einen bläulichen Niederschlag auf dem Körper, der Bub schaut relativ gut aus, wenn auch auf niedrigem Niveau, die Lippen sehr blaß, das Haar ein wenig feucht, überall Drähte und Schläuche, die ihn über dem Abgrund halten.

Wie lange und oft gelingt es, den Federball zu spielen, ohne daß er den Boden berührt. Hin und her, hin und her, ein monotones Sausen in der Luft, während ein Bub an der Teppichstange hängt mit der Frage im Kopf, wieviel ihm fünfzig Schilling bedeuten. Wieviel ihm ein Vater bedeutet.

Pichler kramt eine der Floskeln hervor, die er für solche Gelegenheiten parat hat. Er sagt: »Wir können zufrieden sein.« Er schaut sich um. Die Eltern stehen ratlos am Bett, etwas benommen. Das kleine Mädchen daneben ist eingeschlafen, völlig in seine Kabel verwickelt, die Knie angezogen, den Hintern in die Höhe gereckt, eine kleine Wächterin in einem großen Reich. Vermutlich schläft sie bloß auf einem Auge.

Nur ich blieb verschont, damit ich berichte.

»Dann kann ich ja gehen«, sagt Pichler.

»Geh nur.«

Er geht. Er geht im Gedränge aus Eltern, Besuchsleuten und Feierabendkollegen. Er tritt aus dem Krankenhaus und reiht sich ein, ein Vorübergehender unter Vorübergehenden.

Inhalt

TAGE

Anna nicht vergessen 7
Abschied von Berlin 36
Der Untermieter 52
Samstagshunde 64

JAHRE

Also, das wär's so ziemlich 89
Es rührt sich nichts 116
Neuigkeiten aus Hokkaido 142
Das Gedächtnisprotokoll 149

LEBEN

Feindesland 169
Koffer mit Inhalt 180
Natürliche Schwankungserscheinung 200
Doppelte Buchführung 217

»Eine Liebeserklärung an den Vater und ein großes Stück Literatur.«

Felicitas von Lovenberg, F.A.Z.

Arno Geiger hat ein tief berührendes Buch über seinen Vater geschrieben, der an Alzheimer leidet. Die Krankheit löst langsam seine Erinnerung und seine Orientierung in der Gegenwart auf. Arno Geiger erzählt, wie er nochmals Freundschaft mit seinem Vater schließt und ihn viele Jahre begleitet. In nur scheinbar sinnlosen und oft so wunderbar poetischen Sätzen entdeckt er, dass es auch im Alter in der Person des Vaters noch alles gibt: Charme, Witz, Selbstbewusstsein und Würde. In seiner tief berührenden Geschichte erzählt Arno Geiger von einem Leben, das es immer noch zutiefst wert ist, gelebt zu werden.

192 Seiten. Gebunden

www.arno-geiger.de
HANSER